KB059064

② 어서오세요 실력지상주의의 교실에 **2**학년편 키누가사 쇼고 ✕
Welcome to the Classroom of the Second-year 토모세슌사쿠

이시자키 다이치

류엔을 동경하는 2학년
B반의 거친 남학생.
자기 눈으로 목격한
이후로 아야노코지가
강하다는 사실을 굳게
믿고 있다.

코미야 쿄고

2학년 B반으로 농구부 소속.
예전에 폭력 사건을 일으켜 스도를
궁지로 몰려고 한 적이 있다.

니시노 타케코

2학년 B반 여학생,
류엔에게 반발하는 등
당찬 구석이 있다.

츠바키 사쿠라코

"쟤는 무시해도 돼."

"키리야마 부회장이랑 같은 3학년인데 그럴 수도 없죠."

"······저 녀석은 키류인, 나랑 같은 B반이다."

"OAA에서 봤습니다. 높은 평가를 받고 있는 학생이던데요."

"성적만 보면 그렇지.
하지만 키류인한테는 나구모 같은 뒷배가 하나도 없어.
만족스러운 친구 하나 없는 인간이다."

"그렇게 칭찬하지 마. 쑥스럽잖아?"

전혀 칭찬이 아닌데 키류인이 기분 나쁘게 웃었다.

어서오세요 실력지상주의 교실에 2학년편
Welcome to the Classroom of the Second-year

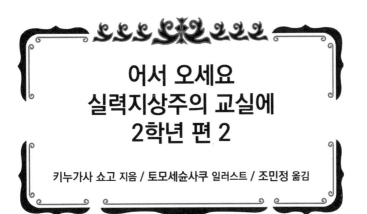

어서 오세요
실력지상주의 교실에
2학년 편 2

키누가사 쇼고 지음 / 토모세슌사쿠 일러스트 / 조민정 옮김

소미미디어

어서오세요 실력지상주의 교실에 2학년편 ②
Welcome to the Classroom of the Second-year

contents

커버, 본문 일러스트 : 토모세슌사쿠

○화이트 룸생의 독백

고도 육성 고등학교. 그 교사에 있는 1학년 교실.

그곳에서 지금, 너무나 형편없고 수준 낮은 수업이 이어지고 있었다.

내 또래 학생들이 잠이 쏟아질 만큼 간단한 문제를 잡고 악전고투하는 중이었다.

마치 유치원생들 사이에 끼어있는 듯한 착각마저 들었다.

무의미한 학습, 시간 낭비에 한탄하고 싶었던 순간이 수도 없이 많았다.

나는 그럴 때마다 어떤 인물을 머릿속에 떠올렸다.

그것만으로도 『증오』라는 감정이 마음속 깊은 곳에서 치솟아, 이곳에 머무는 의미를 떠올리게 했다. 펜 태블릿을 쥔 오른손에 저절로 힘이 들어갔다.

아야노코지 키요타카

그 이름을 처음 들은 게 언제였던가.

아무리 생각해도 해도 정확한 날짜는 떠오르지 않았다.

확실한 점은, 내게 분별력이 생겼을 무렵에는 이미 그 이름이 기억에 새겨져 있었다는 것이다.

화이트 룸에서 배우는 인간 중에 그 이름을 모르는 사람은 없다.

왜일까.

그건 어떤 기수, 어떤 나이의 학생보다도 훨씬 뛰어났기 때문이다.

그 누구도 4기생——아야노코지 키요타카를 넘지 못했다.

결과적으로 아야노코지 키요타카는 완벽한 모델로 추대받았다.

고작 한 아이가, 화이트 룸 전체에 큰 영향을 미쳤다.

아마 한 살 아래, 5기생인 우리가 그 영향을 제일 많이 받지 않았을까.

그는 그 어떤 가혹한 커리큘럼도 늘 좋은 성적을 남겼다고 한다.

하지만 그건 나도 마찬가지. 5기생 중에서 단연 돋보이는 성적을 거두어왔다.

누구보다도 뛰어난 천재임을 계속해서 증명해왔다.

그런데도…… 나는 단 한번도 칭찬을 받은 적이 없었다.

이유는 굳이 설명할 필요도 없으리라.

교관의 입에서 나온 말은 무정하게도 늘 똑같았다.

『1년 전 아야노코지 키요타카는 더 대단했다』

아무리 노력해도, 아무리 뛰어난 성적을 거둬도 인정받지 못했다.

잡히지 않는, 마치 신과 같은 존재를 따라잡으라고 명령받을 뿐.

같은 방에서 공부하는 사람 중에는 신격화된 아야노코지 키요타카를『숭배』하는 자도 있었다.

정말 한심한 이야기다.

최고가 되기 위해 교육받고 있는 인간이, 최고가 되는 것을 방기하고 있다.

그런 인간이 화이트 룸에서 끝까지 살아남을 리 없다.

결국 그들은 내가 비웃을 필요도 없이 알아서 탈락해나갔다.

하지만 나도 마음이 약해졌던 시기가 없었던 것은 아니다. 그를 숭배하지는 않았으나, 사실 아야노코지 키요타카라는 인간은 원래 없고, 우리를 고무시키기 위해 만든 가공의 인물이 아닐까 하고 의심한 적이 있다.

교관들 눈에는 그런 감정들이 전부 보였겠지.

어느 날 교관들의 지시를 받아 외부 사람이 쓰는 견학실에 따라간 적이 있다.

반투명거울을 사이에 두긴 했지만, 그때 처음으로 아야노코지 키요타카의 존재를 두 눈으로 확인했다.

그는 내가 보고 있다는 사실을 모른 채, 담담하게 경이로운 성적을 남겼다.

그 모습을 보고 나는 무의식중에 몸을 떨었다. 지금도 선명하게 기억한다.

하지만 그건 그가 신으로 보였기 때문이 아니다.

그는 우리가 적대해야 할 자.

『숭배』해서는 안 된다.

『증오』의 감정만이 나를 고무시킨다.

그렇다, 증오라는 감정이 내 몸을 전율하게 했다. 한시도 잊지 않고 그를 증오해왔기에, 나는 화이트 룸에서 살아남을 수 있었다.

그러나 숭배와 증오는 어디까지나 내 개인적인 생각과 감정일 뿐.

조직의 인간들에게는 학생들이 어떤지 따위는 뒷전이다.

화이트 룸은 최고가 될 수 있는 사람을 만들어내는 것이 최종 목표가 아니다.

연구를 확립하여, 비범하고 탁월한 인간을 양산해내는 것.

그것이 화이트 룸이 존재하는 이유다.

내가 됐든 아야노코지 키요타카가 됐든, 성공 사례만 나온다면 누구라도 상관없는 것이다.

그렇기에── 실패작은 아무런 가치가 없다.

만약 아야노코지 키요타카가 성공 사례로 선택된다면, 지금 이렇게 배우고 있는 나는 존재 의의를 잃어버리는 것이다.

'실패한 샘플'이라는 무가치의 낙인이 남을 뿐.

이 얼마나 비참한 말로인가.

도중에 탈락한 학생들과 하나도 다를 바가 없다.

그런 사태는 용납할 수 없다.

어떤 수단을 써서라도 『아야노코지 키요타카』가 최고가 아니라는 사실을 증명해야만 한다.

내가 성공 사례라는 것을 조직이 인정하게 해야 한다.

그런데 어느 날 갑자기 천재일우의 기회가 찾아왔다.

아야노코지 키요타카가 명령을 어기고, 재개된 화이트 룸에 돌아오지 않은 것이다.

그 덕분에 나는 아야노코지 키요타카와 접촉할 기회를 얻었다.

——그렇다.

내 손으로 제거할 수 있는, 유일무이한 기회가 온 것이다.

그를 상대하기 위해서는 상식 같은 허풍은 내던져버려야 한다.

말하자면, 그를 죽이는 것도…… 방법이라 할 수 있겠지.

○변해가는 학교생활

2학년 D반은 여태 경험하지 못한 기괴한 상황을 맞이하고 있었다.

유키무라 테루히코가 오른쪽 다리를 달달 떨면서 자꾸만 교실 출입문을 응시했다.

"유키무, 가만히 좀 있어. 키요뽕이 나간 지 아직 5분도 채 안 됐다고. 선생님이 부르신 거잖아? 금방 돌아오진 않을 거야."

같은 반이자 친한 사이인 하세베 하루카가 유키무라를 바라보며 말했다.

그런 하세베를 뒤따르듯 사쿠라 아이리와 미야케 아키토도 옆에 앉았다.

"가만히 있잖아. ……걱정 없어."

유키무라는 그렇게 대답하며 떨던 다리를 멈추었지만, 다시 초조함이 차오르기까지는 시간이 그리 오래 걸리지 않았다. 다시 유키무라의 오른쪽 다리가 위아래로 움직이면서 바지 마찰음을 냈다.

유키무라는 방과 후가 되자마자 아야노코지에게 말을 걸려고 했지만, 호리키타의 등장으로 한 번 단념했었다. 그 후에는 차바시라 선생님이 불러서 어딘가로 갔다는 호리키타의 말을 듣고, 교실에서 그가 돌아오기만을 기다리고 있었다. 하세베는 왠지 체념한 듯 한숨을 내쉬며 창밖을 쳐다보았다.

유키무라가 평소 다리를 떠는 일이 좀체 없다는 것을 잘 아는 만큼, 더 이상 가만히 있으라고 말해봐야 의미 없다는 사실을 바로 알아차렸다. 2학년 D반에 무거운 공기가 흘렀다.

봄을 맞이한 5월의 하늘이 무척 청명한 것 같다고 하세베는 생각했다.

그리고 어쩌다가 이런 상황이 되었는지 다시 한번 되짚어 보았다.

1학년과 2학년이 파트너가 되어 치른 4월의 특별시험.

그때 쳤던 다섯 과목의 시험 중 수학에서 친구인 아야노코지 키요타카가 만점을 받았다.

평소와 같은 시험이었다면 만점 받는 학생이 나와도 이상하지 않았다.

학력이 높은 유키무라를 필두로, 정기적으로 만점을 받는 학생은 언제나 있었다. 물론 가끔 의외의 복병이 만점을 받을 때도 있었다. 열심히 공부한 결과였다거나, 감으로 좁힌 시험 범위가 우연히 딱 맞아떨어졌다거나.

하지만 이번 시험은 이야기가 달랐다.

유키무라만큼은 아니지만, 하세베 역시 어렴풋이 느끼던 차였다.

이번 특별시험, 과목을 불문하고 반에서 만점을 받은 사람은 유일하게 아야노코지뿐이었다.

단순히 공부를 열심히 했다거나 우연의 일치라고 할 수 없었다.

"아직 6분인가…… 안 오네."

불안에 빠진 유키무라를 친구로서 그냥 두고 볼 수도 없어 다른 화제로 돌릴까 생각했지만, 그냥 유키무라를 따라 이야기해보기로 했다. 이렇게 해서 조금이라도 기분이 나아지면 좋겠다고 생각한 것이 주된 이유였지만, 하세베도 아야노코지가 만든 수학 만점이라는 결과가 얼마나 대단한 일인지 알고 싶었다.

"문제가 그렇게 어려웠어?"

그렇게 질문하자 유키무라가 망설임 없이 고개를 끄덕였다.

"어렵고 말고의 차원이 아니야. 나는 문제의 뜻조차 이해할 수 없었거든."

그는 문제를 풀지 못한 게 아니라, 아예 문제 자체를 이해하지 못했다고 말했다.

"시험이 끝나고 기억나는 시험 문제를 좀 알아봤는데, 고등학생이 배우는 범위를 크게 벗어났더라고. 평범한 고등학생은 절대 못 풀 문제야."

"그게 뭐야. 이상하지 않아? 고등학생 수준을 벗어난다니, 풀지 말라는 의미나 마찬가지잖아?"

"네 말대로 나도 이해가 안 돼. 그 바람에 과목을 불문하고, 받을 수 있는 점수가 극단적으로 내려갔으니까. 차바시라 선생님이 말한 것처럼 어렵지 않은 문제도 많긴 했지만."

기습적인 고난도 문제를 넣은 만큼, 쉬운 문제도 몇 개 섞여 있었다.

요컨대 만점은 못 받아도 턱없이 낮은 점수는 나오지 않게 조절했다는 뜻이다.

"평균점이 올라가게 짜놓았다는 거네."

"시험 결과는 퇴학으로 이어지니까. 반 전체에는 이익이 었지."

그것 자체는 좋아할 일이지만, 지금의 유키무라에게는 사소한 문제에 불과했다.

"사실상 만점은 불가능에 가까웠는데, 아야노코지는 해냈어. 난…… 마치 마술이라도 보는 것 같아."

그를 일부러 성으로 부른 점에서 유키무라의 화가 엿보였다.

"그, 그런 문제를 풀 수 있다니, 키요타카 군 대단해."

무거운 분위기를 조금이라도 바꿔보려고, 사쿠라가 현명하게 미소 지으며 말했다.

하지만 역효과만 났는지, 유키무라의 표정이 더욱 딱딱하게 굳었다.

"적어도 난 지난 1년간 우리 반 애들의 학력을 잘 파악해왔어. 그리고 그걸 근거 삼아서 그 문제는 우리 반 그 누구도 풀 수 없다고 판단했지. 그래서 이번 결과가 더 놀라운 거야."

"자세히 좀 말해봐."

아야노코지 그룹의 대화를 듣고 있던 같은 반 시노하라 가 대화에 끼어들었다.

어느새 많은 학생이 유키무라의 발언에 귀를 기울이고 있었다.

"태블릿으로도 확인했잖아. 우리 반에서 한 과목이라도 만점을 받은 애가 있었어? 아니, 반 밖으로 눈을 돌리면 더 잘 알 수 있지. 2학년 전체를 봐. 이치노세도, 사카야나 기도, 아무도 만점을 받은 학생이 없어."

주장보다 증거라는 듯이, 유키무라가 실제로 일어난 현 실을 들이밀었다.

"몰랐어. 다른 반의 결과도 볼 수 있었네. 왜 그런 거지?"

놀란 시노하라가 건네받은 태블릿 화면을 이상하다는 듯 옆으로 밀었다.

"글쎄. OAA가 도입되어서 그럴까, 아니면 다른 이유 때 문일까. 어떤 이유가 됐든, 다음 시험이 어떻게 시작될지 기다리는 것밖에 답을 구할 길이 없어."

"으악, 싫다. 내 점수를 다른 사람들이 다 볼 수 있다니. 최악이야!"

반 여학생들을 이끄는 리더 카루이자와 케이가 비명을 지르듯이 말했다.

그리고 이어서 이런 말도 했다.

"혹시 아야노코지, 수학만 천재였다거나? 왜, 가끔, 드라마 같은 거 보면 수학으로 살인 사건을 해결하는 주인공이 있잖아?"

사쿠라와는 다른 방향으로 분위기를 읽지 못한 카루이자와의 발언에 유키무라는 황당해하며 부정했다.

"그럼 왜 지금까지는 수학에서 만점을 못 받았는데? 이번처럼 문제를 잘 풀 수 있는 거였으면 지금까지도 계속 만점을 받았거나 그에 가까운 점수를 받지 않은 게 설명이 안 돼."

요점을 모른다는 듯이 유키무라가 살짝 거친 말투로 대답했다.

"그걸 내가 어떻게 알아. 그럼 그런 거 아닐까? 봄방학 때 미친 듯이 공부했다거나."

카루이자와의 빗나간 대답이 계속되자 유키무라도 서서히 짜증을 내기 시작했다.

"단기간에 어떻게 되는 문제가 아니라고. 나는 상상조차 할 수 없는 높은 수준의 공부를 했다고 치더라도, 고등학생이 배우는 범위가 아닌 문제를 푼 것은 설명이 되지 않아. 모르면 멋대로 끼어들지 않았으면 좋겠다."

열 받는다는 투로 대꾸한 유키무라에게 카루이자와도 화가 나기 시작해 점점 끓는점에 가까워졌다.

"그딴 거 난 모르겠고. 멋대로 발끈하지 마. 나도 열받으니까."

"맞아, 맞아. 엄한 카루이자와한테 그러는 거 좀 이상하지 않아?"

그녀를 도와 마에조노가 유키무라를 공격했다.

아군이 생긴 카루이자와는 다시 유키무라가 말한 내용을 따지기 시작했다.

"자꾸 잘났다는 듯이 말하는데, 그냥 유키무라가 이해 못 한 것뿐 아니야? 사실은 자기가 못 풀었을 뿐이지 그 정도로 어려운 문제는 아니었다거나."

카루이자와 본인도 자신의 발언이 억지스럽다는 사실은 내심 잘 알고 있었다.

하지만 여기에서는 어릿광대처럼 연기할 필요가 있다고 생각했기에, 카루이자와는 흔들리지 않았다.

하지만 분위기는 점점 과열되었고, 어쩔 도리 없이 아야노코지에 대한 의심은 점점 깊어져만 갔다.

"벌써 까먹었어? 사카야나기랑 이치노세조차 만점을 못 받은 문제라니까?"

"그럼 그 어려운 문제만 어쩌다 우연히 알았던 거 아닐까?"

"하……."

이제는 화를 넘어서서 황당해하는 유키무라.

그리고 머릿속에서 생각을 정리하듯 설명하기 시작했다.

"나는…… 그러니까, 요컨대 그 녀석은…… 원래부터 수학을 믿을 수 없을 정도로 잘했던 게 아닐까 하는 생각이 들어."

"그럼 잘된 거네. 내가 말했듯이 수학 천재였다는 얘기 잖아?"

"중요한 건 그게 아니야. 만약 그렇다면 녀석은……."

"아, 미안. 나 하나 생각난 거 있는데……."

생각지도 못한 방향으로 이야기가 흐르고 있는데 갑자기 미나미 세츠야가 대화에 참전했다.

"확실히 아야노코지가 갑자기 만점을 받은 건 이상해. 유키무라의 말에 이상한 부분도 없고. 그런데 만약에 수학의 천재라고 쳐도, 너무 갑작스럽지 않냐? 지금까지는 그런 점수를 받지 않았잖아."

이번에는 유키무라에게 힘을 보태듯, 그러면서도 다른 방향으로 의문을 제기했다.

"그래서 생각한 건데 말이야, 아야노코지 녀석, 부정행위를 저지른 거 아닐까?"

유키무라 그리고 많은 학생이 품기 시작한 것은 『아야노코지가 수학 천재』였다는 상상. 그것을 완전히 부정하는 의견이 나왔다.

실력으로 문제를 푼 게 아니라면? 그러한 의문.

"그거, 말이 되는데. 답안지를 훔쳐봤다거나. 왜, 1학년 때도 있었잖아? 그렇지, 과거 문제랑 완전히 똑같은 문제가 나왔던!"

생각났다는 듯이 이케 칸지가 소리쳤다.

1년 전 봄, 반 아이들은 3학년에게서 과거 문제를 입수했다. 몹시 난도 높은 시험이었지만, 기억만 잘한다면 누구나 높은 점수를 받을 수 있었다.

"하지만 과거 문제랑 똑같았으면 우리한테 정보를 주지 않은 게 이상하잖아? 또 다른 반에 그 누구도 그 사실을 몰랐다는 점도 이상하고."

이케의 말에 미야모토가 침착하게 이해되지 않는 점을 말했다.

"그럼…… 말 못 할 방법을 써서, 문제랑 답을 미리 알았다……? 부정한 방식으로."

"어떻게?"

이케의 막연한 대답에, 옆에 서 있던 시노하라가 지적했다.

"학교 컴퓨터를 해킹해서 답을 훔쳤다거나! 충분히 있을 법하잖아!"

"그거, 발상이 카루이자와랑 똑같아……."

점점 수습하기 힘들어진 반의 참상에 유키무라가 골 아파했다.

다만 기이하게도 이 화제가 뜨거워지면서 시간이 확실하게 흘러가기 시작했다.

논의의 중심은 아야노코지가 실력으로 푼 것이 아니라 무슨 방법으로 답을 알아냈느냐는 방향으로 열기를 띠기 시작했다.

지금까지 높은 점수를 받지 않았다는 사실을 생각한다면

자연스러운 흐름인지도 모른다.

그러한 흐름을 불식시킨 것은 지금까지 잠자코 듣고 있던 스도 켄이었다.

키 186cm를 넘는 장신이 자리에서 일어나자 모든 시선이 집중되었다.

"다들 흥분한 모양인데, 아야노코지가 부정을 저질렀다는 증거도 없잖아. 당사자가 없는 데서 멋대로 단정 짓지 말라고."

지극히 당연한 발언이기는 하지만, 그 말을 스도가 했다는 점에서 다들 놀라움을 감추지 못했다.

특히 평소 스도와 친한 이케는 그것이 재미있지 않은 모양이었다.

"뭐야, 켄. 아야노코지 편드냐."

"딱히 그런 거 아니야. 하지만 답지를 그리 쉽게 볼 수 있는 것도 아니잖아. ……아직은 실력으로 만점을 받았을 가능성이 더 크지 않나, 그렇게 생각했을 뿐이야."

후반부에 가서는 약간 말을 흐리면서도 의견을 내놓았다.

"실력이야 지난달 OAA에서 나보다 학력이 낮았는데? 부정행위라도 저지르지 않고서야 무리지, 당연히."

방과 후, 새로 갱신된 OAA를 본 미야모토가 부정행위라고 단정 짓는 발언을 했다.

"1학년 때와는 다르지. 누구나 성장할 수 있는 거니까."

"스도 말이 맞지 않아? 미야모토의 학력, 스도한테도 밀렸는데."

카루이자와의 날카로운 지적에 미야모토가 약간 욱한 표정을 지었다.

학년 최하위라고 말해도 과언이 아니었던 1년 전의 스도는 갱신된 OAA에서 학력을 단숨에 54까지 올렸다. 고작 1이긴 하지만, 미야모토의 53보다는 엄연히 높은 숫자였다.

"그, 그야 스도는 공부를 많이 했으니까 성장을 인정하지만…… 아야노코지의 경우는 너무 많이 올랐다고!"

"그러니까 코엔지처럼 평소에 대충했을 뿐이라는 말도 되지 않나."

여기서 카루이자와가 말한 것처럼 수학만 천재라는 주장이 다시 나왔다.

제자리걸음 하는 듯한 대화였지만, 상황은 점점 나쁜 방향으로 치닫기 시작했다.

"그럼 더 문제 아닌가. 지금까지 반에 공헌하지 않았다는 뜻이잖아."

얼마든지 받을 수 있었던 점수를 받지 않았다.

실력을 감추고 있었던 것이 사실이라면, 이케의 발언도 틀리지 않았다는 이야기다.

늘 사이좋던 스도 그룹에서 내부 갈등이 일어나는 상황에 빠졌다.

더는 이 진전없는 논의를 지속할 수 없다고 판단한 한 학생이 중재에 나섰다.

"다들 진정하자. 여기서 열 내봐야 해결될 일도 아닌 것
같은데."

반의 분위기가 나빠져만 가는 상황에, 히라타 요스케가
제동을 걸었다. 평소에는 늘 수습하는 역할을 자처하던 히
라타였지만, 이번에는 아슬아슬해질 때까지 침묵으로 일
관했었다. 반 아이들이 무슨 생각을 하는지 파악한 후에
상황을 해결하기 위해 움직일 생각이었다.

히라타는 먼저 스도에게 친절히 말을 걸었다.

"스도, 슬슬 동아리 갈 시간 아니야?"

"앗? 아, 그러고 보니."

퍼뜩 정신을 차리는 스도.

"이 이야기가 마음에 걸리는 건 잘 알지만, 지금은 아직
확실하지 않은 부분도 많아. 억측만 하다가 동아리 활동에
지장이 가는 건 좋지 않다고 생각해. 단 한 번의 지각, 이라
는 단어만으로 끝날 일이 아니라는 건 이미 잘 알고 있지?"

우선은 교실에 남은 사람의 수를 줄이는 것이 급선무라
고 판단한 히라타.

히라타는 동아리에 가는 것도 잊고 열을 올리던 스도 무
리를 진정시켰다. OAA가 도입되면서 자신의 성적을 신경
쓰는 학생이 확 늘어났다. 스도도 그중 한 사람이었다.

가방을 든 스도는 이런 소동 속에 있으면서 한마디 말도
하지 않는 스즈네의 뒷모습을 한 번 쳐다본 후, 조용히 교
실을 빠져나갔다. 뒤이어 동아리에 소속된 다른 학생들도

떠났다.

"나도 이만 갈게. 미안하지만 케세이는 너희에게 맡긴다."

"응. 나중에 봐, 미야치."

하세베와 사쿠라의 배웅을 받으며, 아야노코지 그룹의 한 사람인 미야케도 궁도부에 가기 위한 준비를 마치고 불온한 공기가 남은 교실을 뒤로했다.

그 이외의 학생도 하나둘 돌아가려고 하는 가운데, 절반 이상의 학생이 여전히 교실에 남아 있는 형국이었다.

1

2학년이 되고 첫 특별시험을 마친 D반.

나는 호우센과의 마찰로 왼손을 다쳤지만, 덕분에 퇴학의 위험에서 벗어날 수 있었다. 그 대가인 상처가 다 나으려면 시간이 좀 걸릴 듯하지만, 어쩌겠는가.

츠키시로의 시선을 받으며 응접실을 나온 나는 문을 닫자마자 작은 한숨을 토했다.

이렇게 해서 다시, 아무렇지 않게 학생의 일상으로 돌아간다…… 같은 안일한 생각은 할 수도 없는 상황이 되어가고 있었다.

애초에 지금의 환경부터가 일상과는 거리가 꽤 멀다.

이사장 대행에게 불려가 대화를 나누는 것은 학생 대부

분이 고개를 갸우뚱거릴 만한 이질적인 이야기다. 다만 어쩔 도리 없는 현실이니 체념했다.

이 학교로 도망친 나에게 끝까지 따라다닐 굴레로 받아들이는 수밖에 없다. 해방되기 위한 유일한 수단은 『퇴학』 이외에는 없으니까.

"이야기가 끝났나 보네."

"네, 뭐."

응접실에서 조금 떨어진 곳에서 기다리던 차바시라가 당연하다는 듯이 합류했다.

나는 그런 차바시라의 모습을 보고 조금 낙담했지만, 표정으로 드러내지는 않았다.

츠키시로는 현재 내가 2학년 D반 담임 차바시라나 2학년 A반 마시마 선생님과 손을 잡은 상황을 알지 못한다. 그런 상황에서, 츠키시로에게 불려간 나를 차바시라가 기다리고 있는 것은 너무나 부자연스럽다.

차바시라를 통해 나를 부른 것은 담임의 역할이라고 생각하면 이상하지 않지만, 츠키시로라면 하나의 덫으로 이용했을 가능성도 부정할 수 없다. 그렇기에 여기서는 다시 접촉하지 않고 그냥 가주길 바랐다.

일반적인 교사와 학생의 입장으로 생각하면 남아서 기다리는 것은 부자연스러운 행위.

조금만 더 안정된 상황이었더라면, 차바시라도 거기까지 생각이 미쳤을지도 모른다.

내가 수학 만점을 받아 실력을 약간 드러낸 것이 판단에 영향을 미쳤겠지. 들뜬 기분은 모르는 바도 아니지만, 차바시라의 이번 행동은 경솔했다.

단 한 가지 옹호할 부분이 있다면, 그건 그 남자에 대한 평가 차이에 있으리라.

차바시라의 입장에서는 맡은 학생의 아버지가 관련되어 있다는 부분이 선행하기 마련이다.

화이트 룸 같은 백그라운드도 모르니 무리도 아니다.

그러니까 자연스레 츠키시로에 대한 경계심, 온도의 차이가 생기고 마는 것이다.

그래서 나는 이 점에 대해 아무 말도 하지 않았다.

조금이라도 빨리 이곳을 떠나는 것 말고는 내가 지금 할 수 있는 일이 없었기에 걸음을 재촉했다.

"오늘부터 너도 유명인이 되었구나."

무슨 말을 하려나 생각했더니 역시 그 이야기인가.

"달갑지는 않지만 필요한 조치였어요. 허용 범위로 받아들이는 수밖에요."

"하지만 다른 반은 그렇다고 쳐도, 우리 반 애들한테는 어떻게 설명할 거지? 넌 지금까지 눈에 띄지 않는 학생을 최대한으로 연기해왔어. 그런데 그렇게 어려운 수학 시험에서 갑자기 만점을 받았으니, 당연히 애들이 가만히 내버려 두지 않을 텐데. 미리 손은 써뒀고?"

이야기를 흘려들으면서 앞으로 있을 일에 대해 생각했다.

가방을 그대로 던져두고 왔기 때문에 교실로 돌아가야 한다.

"미리 손을 어떻게 써요. 지금부터 대책을 생각해봐야죠."

일부러 이번 특별시험에서 수학 만점을 받겠다고 예고하는 게 더 이상하다.

"그거 힘들겠군. 질문 공세는 각오해두는 게 좋을 거다."

"알고 있어요."

앞으로 벌어질 일을 조금이라도 이해하고 있다면 빨리 나를 놓아줬으면 좋겠다.

"이만 헤어질까요. 담임이랑 둘이 걷는 것도 지금은 괜히 주목만 더 받으니까."

알았다, 알았어, 하고 차바시라가 중얼거리며 교무실 쪽으로 방향을 틀어 걷기 시작했다.

감정을 최대한 죽이려고 노력하고 있겠지만, 기쁨이 새어 나오고 있다는 것을 쉽게 알 수 있었다.

그 어떤 담임보다 학생들과 거리를 두는 것처럼 보여도, 사실은 학생들과 제일 가까운 위치에 있는 교사인지도 모르겠군. 자신의 학창 시절에 미련이 남아 있기에 감정을 주체하지 못하고 있다.

내가 아니라 일반 학생이라면 그 정도 포커페이스로도 충분하겠지만…… 내 눈에는 우스꽝스럽기만 했다. 다루기 쉽다는 장점도 있지만, 지금은 걸리적거리기만 할 뿐.

더 이상 차바시라에게 자원을 할애하는 것은 낭비이므

로 일단 지금은 잊기로 했다.

나는 스마트폰을 꺼내 호리키타에게 통화를 시도했지만, 통화연결음은 가는데도 연결이 되지 않았다.

짤막한 메시지를 날려보았으나 읽지도 않았다.

"어쩔 수 없나."

지금, 상황 타개에 제일 도움이 될 것 같은 사람은 호리키타인데 말이지.

지금까지 보낸 1년, 그리고 수학 대결과 학생회 관련 일.

사정을 조금만 설명해도 어느 정도 융통성을 발휘해 줄 것이다. 가능하다면 미리 말을 맞춰두고 싶었는데, 그냥 바로 대응하는 수밖에 없겠다.

2학년 D반 교실이 보였다.

수학에서 만점을 받은 직후의 교실은 어떤 모습이려나.

평소처럼 다들 돌아가고 없으면 좋겠는데.

그런 희망을 품고 교실에 돌아왔건만, 바라던 방향과는 다른 풍경이 펼쳐져 있었다. 츠키시로의 호출을 받고 갔다가 돌아오기까지 대략 30분이 채 안 되는 시간.

평소 같으면 이미 다들 학교를 나갔을 시간대.

그러나 교실에는 동아리 활동을 하지 않는 학생만 있는데도 불구하고 꽤 많이 남아 있었다.

물론 이유는 뻔했다.

그건 이 자리의 분위기와 시선을 느낀 사람이라면 바로 알 수 있는 것.

아까 전화를 받지 않았던 호리키타도 있었다.

아무래도 내 생각 이상으로 호리키타는 지금 상황이 눈에 잘 들어오고 있는 모양이었다.

그 점에 감사할 시간도 주어지지 않은 채, 내가 돌아오자마자 거의 동시에 도화선에 불을 댕기듯 다가오는 학생들.

그 선두 타자는 아야노코지 그룹의 케세이였다. 기쁨을 억누르던 차바시라와는 대조적으로 어딘지 화난 표정도 섞여 있었다.

"아까는 말 걸던 와중에 미안했다."

방과 후가 되자마자 케세이는 나와 이야기하고 싶어 했었다. 그런데 호리키타의 등장으로 막혔기 때문에 일단 그 부분을 사과했다.

"그건 됐어. 그보다도 시간 괜찮아? 몇 가지 물어볼 게 있는데."

같은 아야노코지 그룹인 하루카, 아이리도 곧바로 옆에 다가왔다.

아키토는 동아리를 가서 없는 거겠지.

그 이외에 상당한 숫자의 구경꾼들이 상황을 살피듯 귀를 쫑긋 세우고 있었다.

"너…… 수학 100점, 어떻게 된 일이야? OAA로 2학년 전체를 다 확인해봤는데 이치노세도 사카야나기도 만점을 못 받았더라. 우리 학년에서 딱 한 사람, 너뿐이었어."

보통, 시험 점수를 좀 잘 받았다고 해서 이런 분위기가 되지는 않는다.

하지만 이번 시험은 전혀 달랐다.

특히 학력이 높은 학생일수록, 만점을 받는 것이 얼마나 이질적인지 잘 알았다.

문제가 얼마나 어려운지 잘 모르는 학생도 아마 주위에서 무엇이 이상한지 전해 들어 대충 알고 있는 듯했다.

"그거 말인데⋯⋯."

나는 눈을 돌려 교실 앞쪽 자리에 앉은 호리키타에게 도움을 청했다.

"내가 설명할게."

호리키타도 원래라면 이미 돌아갔을 시간이지만, 교실에 남은 학생들을 보고 따라 남은 모양이었다. 적확한 판단이다. 나를 감싸기 위해 남았다는 건, 나를 향한 시선만 보아도 금방 알 수 있었다.

호리키타는 분산된 시선을 모으기 위해 자리에서 일어나 내 쪽으로 걸어왔다.

"나는 키요타카한테 물었는데."

갑자기 끼어든 제삼자에게 불쾌감을 드러내는 케세이.

"그래. 하지만 유키무라, 네 질문에 대한 답을 가진 사람은 나라서."

"⋯⋯무슨 소리야?"

불가사의한 말투를 씀으로써, 케세이와 아이들의 주목을 단숨에 모은 호리키타.

"나나 유키무라—— 아니, 2학년 그 누구도 받지 못한 수학 만점. 그걸 아야노코지가 어떻게 받은 건지, 너무 이상하지?"

호리키타는 케세이를 향해 말했지만, 이 의문은 모두가 품었으리라.

"그래……. 솔직히 혼란스러워. 시험 마지막에 나온 문제는 절대 풀 수 있는 게 아니었다고 아까도 말했잖아? 그런 문제를 키요타카가 별것도 아니라는 듯이 푼 게 도저히 이해가 안 돼."

실제로 시험이 끝난 직후, 반의 일부에서 비명이 터져 나왔다. 케세이와 요스케를 비롯한 성적 상위권 학생들은 고난도 문제에 대해 의논했었다. 그것은 아야노코지 그룹 안에서도 도마 위에 오른 화제였는데, 그때의 나는 풀었다고도 풀지 못했다고도 대답하지 않고 모호하게 흘려 넘겼었다.

"반에서 아무도 못 푼 문제였다는 건 키요타카도 알았을 거야. 그런데 키요타카는 문제를 풀었다고 자랑하지 않았어. 이상하잖아? 뭔가 말할 수 없는…… 뒤가 켕기는 짓이라도 해서 처음부터 답을 알고 있었다, 그런 생각이 들 정도야."

"쟤가 부정을 저질렀다…… 그래, 그런 생각이 들어도 이상하지 않은 상황이지."

일부러 두루뭉술하게 한 케세이의 말을 직접적으로 표

현한 호리키타.

멋쩍은 듯 고개를 숙이는 케세이에게 호리키타가 더욱 밀어붙였다.

"의심이 들 만도 해. 내가 아무 사정도 몰랐다면 나 역시 유키무라처럼 아야노코지의 부정을 의심했을 테지. 하지만, 사실은 그렇지 않아."

거기서 한 박자 쉬고, 호리키타는 자신을 주목하는 아이들에게 가볍게 시선을 던졌다.

"나중에 지금 여기 없는 사람들한테도 똑같이 설명하겠지만, 아야노코지가 받은 만점의 비밀을 해명하려면 작년 봄까지 이야기가 거슬러 올라가."

작년 봄, 그러니까 우리가 이 학교에 입학한 직후를 말하는 것이다.

"얼마 전에 자리를 바꿨는데, 그전까지 나랑 아야노코지가 옆자리에 앉았던 거 아직 기억하지? 나는 입학 초기부터 아야노코지와 이야기를 나누면서 우연히도 그가 정말 공부 잘하는 학생이라는 걸 알았어…… 나보다 더 말이야."

"호리키타보다 더 잘한다고? 잠깐만. 키요타카의 점수는 입학 직후부터 꾸준히 평균 언저리였던 걸로 기억하는데? 미안하지만 특별시 할 만한 구석이 하나도 없어. 실제로 OAA에서도 전체의 중간인 C였잖아."

과거를 잘 기억하고 있는 케세이의 날카로운 지적에도 호리키타는 꿈쩍도 하지 않았다.

"당연해. 첫 시험이 끝날 때쯤에 내 전략대로 이미 움직이기 시작했으니까."

그렇게 말한 호리키타는 이번에는 내게서 멀어져 교단 쪽으로 걸어 나갔다. 모인 학생들의 시선을 자신이 완전히 가져가기 위해서였다. 내게서 의식을 멀어지게 하려는 거겠지.

호리키타가 날 도와줄 건 알고 있었지만, 상상 이상으로 좋은 방식을 보여주고 있었다.

"아야노코지는 처음부터 수학에서 만점을 받을 만한 지식을 가지고 있었어. 그걸 누구보다도 빠른 단계에 알았던 나는 약간의 전략을 세워보기로 했지."

"……전략이라니?"

케세이의 입장에서 보면 의문스러운 부분이 한두 개가 아닐 것이다.

내가 어떻게 해서 그러한 지식을 가지게 되었는지도 궁금할 터다.

하지만 일단 호리키타가 그 부분을 분리하듯이 이야기를 이어나갔다.

어떻게 해서 지식을 갖추게 되었는가가 아니라, 왜 공부 잘하는 것을 숨겼는가.

거기에만 초점을 맞추어 의식을 향하게 했다.

"작년 4월, 우리 D반은 큰돈이 들어온다는 사실에 다들 들떴지. 부끄럽지만 나 역시 그중 한 사람이야. 하지만 마음 한편으로는 뭔가 예기치 못한 사태가 일어날지도 모른다는 예감도 하고 있었어. 그래서 시험 삼아, 옆자리에 있던 아야노코지에게 부탁해봤지. 시험을 실력대로 치지 말아 달라고. 전력의 온존, 비장의 카드라고 표현하면 되려나. 물론 반에 너무 민폐가 되지는 않는 정도의 점수로. 그게 학력 C 판정이라는 학교의 평가야."

지금까지 눈에 띄지 않았던 나의 학력.

호리키타는 그게 의도적으로 만들어 낸 전략이라고 설명했다. 물론 1년 전을 떠올려 보면 이상하다는 것을 알아차리는 사람도 나오리라. 그때의 호리키타가 다른 사람과 친하게 지내는 타입이 아니었다는 점이나, 언제 어느 타이밍에 내 높은 학력을 알아차렸는지 등 지적할 곳이 적지 않다.

하지만 1년 전의 기억 따위, 대부분에게 있어서는 그저 이미 지나가버린 옛날 일. 해마에 각인될 만큼 강렬한 사건이었다면 모르겠지만, 인상 깊은 장면은 아니니 더욱 그렇다.

마치 어제 일처럼 생생하게 기억하는 학생은 별로 없다.

그런 일이 있었나, 하고 자기 마음대로 기억을 보완하게 되는 것이다.

물론 케세이처럼 강한 불신감을 가지고 있는 사람에게는 쉽게 통하지 않겠지만.

케세이는 호리키타가 달아나지 못하게 둘러대기 힘든

부분을 들이밀었다.

"……도저히 믿기 힘든데. 학교 구조에 의문을 품고 있었다면 처음부터 높은 점수를 받는 게 반 입장에도 더 유리하지 않아? 이번 시험에서 만점을 받을만한 실력이 있다면, 학력 A나 A+도 불가능하지 않아. 아무리 한 사람의 성적이라 해도 반 포인트가 완만하게 올라갔을 거야."

케세이는 전력을 온존해서 얻는 이득이 뭔지 모르겠다고 말했다.

"그래. 당장 눈앞의 반 포인트만 노린다면 그렇지. 하지만 만약 처음부터 전력을 다했다면—— 아야노코지는 지금쯤 어떻게 되었을까? 아니, 정확하게 말하면 어떤 미래를 예상할 수 있었을까?"

케세이의 불신감에, 호리키타는 달아나지 않고 맞서서 애드리브로 응수했다.

"어떤 미래……?"

무슨 의미인지 몰라서 그대로 반문하자, 호리키타가 설명을 시작했다.

"유키무라의 말처럼 아야노코지가 4월부터 전력을 다했다고 가정할 경우, 5월쯤에는 사카야나기와 이치노세, 류엔도 저 애의 이름을 알았을 거야. 수학만 놓고 보면 전교 1등일지도 모르니까. 그런 상대를 남겨두면 언젠가 다른 반 입장에서 성가신 존재가 되지. 제거하려고 누군가가 움직여도 이상하지 않아."

"표적이 됐을지도 모른다고?"

"맞아. 이 학교에서는 어떤 일이 일어나도 이상하지 않잖아. 실제로 반 내부 투표에 의한 특별시험에서 강제로 퇴학자를 내는 시험까지 있었으니까. 사실 일시적으로 아야노코지는 사카야나기의 전략 때문에 퇴학당할 뻔했었어. 어쩌다가 평범한 그가 마치 모형처럼 이용된 거지만, 정말 퇴학당했을 위험도 있어."

상황에 따라서는 야마우치가 아니라 내가 퇴학당했을지도 모른다고 호리키타가 말했다.

"아니, 그건 아니지. 키요타카가 처음부터 진짜 실력을 발휘했다면 야마우치와 저울질당했더라도 그 결과는 불 보듯 뻔하다고."

"과연 그럴까? 야마우치도 퇴학당하지 않으려고 더 열심히 대처하고, 사카야나기의 전략도 더 복잡하면서 꿰뚫어 보기 어려웠을지도 몰라. 게다가 야마우치는 아야노코지보다 친한 친구가 많았잖아. 무엇을 저울에 달아볼지에 따라 관점은 달라지는 거야."

끝없는 입씨름만 될 내용인 만큼 케세이는 그 부분을 더 물고 늘어질 수 없을 터였다.

다른 시험 이야기를 꺼낸다고 해도 비슷하겠지.

"……그럼 왜 하필 이 타이밍이었던 건데? 경솔하게 실력을 보인 건 똑같잖아. 갑자기 두각을 나타내서 주목을 모았으니 앞으로 좋은 표적이 될지도 몰라."

1년 전부터 진짜 실력을 드러내는 것과 지금 와서 드러내는 것에 리스크의 차이가 없다는 이야기였다.

하지만 호리키타는 이미 정해둔 답이 있는 듯 조금도 당황하지 않았다.

"아니, 1년 전에 실력을 드러내는 것과 지금 보이는 것에는 큰 차이가 있어. 지난 1년 사이에 우리 D반의 단결력이 비약적으로 좋아졌고, 개개인이 실력도 갖추게 되었지. 올바른 판단을 할 수 있게 되었어."

1년 전 자신들을 되돌아보면 케세이도 보이는 게 있으리라.

"이건 아야노코지에게만 해당하는 이야기가 아니야. 이를테면, 그래…… 지금 여기에는 없지만, 스도로 예를 들면 이해하기 쉽겠네. 그 애는 작년 이맘때 차마 눈 뜨고 볼 수 없을 지경이었고, 누가 봐도 우리 반에서 제일가는 짐이었어. 그런데 지금은 어때? 불같은 성격은 지금도 조금 남아 있긴 하지만, 크게 개선되었지. 학력으로 말할 것 같으면 눈에 띄는 성적을 보였어. 게다가 원래부터 높았던 신체 능력까지 더해 5월 시점에서 OAA의 종합 능력이 유키무라, 너보다도 높아."

4월에는 케세이가 위였지만, 이번 시험을 거치며 스도가 역전했다.

케세이에게 부정할 수 없는, OAA의 종합 능력이라는 수치로 사실을 들이밀었다.

"입학 초에 나나 유키무라한테 스도를 지킬 실력과 의사가 있었니?"

스도를 버려야 한다고 논의했지, 지킬 방법은 생각조차 하지 않았던 학생들이 과연 정말로 반 친구를 지킬 수 있었겠느냐는 말. 하지만 만약 지금 스도가 궁지에 빠진다면 케세이는 그를 지킬 전략을 같이 열심히 짰으리라.

"지금은 누군가에게 아야노코지가 표적이 된다고 해도 모두가 힘을 합해 지킬 수 있다고 판단했어. 그래서 아야노코지의 능력을 공개하고 전체적인 수준을 끌어올리기로 한 거야."

호리키타의 대답에 일부 학생이 고개를 끄덕이기 시작했다.

하지만 아직 절반 이상은 몇 가지 의문을 품고 있었다.

그렇다고는 하나 호리키타에게 모두를 납득시킬 만한 재료는 없겠지.

이미 거짓으로 도배된 이야기인 이상, 아무래도 빈틈이 생기기 마련이다.

이것만으로는 일시적으로 창을 거두게 하는 게 고작일 거다.

하지만 더 강력한 뒷받침이 있으면 이야기는 달라진다.

나는 많은 시선이 호리키타에게 모인 것을 확인한 후 요스케를 쳐다보았다.

반에서 절대적인 신뢰를 얻고 있는 남학생.

요스케는 호리키타를 향해 있으면서도 이따금 주변을 보는 척하면서 내 상태를 살피고 있었다. 그래서 아무도 눈치채지 못할 틈을 이용해 시선을 맞추었다.

다른 애들처럼 요스케에게도 아직 알려주지 않은 부분이 많다. 만약 다른 학생이었다면 케세이와 마찬가지의 의문과 의심을 품으며 신랄한 질문을 해댔어도 이상하지 않지만, 요스케만큼은 그럴 걱정이 없었다.

그는 어떻게 하는 것이 반을 위한 길인지를 최우선으로 생각한다.

그리고 지금 상황에 자신에게 주어진 역할을, 굳이 설명하지 않아도 잘 이해하고 있었다.

"호리키타가 전력을 온존하려 했던 의도는 조금이나마 이해했어. 그럼 아야노코지는 수학만 유독 잘하는 거야?"

"그건 지금 단계에서는 대답해줄 수 없어."

케세이에게 호리키타가 냉정하게 대답했다.

"아야노코지라는 학생의 실력이 전부 발휘되고 있는지 아닌지. 어느 쪽이 됐든 『진실』을 감추고 있어야 계속해서 다른 반에 까다로운 존재로 남을 수 있으니까."

"그건──"

"그렇구나. 호리키타가 무슨 말을 하는 건지 잘 알았어."

물고 늘어지려는 케세이의 뒤에서, 지금까지 동향을 살피던 요스케의 지원 사격이 들어왔다.

그는 호리키타의 옆으로 천천히 걸음을 옮겼다.

"상황을 몰라서 계속 늘기만 하고 있었는데 그렇게 된 거였구나. 내가 생각해도 구체적인 지위를 알 수 없는 상대는 꺼림칙하게 느껴질 것 같아. 더 자세히 알고 싶다면서 정보를 모으려고 하겠지. 그런데 같은 반조차 진실을 모른다면 아무리 파봐야 알 수 없으니까."

주위에 쉽게 전달하려고 보충 설명을 해가며 빈틈을 메웠다.

요스케가 한편이라고 판단한 호리키타 역시 보조를 맞추듯 고개를 끄덕였다.

"맞아. 앞으로 주목을 모으게 된다면 이 순간에도 교실 밖에서 엿듣고 있는 애가 있다 해도 이상하지 않아. 그런 학교인걸."

모두의 시선이 순간 복도 쪽을 향했다. 아야노코지라는 학생은 수학만 잘하는 것인지, 아니면 다른 과목도 잘하는 것인지. 적대하는 반에 아야노코지가 어느 정도로 경계해야 할 등급에 위치하는지 혼란 주기. 요스케의 발언과 엮이면서 호리키타의 이야기가 더욱 탄탄해졌다.

"호리키타 진짜 대단하지 않아? 나, 좀 감동이야!"

그리고 케이가 여기서 연타를 가하듯 맥 빠지는 발언을 했다.

"시노하라도 그렇게 생각하지 않아?"

친구 시노하라를 쳐다보며 동의를 구했다.

내 실력에만 주목하지 않도록 호리키타까지 치켜세움으

로써 주목을 분산시키려는 목적이리라. 케이는 요스케처럼 굳이 신호를 주거나 지시를 내리지 않았는데도 자기가 할 수 있는 역할을 바로 이해하고 실행에 옮겼다.

"정말 그래. 호리키타가 아야노코지랑 속닥거리는 거 옛날에 어디서 본 것 같은데, 그게 다 우리 반을 위한 거였구나."

입학 초기에 호리키타는 나 말고 다른 사람과는 거의 대화를 나누지 않았었다.

그것까지 지금 플러스 재료로 작용하고 있다.

이렇게 해서 어느 정도 신빙성이 느껴지는 이야기가 되었다.

요스케와 케이의, 다른 사람은 모르는 절묘한 지원이 효과를 발휘하고 있었다. 그들이 그렇게 생각한다면 분명 그런 게 맞겠지, 하는 집단 심리가 강제로 작용했다.

"실력을 감추는 전략이라……. 하긴 다른 반도 지금 많이 놀랐겠지."

그건 지금까지 계속 의심하던 케세이도 예외가 아니었다.

"난 아직 이 학교에 대해 완벽하게 파악하지는 못했지만, 하나 정도 보험을 들어 놓는 것도 나쁘지 않다고 생각했어. 다행인지 불행인지 아야노코지는 소통 능력이 부족한 데다 튀는 것을 별로 좋아하지 않았고. 그런 의미에서도 더 감추고 싶었어."

호리키타는 나와 호리키타, 두 사람의 생각이 일치해서

가능했던 전략이라고 말했다.

그리고 호리키타는 케세이에게서 눈을 떼고 반 아이들을 보며 말했다.

"이게 아야노코지가 수학 만점을 받게 된 자초지종이야. 놀라게 해서 미안해."

만회하기 힘든 상황 속에서 호리키타는 끝까지 멋지게 해냈다. 다만 여기서 느긋하게 이야기를 질질 끌면 다시 의심이 싹트지 않을 것이란 보장이 없다.

"일단 이 이야기는 여기서 마무리 짓는 게 좋겠어. 호리키타도 말했듯이 어디서 누가 엿듣고 있을지 모르니까."

요스케가 여기서 이야기를 이어가는 것의 단점을 알리며, 이만 끝내자고 능숙하게 유도했다. 영리한 학생일수록 의문은 남아 있겠지만, 또 영리한 학생일수록 여기서 할 얘기가 아니라는 사실도 빨리 이해하리라. 계속 질문을 퍼부었던 케세이가 입을 다문 것이 그 증거다.

케세이는 이번 대화로 어느 정도 의심을 거두었다고 판단해도 되겠다.

게다가 상상 이상으로 호리키타가 활약하면서 앞으로도 움직이기 쉬워졌다.

수학 이외의 부분에서 실력을 드러낸다고 하더라도 감추고 있었을 뿐이라는 여지를 만든 것은 큰 성과다.

사전 협의도 하지 않았는데 이렇게까지 해주다니, 솔직히 고맙군.

2

모두 해산하기 시작한 교실.

학생들은 늦어진 방과 후를 맞이하며 뿔뿔이 흩어졌다.

호리키타와 요스케에게 인사는 나중에 정식으로 하는 것이 좋겠지. 그러한 생각을 알아차렸는지, 호리키타는 누구보다도 먼저 자리에서 일어났다. 요스케 역시 케이를 중심으로 한 여학생들과 담소를 나누며 걷고 있었다. 거기에 묻어가듯 나는 가방을 들고 복도로 나갔다.

이렇게 해서 나의 하루가 끝이…… 쉽게 나지는 않겠지.

대중에게 대강 이해받기에는 충분해도, 개인적인 문제가 되면 또 이야기는 다르다.

몇몇 학생이 내 뒤를 바로 쫓아왔다. 물론 생각할 것도 없이 아야노코지 그룹 멤버들이었다. 등 뒤로 다가오는 선두 걸음이 특히 힘찼다. 케세이가 얼마나 불만이 쌓여 있는지 굳이 돌아보지 않아도 알 수 있었다.

모르는 척하면서 계속 걷고 있는데, 잠시 뒤 목소리가 들려왔다.

"키요타카."

이름을 불린 나는 천천히 걸음을 멈췄다.

뒤돌아보자 아직 굳어 있는 세 사람의 얼굴이 눈에 들어왔다.

"말도 안 하고 돌아가려 하다니 너무 심하지 않아?"

그룹에서 가장 직설적인 하루카가 강한 어조로 말했다.

제일 앞에 서서 험악한 얼굴을 한 케세이 그리고 제일 뒤에서 걱정하는 아이리의 대변을 자처하는 모습이었다.

그것이 효과가 있었는지, 열을 올리려던 케세이의 입이 일단 닫혔다.

그리고 한 번 숨을 쉰 후 다시 말을 꺼냈다.

"왜 이번 일을 미리 얘기해주지 않았어? ……호리키타가 말한 것처럼 정보를 감추려고 그런 거면 우리를 믿지 않았다는 소리야?"

호리키타의 이야기에 어느 정도 납득하면서도 케세이는 아직 불만을 드러내고 있었다.

그것도 당연하리라.

진지하고 친절하게 공부를 가르쳐주었던 케세이의 마음을 짓밟은 것이나 마찬가지니까.

그걸 잘 알고 있기에 하루카와 아이리도 걱정이 되어 따라온 것이었다.

만약 이걸 전부 호리키타의 책임으로 돌리면 나는 편하게 대응할 수 있겠지.

하지만 조금 전 내게 도움을 준 사람에게 차마 그럴 수는 없었다.

아니, 그런 감정론은 필요 없나. 지금은 앞으로의 일에 대해 생각할 필요가 있다.

케세이는 학력도 높고 상황 판단 역시 반에서 결코 떨어지는 편이 아니지만, 제대로 납득하지 않으면 계속해서 정신적으로 강한 부담을 느끼게 될 것이다. 그에게 차질이 생긴다면 반도 타격을 입겠지. 지휘를 맡은 호리키타의 입장에서도 아무런 이득이 없다.

"믿어. 하지만 아무한테도 말하지 않는 것이 장차 좋다고 판단했어, 내가. 친하니까 더욱 무심코 말하고 싶어지는 걸 꾹 참았던 거야."

누구의 책임이 아니라 내가 자주적으로 판단한 결과라고 대답했다. 강하게 몰아붙이려고 왔음에도 하루카의 한마디에 하고 싶었던 말을 주저하던 모습을 보건대, 이렇게 나오면 케세이는 감정을 더욱 뒤로 밀쳐낼 수밖에 없다.

"이번 일로 케세이가 화난 거 잘 알아. 누구보다도 성심성의껏 그룹에, 그리고 나한테 공부를 가르쳐 주었으니까. 미안하다."

가르쳐 주던 상대가 사실 자기보다 위라는 사실을 속였다면 누구나 기분이 좋지 않을 것이다.

옆에 있던 하루카와 아이리도 비슷한 감정을 느꼈겠지.

내 사과를 들으면서, 하루카는 처음 한마디 이후로 쭉 입을 다물고 있었다.

지금부터는 케세이가 스스로 생각하고 스스로 소화해야 한다고 판단했기 때문이리라.

"솔직히, 난 아직 화가 나. 공부를 가르쳐 줄 필요가 없었으면 처음부터 그렇게 말해줄 수도 있었을 텐데. 별문제 없이 시험 칠 수 있으니까 스스로 하겠다거나."

"그렇지."

케세이의 입장에서는 나의 사정과 배경 따위야 상관없는 일.

'처음부터 말해줬으면' 하고 생각하는 것이 자연스럽다.

"그리고 호리키타의 말을 따르자면, 결국 앞으로도 키요타카에 대해서 모호하게 아는 상태로 지내야 한다는 거잖아? 어느 과목을 잘하는지 못하는지도 알려주지 않는다면 신뢰를 주기 어렵지."

앞으로도 케세이는 계속 의심할 것이다. 이 녀석은 어떤 과목을 잘하고 못할까.

공부를 가르쳐 주는 입장에서 그렇게 꺼림칙한 존재가 계속 옆에 있으면 불쾌하겠지.

"난 그룹에서 빠지는 생각까지 했어."

"그거 진심이야? 유키무."

이때, 침묵을 유지하던 하루카가 입을 열었다.

과연 가만히 듣고 있을 수 없는 내용이어서 그러하리라.

"그래, 진심으로. 아까 호리키타한테 설명을 듣기 전까지는 정말 빠질 생각이었어. 키요타카를 못 믿겠다고 생각했기 때문이야. 하지만…… 그래도 긴 시간 같은 그룹에 있으면서 안 것도 있어. 키요타카가 나쁜 녀석이 아니라는 사실이지. 반을 위해 숨긴 거라면, 모두에게 말하지 않은 것도 납득할 수 있어. 공부할 필요 없다고 거절하면 좋았을 거란 생각도, 키요타카는 말주변이 없으니까 차마 그 말을 못 꺼냈겠다고 이해할 수 있어."

두 주먹을 불끈 쥐며 케세이가 솔직하게 대답했다.

"다만…… 그래, 다만…… 마음을 정리하는 데 시간이 좀 걸릴 것 같아."

그렇게 말한 케세이는 일부러 크게 한숨을 쉬었다.

"더는 말해봐야 무의미하겠지……. 결국 내가 하고 싶은 말은, 하고 싶었던 말은…… 네가 다른 면으로 또 실력을 감추고 있다 해도 괜찮다는 거야. 코엔지처럼 반에 방해가 되는 것도 아니고, 누구한테 불평 들을 입장도 아니니까. 내가 이런 식으로 강하게 비난하는 것도 분위기만 흐릴 뿐이야."

누구보다도 불만을 강하게 드러냈던 케세이지만, 자신의 불만과 불복을 삼켜 소화하려 하고 있었다. 아야노코지 그룹을 위하여, 그리고 반을 위하여.

"알면서도 나도 모르게 감정을 주체하지 못했던 점은 반성해. 일단 나는 네가 보여준 실력만 진짜라고 여기기로 했어. 수학 말고 다른 과목은 그 상태대로라고 판단하고 앞으로도 알려주는 쪽에 있을게. ……그러면 되겠지?"

친구 관계가 깨져도 이상하지 않은 이 상황에서 고마운 제안을 받았다.

내가 거절할 이유는 어디에도 없었기에 순순히 고개를 끄덕였다.

"고맙다, 케세이."

그리고 고마운 마음을 말로 표현했다.

그 모습을 지켜보던 아이리가 이제야 처음으로 용기를 내어 한마디 했다.

"화, 화해의 악수…… 같은 건, 어떨까?"

"좋은 생각이네. 화해의 악수."

아이리의 제안에 하루카도 동의했다.

무거웠던 공기가 흩어져 사라지는 것을 느끼며 케세이가 고개를 가로저었다.

"됐어. 창피하게."

거부하는 케세이의 오른손을 하루카가 재빨리 붙잡았다. 그리고 내 오른손도 거의 동시에 움켜쥐었다.

"자, 화해!"

그렇게 말하며 강제로 서로의 손을 붙이고 악수를 시켰다.

"악수할 때까지 계속 꽉 잡고 있을 거니까?"

"아, 알았다고……!"

어중간한 형태로 손과 손이 닿아 있는 게 더 창피했는지 케세이가 의지를 꺾었다.

그렇게 한 악수가 정식 화해의 신호가 되었다.

"다만, 나는 이제 괜찮다고 해도 아키토는 아직 아무것도 모를 텐데."

"미얏치는 딱히 걱정할 거 없어. 아마 평소처럼 키요뽕을 받아들일 것 같은데?"

"……그런가."

잠시 생각한 케세이였지만, 지금까지의 아키토를 떠올릴 때 그렇게 짐작하는 듯했다.

"하, 이제 겨우 원상회복했네. 어깨에 짐이 내려간 느낌?"

"그나저나 키요뽕도 하루아침에 유명인이 된…… 아……!"

갑자기 뭔가 생각났다는 듯, 하루카가 나를 뚫어지게 쳐다보았다.

우리는 이어질 말을 기다렸지만, 말이 바로 나올 기미가 보이지 않았다.

"왜 그래?"

하루카가 그대로 굳어서 움직이지 않자 아이리가 걱정스레 말을 걸었다.

그러자 하루카가 마치 마법이 풀린 듯 다시 움직이기 시작했다.

"아, 아. 아니야, 아무것도. 어쨌든 유명해져서 힘들겠어, 앞으로."

"맞아. 만점은 너무한 거 아니야? 학년 2위가 사카야나기의 91점인데."

나를 인정한 후 다른 걱정을 하기 시작하는 케세이.

"사카야나기는 전 과목 모두 비슷한 점수였지?"

기억났다는 듯 아이리가 말했다.

수학이 91점. 게다가 다른 과목 모두 비슷한 고득점이라니. 난이도를 생각하면 역시 무척 공부 잘하는 학생이라는 사실은 의심할 여지가 없다. 일단 틀림없이 우리 학년에서 나 다음의 실력자이리라. 무엇보다 칭찬해주고 싶은 건 화이트 룸처럼 극단적으로 특수한 환경에서 배운 것도 아니라는 것이다. 천재라고 자칭하는 것도 수긍이 가는 수준이다.

"머리가 좋다는 건 알았는데, OAA 도입 이후로 실력을 더 드러낸 느낌이야."

조금 분한 감정이 배여 있으면서도 케세이는 사카야나기를 솔직하게 인정했다.

지금까지도 높은 점수였다는 것은 분명한데 더 높이 쌓아가고 있다.

평소에 일부러 조금 힘을 빼고 쳤던 것일까, 아니면 다른 시간에도 공부를 더 하기 시작한 걸까.

어찌 됐건 이전보다도 더 성가신 상대가 되리라는 것은 틀림없는 듯했다.

"화해 기념으로 말이야, 미얏치 동아리가 끝나면 케야키 몰에 놀러 가지 않을래?"

그런 하루카의 제안을 거절하는 학생은 아무도 없었다.

3

저녁 7시에 만나기로 약속한 케야키 몰 앞.

나는 조금 먼저 가서 친구들이 오기를 조용히 기다리고 있었다.

분란을 일으킨 장본인으로서, 오늘은 기다리게 하지 않는 편이 좋다고 판단했기 때문이다.

"아무리 그래도 너무 일찍 왔나."

시계는 이제 막 6시 반을 지나고 있었다.

그래도 기다리는 게 힘들지는 않다. 오히려 몇 안 되는 특기 중 하나라고 해도 과언이 아니다.

이렇게 그냥 아무 생각 없이 텅 비우는 시간이 있는 것도 좋다.

다만 그 대가라고 하기는 좀 그렇지만 약간 성가신 점도 있었다.

혼자 있으면 이상하게 시선을 끌고 마는 점이었다. 3학년을 제외하고 시험 결과가 공개된 만큼 머지않아 모든 학년이 나를 주목하겠지. 그리고 선후배의 호기심 어린 시선은 당분간 이어질 것이다.

잠시 아무것도 하지 않고 서 있는데 스마트폰이 울렸다. 아야노코지 그룹에서 온 연락으로, 이제 기숙사를 나선다는 아이리의 보고였다. 나머지 네 사람 모두 읽음 표시가 떴다.

나는 도착했다고 굳이 알리지 않고 각자의 상황을 읽어 내려갔다.

"아야노코지, 누구랑 약속 있어?"

스마트폰을 보느라 알아차리지 못했는데, 이치노세가 말을 걸어서 고개를 들었다.

옆에는 이치노세와 같은 반인 칸자키도 있었다. 넓은 부지 면적을 자랑한다 해도 평소에 학생들이 쓰는 공간은 극히 한정적이다. 학생들이 이용하는 케야키 몰 입구에 있으면 아는 사람을 만나는 것이 자연의 섭리였다.

"친구랑 밥 먹기로 해서. 너희는?"

감출 것도 없었기에 솔직하게 대답했다.

한편 이치노세와 칸자키는 서로 보지도 않고, 합을 맞추기라도 하듯이 말했다.

"우리도 비슷하다고 할까. 그렇지?"

"어."

짧게 대답한 칸자키. 나보다 이치노세에게 더 강한 시선을 보내고 있었다.

비슷한 것. 그건 비슷하지만 같지 않다는 의미.

"참, 시험 결과 봤어. 수학 만점이라니 대단해."

"작년 OAA만 봐서는 너한테 만점 받을 실력이 없는데."

능력을 감춘 것에 대해 의문 하나 보이지 않는 이치노세와는 대조적으로, 칸자키는 납득이 되지 않는 부분을 숨김없이 말했다.

"여러 가지 사정이 있었어. 수학을 잘한다는 사실을 숨기기로 애들이랑 상의해 결정한 거야."

이렇게 설명하기만 해도 이치노세와 칸자키는 어느 정도 받아들일 수 있다.

멋대로 상상해서 내용을 보완하겠지.

평소 같으면 그것으로 충분했을 터지만, 칸자키의 날카로운 눈빛은 느슨해지지 않았다.

"지금까지 감췄던 것뿐이라고? 생각 이상으로 성가신 상대 같네."

"칸자키, 말이 좀 심한 것 같아. 다른 반도 다 각자의 생각이 있고, 전략이 있는 게 당연하잖아."

그런 이치노세의 지적을 칸자키는 당연하다는 식으로 받아들였다.

"그건 그렇지, 류엔처럼 비겁한 수를 쓴 것도 아니고. 하지만 몇 가지 마음에 들지 않는 점도 있어. 애당초 그렇게 고난도의 문제를 풀고 만점을 받는 일이 쉽지 않다는 건 이치노세 너도 잘 알잖아. 아무리 같은 반 애들의 지시에 따랐다고 하지만——"

말을 계속하려는 칸자키를 이치노세가 드물게 강한 어조로 제지했다.

"아야노코지는 우리의 적이 아니야."

적대하는 태도에 강한 불만을 드러내는 이치노세. 과연 칸자키의 태도가 평소답지 않긴 하지만, 이런 상황에서 누가 옳은지를 묻는다면 경계심을 드러낸 칸자키 쪽이겠지.

"동맹은 이미 끝났어. 2학년 D반은 틀림없는 우리의 적이야."

"그건…… 하지만 무의미하게 싸울 필요는 없어."

"싸우자는 게 아니야. 하지만 상대의 진짜 전력을 파악할 필요는 있어."

"아야노코지는 수학을 잘한다는 사실을 감추고 있었다, 그게 숨겨져 있던 사실이잖아."

칸자키가 한 걸음 앞으로 나와, 나와의 거리를 이치노세보다 더 좁혔다.

"그럼 그것 말고는? 수학만? 아니, 그럴 리가 없지. 또 다른 능력을 숨기고 있는 게 분명해. 작년 체육대회 때 보였던 그 자랑하는 달리기 실력도 반 애들의 지시로 감추고 있었던 거야? 우리 B반…… 아니 C반 입장에서 최악인 건, 그 이외의 실력도 계속 숨기고 있다는 사실이라고."

"하지만 시험 점수에는 한계가 있어. 아무리 공부를 잘한다고 하더라도 한 과목당 받을 수 있는 건 100점까지고, 성적 등급도 A+까지밖에 없어. 전부 만점을 받는다고 하더라도 학년 2위였던 사카야나기와의 차이는 그리 크지 않을걸?"

현재 나와 사카야나기의 수학 점수 차이는 고작 9점에 불과하다.

다섯 과목에서 다 그렇게 차이가 난다고 하더라도 합계 45점. 그것은 그리 큰 위협이 못 된다는 것이 이치노세의 주장이었다.

"우리 C반이 종합 점수는 아직 더 위야. 아야노코지가 진짜 실력을 내서 좁힌 점수는 그만큼 우리 반 전체가 보완하면 돼."

"물론 필기시험만 놓고 보면 그럴지도 모르지…… 하지만——"

"이제 그만하자, 칸자키. 지금 여기서 열 올릴 일이 아니라는 건 너도 잘 알지?"

늘 평화주의자를 자처하는 이치노세는 보는 눈이 많은 케야키 몰 앞에서 열띤 논의를 이어가다가 곧 일이 커지는 것을 염려했다.

"하긴, 좀 침착하지 못했던 것 같다."

더 이상 이 자리에서 논쟁을 벌여도 해결될 일이 아니라고 판단했는지, 칸자키는 입을 다물고 뭔가 포기한 듯 시선을 옮겼다.

"먼저 갈게."

그런 한마디를 던지고 이치노세를 남겨둔 채 서둘러 케야키 몰 안으로 사라졌다.

그 뒷모습을 우리는 잠자코 지켜보았다.

"미안해. 상황이 상황이라, 칸자키도 여유가 없어서 그래."

계속 유지해오던 B반에서 C반으로의 전락.

지금까지 해오던 대결 방식이 통하지 않게 되어 방향 전환을 강요받는 중이니 무리도 아니다.

아니, 오히려 이런 상황에서도 다정하게 대해주는 이치

노세가 이질적이라고도 할 수 있다.

칸자키가 안이함을 버려야 한다고 생각하기 시작한 것은 틀리지 않았으리라.

"내가 틀린 걸까……?"

이치노세도 그런 칸자키의 생각이 전혀 이해되지 않을 리는 없었다.

알면서도 자신의 신념을 관철하려 하고 있다.

모르고 계속하는 것과 비교하면 하늘과 땅 차이다.

"전에 내가 한 말 아직 기억하지?"

"응. 끝까지 반 애들이랑 함께 헤쳐나가라고 했던 거."

"앞으로 칸자키처럼 반을 변화시키려 움직이기 시작하는 학생이 나올지도 몰라. 어쩌면 반을 배신하는 학생도. 어떤 식으로 상황이 달라져도 이상하지 않아. 이치노세 혼자서 지켜도 안전했던 1학년 B반은 이제 없어."

그 말은 2학년 C반의 어느 학생보다도 이치노세에게 와닿을 것이다.

"앞으로 무슨 일이 일어나더라도 친구를 신뢰하고 지킬 것을 최우선으로 삼고 계속 싸워나갔으면 좋겠다."

"걱정 마, 난 반드시 우리 반 애들을 지킬 거야. 만약, 꼭 반의 누군가가 사라져야 하는 때가 온다면, 제일 먼저 사라질 사람은 나라고 생각해."

허세가 아니라, 이치노세는 분명 그렇게 하리라.

반을 혼란스럽게 만든 책임을 지고, 누구보다도 먼저 퇴학의 길을 선택한다.

"그 각오를 들으니까 새삼 마음이 놓이지만, 딱 한 가지 불만이 있어."

"불만……?"

어디가 잘못이었던 걸까, 하고 고개를 갸우뚱거리는 이치노세.

"난 네가 퇴학당하는 걸 절대 용납할 수 없어."

더 중요한 것을 이치노세에게 알려줄 필요가 있다.

앞으로 1년, 이치노세가 멈추지 않고 계속 달려 나가게 만드는 것은 몹시 중요한 일이다.

두 눈을 바라보며, 이치노세의 눈동자 깊이 담긴 의지에 활활 타오르는 불길을 심었다.

그녀에게 줘야 할 것은 어둠이 아니다.

절대 꺼지지 않는 빛이다.

잘못된 방향으로 그 빛을 밝힐 가능성이 있다면 제거해야 한다.

"그, 그건…… 으, 응…… 반드시…… 남을게."

이치노세는 나를 올려다보면서, 왠지 수줍은 듯 말을 웅얼거렸다.

"저…… 정말로 굉장해, 아야노코지는……. 그렇게 어려웠던 수학 시험에서 만점이라니."

화제를 전환하듯 시선을 피하며 이치노세가 그렇게 말했다.

"수학만 잘하는 인간일지도 모르는데."

"그래도 굉장한 거야. 그 누구에게도 지지 않을 무기를 하나 이상 가지고 있다는 거니까."

"그건 이치노세도 마찬가지지. 그 누구에게도 지지 않을 무기를 분명히 갖고 있어."

"그렇다면 좋겠지만……."

다만 그것을 잘 컨트롤할 사람이 주변에 부족할 뿐.

그건 반 아이들의 혜택을 받지 못해서가 아니다.

그녀가 가진 무기의 단점 때문이다.

반 아이들의 개성을 죽여 버릴 만큼 큰 포용력 탓이다.

안일함이 생기면서, 그 결과 몰개성해지는 악순환이 되풀이되고 있다.

"……그만 가볼게. 여기는 너무 눈에 띄고, 무엇보다도 칸자키를 너무 기다리게 하면 미안하니까."

나는 작게 고개를 끄덕인 후 멀어지는 이치노세의 뒷모습을 지켜보았다.

이제 나도 슬슬 약속 시간이 다 되었다고 생각하며 다시 스마트폰을 확인했다.

"무슨 얘기 했어? 이치노세랑."

그때 살짝 떨어진 거리에서 하루카가 말을 걸었다.

돌아보니 아키토와 케세이, 게다가 아이리까지 모두 모여 나를 보고 있었다.

아무래도 이치노세와 얘기하는 동안에 다른 멤버들과

다 만난 듯했다.

"수학 만점 일로."

"무리도 아니지. 공부 잘하는 애일수록 이번 일이 마음에 걸릴 테니."

지당한 이유를 들어 설명해주자 케세이가 곧바로 받아들였다.

하지만 하루카는 아닌 듯했다.

깊이 캐묻지 않고 금세 평소 표정으로 돌아왔지만.

내일, 5월 2일부터는 황금연휴에 돌입한다.

특별시험을 순조롭게 극복하기도 했으니, 학생들은 가벼운 마음으로 휴일을 보낼 것이다.

4

황금연휴도 순식간에 지나가고, 나의 학교생활이 다시 시작되었다.

평소와 하나도 달라지지 않은 풍경이지만 일상은 조금씩 변하고 있다.

"……여어."

휴일이 끝난 첫 아침, 학교 신발장 근처에서 제일 먼저 만난 것은 스도였다.

단순히 같은 반 친구를 만난 것처럼 보이지만, 이것은

변하기 시작한 일상의 일부다.

"저번에는 이래저래 힘들어 보이던데. 이제 괜찮냐?"

"괜찮아, 별다를 것 없이 황금연휴도 잘 보냈어."

"그래? 그나저나 휴일은 참 총알같이 지나간다니까."

스도와 발맞춰 나란히 교실로 향했다.

동아리 때문에 교실을 나갔던 스도는 그 후에 이케나 혼
도 등에게서 자세한 이야기를 전해 들었으리라.

교실에서 있었던 일은 따로 설명해주지 않아도 다 파악
하고 있을 터.

"스즈네의 작전으로 공부 잘하는 걸 숨기고 있었다며."

가볍게 고개를 끄덕여 동의했지만, 스도는 입술을 살짝
삐죽거리더니 내게서 시선을 떼고 정면을 향했다.

"입학 초기부터 너희는 가까웠었지. 이제야 이해가 된다."

"가까웠던 건 아니야. 오히려 처음에는 좀 멀리했던 것
같은데."

"그래? 미안하지만 그렇게는 안 보였는데."

아마 그건 스도가 이성(異性)이라는 필터를 끼고 호리키
타를 보기 때문이겠지.

지적해봐야 뭐가 어떻게 되는 것도 아니어서 그냥 듣고
넘겼다.

"나중에 요스케한테 들었어. 나를 감싸줬다며?"

"감쌌다기보다는 그냥 있는 사실을 얘기했을 뿐인데."

"사실이라고 했지만, 그때 스도는 진실을 하나도 모르는

단계였잖아."

"그딴 거 나도 알거든."

살짝 화난 듯 스도가 입술 끝을 다시 한번 삐죽거렸다.

"수학 천재라는 게 비밀이었던 모양인데, 싸움 잘하는 것도 비밀이냐?"

스도의 입장에서는 수학보다 그쪽이 더 궁금할 터다.

"무슨 말인지 모르겠는데."

하고 싶은 말이 뭔지 모르는 척했다.

하지만 이제 스도는 그걸로 물러날 사람이 아니다.

"시치미 떼지 마. 나는 호우센이랑 싸워봐서 알아. 그 녀석의 괴력은 진짜였어. 몸놀림도 지금까지 싸웠던 그 누구보다도 빨랐고. 분명히 말하는데 괴물이었다."

스도는 직접 싸워봤기에 피부로 느꼈다고 말했다.

"싸우면서 무섭다고 생각한 건 처음이었어. 지금도 녀석의 웃는 얼굴이 뇌리에 새겨져 있다고."

그렇게 말하며 관자놀이 주변을 왼쪽 검지로 두세 번 눌렀다.

"무서웠다고? 호리키타를 위해 용감하게 싸우는 것처럼 보였는데."

"그때야 그렇게 할 수밖에 없는 상황이었으니까. 녀석, 완전히 돌아버린 상태였고."

그것은 부정할 수 없다. 호우센의 폭력에 대한 집착은 보통이 아니었다.

"하지만 너한테도 승산이 있지 않았어?"

그때 스도가 호우센에게 녹다운당했던 원인은 감언이설에 속아 넘어간 데 있었다.

눈앞의 상대에 집중해야 하는 상황에서 호리키타라는 미끼에 걸려 무방비한 모습을 노출한 것이다.

결과적으로 그것이 치명상이 되어 스도의 패배로 막을 내렸다.

"글쎄…… 제대로 싸웠어도 아마 녀석한테는 못 이겼을 거다."

그건 스도가 약해서가 아니다. 뛰어난 신체 능력과 센스를 갖춘 스도가 이렇게까지 말할 정도로, 호우센이 보통인물이 아닌 거다.

무술에 소양이 있었던 마나부나, 신체 능력이 타고난 알베르트. 그렇게 선택받은 사람들조차 싸움이라는 필드 위에서는 승산이 없으리라.

"그리고 그게 아니라, 내 이야기는 됐어."

여기서 스도가 내 얼굴을 쳐다보았다.

"너는…… 그 괴물 호우센의 괴력을 막상막하, 그 이상으로 막아냈어. 안 그래?"

어쩌다가 평소 이상으로 힘이 나왔을 뿐이라는 변명은 스도에게 통하지 않겠지.

이 녀석은 내가 수학에서 만점을 받아도 이상하지 않다고 자연스레 연결 짓고 있다.

또 호리키타에게 호감이 있기에 눈에 들어오는 것도 있으리라.

"단순한 착각이 아니라, 네 눈에는 그리 보였다고?"

"그래, 보였다."

스도가 오른손으로 내 상완 이두박근을 잡았다.

그리고 근육을 확인하듯 몇 번인가 가볍게 더듬으면서 말했다.

"작년에 너를 수영장에서 봤을 때부터 느꼈지. 아무 동아리도 안 하면서 몸이 상당히 탄탄하더라고. 옷을 입고 있을 때는 모르지만, 군더더기 없이 단단하게 붙은 근육이 장난 아니야…… 웬만큼 열심히 단련하지 않으면 절대 이렇게 되지 않지."

신체를 열심히 단련하는 스도를 속이기란 더 이상 무리다.

자고 일어났더니 갑자기 근육이 붙어 있었다, 같은 말을 믿어줄 리도 없고.

보기만 하는 것이 아니라 이렇게 만져버리기까지 하면 더욱. 육체는 거짓말을 못 한다.

"그러고 보니 체육대회 전 측정 때 악력이 60 정도 나왔었지."

작년 일을 천천히 떠올리기 시작하는 스도.

"그때도 꽤 대단하다고 생각했었는데…… 그것도 살살 한 거지? 원래는 얼마 나오냐?"

"글쎄. 솔직히 나도 몰라."

"모른다고?"

"악력을 제대로 측정한 적이 없어서."

"그럴 리가 있냐. 초등학교 때도 중학교 때도, 신체 측정 같은 거 몇 번은 했을 텐데."

정말로 기억에 없다.

물론 화이트 룸에서 정기적으로 신체검사를 했었다.

아마 일반 학교에서 하는 신체검사와는 비교도 할 수 없을 만큼 데이터가 막대할 것이다.

하지만 그건 어디까지나 교관들만 파악하는 것.

굳이 학생 개개인에게 수치가 얼마 나왔다는 둥 상세히 알려주지 않는다.

그리고 학생 역시 매일같이 달라지는 숫자에 이렇다 할 흥미를 느끼지 않았다.

어차피 수치는 올라가거나 내려간다는 인식밖에 없었으니까.

다만 평소에 육체를 잘 유지하도록 관리하고는 있다고는 해도, 화이트 룸에 있을 때보다는 신체 능력이 조금 떨어졌으리라.

"진짜 모른다고?"

내 눈을 본 스도가 거짓말이 아니라고 느꼈는지 그렇게 말했다.

"그때는 60 정도의 악력이 고등학교 1학년의 평균이라고 들어서. 비슷한 수치가 나오도록 조정한 거였어. 최대한 뛰고 싶지 않았거든."

그랬는데 평균보다 위였다는 사실을 알고 조금 놀랐었다.

"너는, 진짜 너는 얼마나 대단한 사람인 거야."

시기와 질투가 담긴 탐구심.

"얼마나……라."

무엇을 기준으로 삼느냐에 따라 대답과 견해가 달라지겠지.

잠시 고민하고 있는데——

"아니다, 대답 안 해도 돼. 방금 한 말은 잊어버려라."

스도는 내 대답을 거절하듯 스스로 질문을 철회했다.

만약 여기서 나라는 인간의 모든 것을 털어놓는다고 해도 이해할 사람은 아무도 없다.

애당초 한마디로 설명할 수 있는 게 아니다.

"정말로 대단한지 아닌지, 그건 내 눈으로 직접 확인해보지 않으면 아무 의미 없으니까."

잡고 있던 내 팔을 놓아주었다.

스도도 케세이처럼 스스로 소화하기 시작한 듯했다.

"하지만 네가 엄청난 녀석이라는 건 잘 알았다. 진짜 대단하다, 아야노코지."

"숨겼는데 화는 안 나?"

"그야 처음에는 이게 뭔가 싶었지. 유키무라의 기분도 이해돼. 자기가 더 대단하다고 생각했는데 사실은 가까이에 더 굉장한 놈이 실력을 숨기고 있었으니 기분이 좋진 않겠지. 하지만 아야노코지의 심정도 알 것 같아. 괜히 튀는 것도 좋아하지 않는 성격이니까. 그래서 왠지 이해는 간다고 할까."

그리고 스도는 내 생각과는 다른 답을 내놓았다.

"여러 가지로 걸리는 점이 없다고 한다면 거짓말이지만, 난 내 나름대로 노력해서 성장했어. 다른 녀석이 어떻고 하는 것 따위와는 아무 상관도 없이. 그런 식으로 여기기로 했다."

남을 보는 것이 아니라 자기 자신을 똑바로 바라보는 것.

그것이 자신을 위한 최선의 길이라고, 자신에게 들려주듯 말했다.

"그리고 네가 아무리 대단한 놈이라도 농구만큼은 내가 위니까."

오늘 처음으로 스도가 대담하게 웃었다.

그 점은 굳이 확인할 것까지도 없다며, 자신만만하게 말하는 것이었다.

물론 그건 틀림없는 사실이다.

한두 번 대결해봐야 결과는 불 보듯 뻔하다. 나에게는 승산이 없다.

"그러니까 농구라면 언제든 승부를 겨뤄주마."

"사양할게. 샌드백이 되긴 싫으니까."

"하하하하! 잘 아네!"

사람은 남보다 하나라도 더 뛰어난 것을 가지고 있으면

마음에 여유가 생기기 쉽다.

"그러니까 호우센 사건은 아무한테도 말 안 할게. 왠지 빙 돌려서 말한 것처럼 돼버렸는데, 오늘 너한테 말 건 건 그 말이 하고 싶어서였다."

"그래?"

그의 큰 배려가 솔직히 고맙게 느껴졌다.

"아아, 맞다, 호우센 이야기는 오늘로 끝낼 생각인데……마지막으로 하나만 물어봐도 되냐?"

"대답할 수 있는 거라면."

"내가 호우센과 싸웠던 이야기를 다른 애들한테 말할 거란 생각은 안 해봤냐?"

이 질문은 지금 대화의 흐름상 필연적이었다.

애초에 스도에게 그 광경을 보여준 것도 어느 정도 입을 다물게 하기 위한 목적이 있었다.

물론 혹시 모르니 호리키타를 통해 입단속 하는 것도 생각했지만, 그날 밤 그리고 내가 수학 만점을 받은 직후 스도의 눈을 보니 대충 감이 왔다.

"예전의 너였다면 나도 분명 미리 손을 썼겠지. 호리키타한테 부탁한다든가 해서 말이 새어 나가지 않게 말이야."

"예전의 나였다면?"

"OAA의 종합 능력을 봐도 알 수 있듯이 발전 가능성이라는 면에서 보면 너는 D반에서 최고에 속해. 무모했던 때와 달리 지금은 상황 판단도 침착하게 할 수 있게 되었어.

그게 내가 따로 손을 쓰지 않은 제일 큰 이유야."

나 나름대로 스도 켄이라는 학생을 분석하고 내린 판단.

그때 같이 있었던 사람이 이케나 혼도 같은 학생이었다면 이야기는 또 달라진다.

"왠지 말하는 게 담탱이 같다."

어이없다는 듯, 그러면서도 감탄했다는 식으로 스도가 한숨을 내쉬었다.

"완전히 이해했다. 네가 나를 높이 사고 있다는 거니까 기분도 썩 나쁘지 않고."

그렇게 말한 스도가 갑자기 가까이 얼굴을 들이밀었다.

"그리고 하나만 더 물어보겠는데, 너 스즈네랑은——"

"안 사귀어."

너무 가까운 얼굴로부터 조금 거리를 벌리고 말을 중간에 덮어 진실임을 강조했다.

"……그래."

자기도 모르게 묻고 만 듯, 스도가 살짝 쑥스러워하면서 시선을 돌렸다.

"그런 거니까. 딱히, 그러니까, 사귀지 말라는 뜻이 아니야. 스즈네가…… 나든 아야노코지든, 아니면 다른 남자랑 사귀든, 그건 그 녀석의 자유니까. 하지만, 뭐랄까, 사귀는데 나한테 숨기면 그때는 용서 안 한다."

"알았어, 알았다고. 만에 하나 그런 일이 있으면 바로 보고할게. 됐지?"

"좋아. 아니, 좋은 건 아니고! ……아무튼, 그러면 돼."

이렇게 해서 묻고 싶었던 말과 하고 싶었던 말을 대충 끝냈는지, 스도가 숨을 한 번 쉬었다.

"하루키의 친구로서는 냉정한 말이겠지만, 반 내부 투표 때 네가 퇴학당하지 않은 건 다행이라고 생각해. 넌 틀림없이 A반을 노리는 데 필요한 녀석이니까. 그럼 나중에 보자, 아야노코지."

그렇게 말한 스도는 조금 빠르게 교실로 향했다.

나와 대화하는 모습을 주변에 보이지 않으려는 배려인 걸까.

"A반을 노리는 데 필요한 녀석이라……."

설마 스도한테서 그런 평가를 받는 날이 올 줄이야.

다만, 현재 반에 필요한 인재는 나 같은 사람이 아니다.

스도야말로 틀림없이 반에 없어서는 안 되는 중요한 인물이리라.

○흘러가는 나날

정신없던 4월이 지나가고 5월로 접어든 지도 2주째.

화이트 룸생은 여전히 내게 이렇다 할 수작을 부릴 기색이 없었다. 츠키시로의 컨트롤 아래에서 벗어난 모양인데 도대체 무슨 꿍꿍이인 걸까. 아무튼 평온한 일상을 보낼 수 있다면 딱히 불만은 없다.

그런 5월 중순의 어느 아침, 나는 로비에서 호리키타를 기다리고 있었다.

시험 결과 때문에 큰 주목을 모았던 나지만, 지금은 조금 잠잠해졌다. 스쳐 지나가는 동급생들도 그렇게까지 특이한 시선을 보내지는 않았다.

물론 여전히 속으로 생각하는 학생은 많겠지만 일단은 종식된 분위기다.

호리키타를 기다리는 동안, 갱신된 OAA를 다시 열었다.

매달 성적이 반영되는 시스템은 2년째에 접어들면서 새로운 체제를 엿볼 수 있었다.

수학에서 만점을 받은 나지만 다섯 과목의 총점은 386점. 그 결과, 학력 평가는 A-로 전체적인 평가로 볼 때는 예상보다 아주 약간 높은 정도에 머물렀다. 그밖에는 1학년 때와 별반 다르지 않고 비슷비슷했다.

2-D 아야노코지 키요타카

2학년도 성적
학력 A- (81)
신체 능력 B- (61)
기지 사고력 D+ (40)
사회 공헌도 B (68)
종합 능력 B- (62)

호리키타, 미짱처럼 작년 학력에서 A 판정을 받았던 학
생들은 변함없이 A 판정을 받았다. 아마 종합 점수가 400
점을 넘는 학생은 A 이상의 평가를 받았으리라.
전체적으로 성적이 향상되었다는 결과가 현저히 드러난
OAA인데, 지난번에도 말했듯이 그 필두에 선 후보는 스
도일 것이다. 2학년 전체를 보아도 스도의 성적 향상은 괄
목할 만했다.

2-D 스도 켄

2학년도 성적
학력 C (54)
신체 능력 A+ (96)
기지 사고력 C- (42)

사회 공헌도 C+ (60)
종합 능력 B- (63)

1학년 때 종합 능력이 47점이었던 것을 생각하면 경이로운 성장이다.

특출 난 신체 능력 덕을 봤던 평가가 이제 완전히 달라져 모든 요소가 고르게 향상되었다.

OAA상의 평가일 뿐이지만 케세이와 아키토보다도 더 높은 종합 능력을 남겼다.

앞으로도 학력, 사회 공헌도를 더 높일 수 있다면 요스케, 쿠시다 같은 학생들과도 어깨를 나란히 하게 될지 모른다. 특출난 능력을 갖춘 학생의 매력이라고도 할 수 있으리라.

다만 리셋된다던 평가에 대해 말하자면, 기지 사고력과 사회 공헌도는 1학년 때의 흐름…… 정확하게는 학교의 판단 재료로 일부가 여전히 이어지고 있다고 봐도 될 듯하다. 교우관계, 소통 능력은 학년이 달라졌다고 해서 갑자기 확 바뀌는 게 아니다. 그래도 앞으로 한 달, 그리고 반년을 스도가 착실하게 생활한다면 적어도 사회 공헌도만큼은 꽤 높은 수치로 올라갈 수 있을 것이다.

스도 이외에도, 다른 학생 모두 1학년 때보다 종합 능력이 올라간 것으로 나와 있었다. 그 대부분은 기지 사고력과 사회 공헌도, 혹은 그 둘 중 하나가 낮았던 학생의 비약이라고 봐도 되리라.

"많이 기다렸니?"

약속 시간 조금 전에 호리키타가 내려왔다.

"별로 안 기다렸어."

로비에서 대화할 필요는 없어서 통학로 쪽으로 걷기 시작했다.

내용과 상관없이, 바깥이 대화가 원활하게 이어져서 편하다.

"다시 한번 고맙다고 말하고 싶어. 네가 기지를 발휘해준 덕분에 반에서 별로 주목받지 않고 끝낼 수 있었어. 다른 반에도 비슷한 형태로 이야기가 퍼진 것 같고."

다른 반의 경계심은 강해졌겠지만, 솔직히 영향은 별로 없었다.

A반의 사카야나기는 옛날부터 나를 알고 있었고, 류엔이야 내가 직접 쓰러트린 일도 있어서 수학만 잘하는 게아니라는 사실을 잘 알고 있다. 이치노세도 내가 평범한학생이 아니라는 걸 어느 정도 눈치챘을 것이고.

"뭘. 그렇게 하는 게 앞으로 반에 플러스로 작용하겠다고 생각했을 뿐이야. 네가 마음대로 힘 빼고 있었다고 말해봐야 빈축만 살 거 아니야? 그런데 만약에 내가 그 자리에 없었으면 어떻게 하려고 했니?"

"글쎄, 어떻게 했으려나."

그렇게 얼버무렸지만, 결국은 비슷한 전개가 되었겠지.

호리키타의 지시에 따른 전략 중 하나였다고 둘러대서

그날은 그렇게 스리슬쩍 넘어가는 것이다. 그리고 나중에 다시 비슷한 이야기를 하게 하는 방향으로 말이다. 그런데 내가 굳이 설명해주지 않았는데 호리키타는 이미 거기까지 생각하고 있었다.

"이번 일은 나한테 빚진 거야."

"순순히 인정하지."

호리키타가 내 왼손으로 시선을 던졌다.

"다친 왼손은 괜찮아?"

"그럭저럭. 아직 시간이 더 필요할 것 같지만, 오른손이 아니어서 크게 불편하지는 않아."

"그럼 다행이고…… 그날 이후로 호우센이 접촉해오지는 않았어?"

"아니, 전혀. 딱 한 번 호우센이랑 나나세랑 마주친 적이 있었는데 말조차 하지 않았어."

쳐다보기는 했지만 둘 다 내게 말을 걸지 않았다.

"사과는 안 했지만, 잘못했다는 자각은 있는 걸까?"

"글쎄. 그런 느낌도 아니었던 것 같은데."

"둘 다?"

"어."

스케일 큰 수작을 걸어오는 대담함에 흔들리지 않는 마음까지. 배짱이 대단한 1학년들이다.

"그때, 너를 퇴학시키면 2,000만 포인트를 얻을 수 있다고 한 이야기, 그거 진짜일까?"

"아직 확실한 증거는 없어. 하지만 그 정도 보상도 없이 그런 짓을 하진 않았겠지."

"……그것도 그러네."

스스로 치명상과 퇴학이라는 위험을 짊어지면서까지 허튼짓을 하리라는 생각은 들지 않는다.

유일하게 있다면 화이트 룸생이라는 가능성뿐이다.

"진실이 무엇인지도 머지않아 밝혀지겠지."

"하지만 그건—— 좋은 전개가 아닐 거야. 불합리한 내용이라도 그게 특별시험이면 네 반이 다 알고 있다는 얘기잖아?"

"나나세도 그랬지. 모든 반에 주의를 기울이게 하도록 얘기했다고."

그렇다면 적어도 나머지 세 반, 세 사람 이상이 나에 대해 알고 있다는 뜻이 된다.

"A반의 아마사와…… 그 애한테는 스도와 조가 되어줘서 고마운 마음밖에 없는데, 호우센한테 가담했다는 건 틀림없지?"

나는 가볍게 고개를 끄덕였다. 1학년 A반의 아마사와 이치카는 2,000만 엔이라는 특별시험을 알고 있는 게 거의 확실하다. 나머지 1학년 B반과 1학년 C반 학생 중에는 누가 아는지 모른다.

"너를 퇴학시키려고 움직인 건 현재까지 그 세 사람뿐이지?"

"지금까지 알아차린 걸로는."

"그럼 좀 이상하네…… 호우센은 빈말이라도 1학년 사이에서 인기 있는 타입이 아니잖아. 그런데 그 애가 원하는 대로, 그 큰 2,000만 포인트를 빼앗아가는 걸 잠자코 지켜보기만 했을까?"

그건 나도 궁금한 부분이다. 하지만 이유를 좁히기가 어렵다.

호우센과 나나세만으로는 나를 퇴학시킬 수 없다고 생각한 것일까…….

아니면 처음부터 이 특별시험에 뛰어들 생각이 없었던 걸까.

옆에서 걷는 호리키타도 그 부분은 답을 생각해내지 못하고 있겠지.

그래서 나는 방향을 살짝 틀어보았다.

"1학년 전체가 정보를 공유하고 있는 느낌이 아닌 건 왜라고 생각해?"

기왕 이야기할 거면, 하고 나는 호리키타에게 의견을 물어보기로 했다.

"글쎄…… 만약 너를 퇴학시키는 게 특별시험의 내용이라는 것을 1학년 전체에 알린다면 1학년뿐 아니라 2학년과 3학년의 귀에 들어가는 건 시간문제겠지. 이런 불합리한 특별시험을 알게 되면 우리 반은 당연히 강력하게 항의할 거고. 그래서 알려지지 않게 하려고……가 아닐까?"

그건 틀림없이 정답이다. 그리고 그 정답 안에서 더욱 깨닫게 되는 것도 있다.

"이런 불합리하기 짝이 없는 특별시험을, 학교 측은 정말로 허락한 걸까……."

"그러게. 담임 차바시라 선생님한테도 넌지시 확인해봤는데, 아무래도 모르는 느낌이었어."

사실은 확인 따위 해보지 않았지만, 틀림없이 모르고 있겠지.

"그걸로 생각해볼 수 있는 건 크게 두 가지야. 하나는 나나세와 호우센의 이야기가 거짓이었을 경우. 나를 퇴학시키는 특별시험 같은 건 애초에 존재하지 않는다는 설이야. 하지만 이건 아까도 말했듯이 아무 대가도 없이 그런 위험한 짓을 하리라는 생각은 안 드니까 지울 수 있어."

"응."

"다른 한 가지는 사실은 특별시험이 아닐 가능성. 정확하게 말하자면 나를 퇴학시키면 2,000만 포인트를 주겠다고 누가 1학년을 꼬드겼을 가능성이야."

"그렇구나. 개인적으로 네 목에 상금을 걸었다면 이야기가 말이 되네."

상당히 악질적인 행동이지만 학교 규칙에 어긋나는 것은 아니니까. 그리고 상황을 정리하면서 알게 된 것이 있으리라. 호리키타는 머릿속으로 정리하며 조금씩 진실에 다가가고 있었다.

"동급생이나 선배 중에 그렇게 큰 금액을 마련한 인물이 있다는 뜻인가?"

호리키타의 머릿속에는 츠키시로가 개인적으로 움직일 가능성을 도출해 낼 만한 재료가 하나도 없으니, 선택지가 필연적으로 제한될 수밖에 없다.

"1학년의 일부가 독자적으로 만든 게임일 가능성도 부정할 수는 없지만, 입학 초기여서 신뢰 관계도, 현물도 아무것도 없는 상태니까 그건 아닐 것 같아. 확률이 희박하겠지."

"확실하게 2,000만 포인트를 낼 능력이 있으면서 1학년이 신뢰하는 인물."

추리해 갈수록 점점 어떤 인물이 떠오르리라.

"——학생회장."

불쑥 새어 나온 그 말은 놀라울 만큼 이 상황에 딱 들어맞았다.

"설마 나구모 학생회장이 이번 일에 연루되어 있을지도 모른다는 거야?"

"글쎄. 나를 좋아하지 않는다는 건 확실한데, 그렇다고 해서 2,000만이나 되는 거액을 마련하면서까지 퇴학으로 몰고 가려고 했을지는 회의적이야. 어떤 인물인지, 또 실력이 어떤지도 모르는 1학년을 이용하는 것도 좀 이상하고."

정말 진심으로 누군가의 힘을 빌려 나를 퇴학시키고 싶다면 이미 장악한 3학년을 이용하는 편이 더 확실하다.

"다만 전혀 관계없지 않을 수는 있겠지."

어떠한 형태로 관여하고 있다는 걸 부정할 만한 재료는 하나도 없다.

학생회장이라면 1학년도 의심하지 않을 테고.

"너도 모르게 질투를 샀을 가능성은 있어. 나구모 학생 회장은 오빠를 의식했으니까. 그런 오빠는 아야노코지한 테만 관심을 줬고. 나처럼 복잡한 감정이 있었다고 해도 이상하지 않아."

이유가 있다면 그 정도뿐이리라.

"마침 잘 됐다는 건 아니지만, 오늘 너한테 말 건 달리 본론이 있어. 나는 오늘 방과 후에 학생회실에 갈 거야. 나구모 학생회장을 만나서 학생회에 들어가고 싶다고 말하려고."

"그래?"

우여곡절은 있었지만, 이렇게 해서 마나부가 마음에 걸려 하던 나구모 일에 진전이 생길까.

"하지만 나구모 학생회장이 받아들이지 않는 경우는 나도 책임 못 져."

"전에도 말했지만, 학생회장은 오는 사람 막지 않는 주의인 것 같으니까."

"……그랬지."

그때는 마나부가 막 졸업해서 감정적이었었는데, 그래도 그 이야기는 잘 기억하는 모양이다. 나구모가 오는 사람 막지 않는 주의라고 말했지만, 물론 근거는 그게 다가 아니다. 줄곧 따라잡으려고 애썼던 호리키타 마나부의 여동생. 그 귀한 존재를 나구모가 멸시하리란 생각은 들지 않는다.

"네가 나를 학생회에 넣고 싶은 이유…… 나구모 학생회장을 감시하기 위해서라고 했지만, 단순히 지켜보기만 하면 되는 게 아니지?"

학생회에 들어간 후 무엇을 하면 되는지 묻고 있다.

"이제 어렴풋이 알아차렸겠지만, 너희 오빠랑 나구모는 사고방식이 완전히 달라. 너희 오빠는 전통을 중요하게 여겼기 때문에 나구모의 개혁을 탐탁지 않아 했지. 떠나기 전에 나한테 그랬어. 반은 일련탁생, 운명 공동체. 그 틀만은 바뀌지 않길 바란다고."

"지금의 학생회가 하려는 건 분명 그 반대지."

"하지만 사실 나는 어느 쪽이 옳은지 판단을 내릴 수 없어. 분명한 건 나구모가 하려는 개혁을 보고 싶은 마음도 있다는 사실이지."

그렇다. 마나부의 사고방식은 틀리지 않았지만, 나구모의 사고방식 역시 틀리지 않았다.

"그래서 나한테 구체적으로 드러내지 않았다는 거야?"

"그래."

"그런데 나를 학생회에 넣고 싶은 이유는 뭐야? 그냥 지켜볼 생각이면 애당초 학생회에 나를 넣어 감시하게 할 필요도 없잖아?"

"만약 나구모가 잘못된 방향으로 키를 돌리면, 그걸 막을 존재가 필요하잖아?"

그리고 그걸 할 인간은 내가 아니라 호리키타 마나부의 여동생인 호리키타 스즈네여야 할 터.

물론, 이건 내가 일방적으로 밀어붙이는 것이므로 시험에서의 대결이라는 명목을 내세웠다.

"마음에 안 드는 부분도 있지만, 어쨌든 마침 잘 됐다고 생각하기로 했어."

아까 호리키타가 말한 상금 관련 이야기를 하는 것이리라.

과연 학생회에 들어가면 정보를 입수할 가능성이 확실히 올라갈 테니까.

"대결에서 진 내가 조건을 달 입장은 아니지만, 같이 가 줄 수 있니?"

"같이?"

"응. 나구모 학생회장에게 직접 타진하는 모습을 증거로 보여주고 싶어서."

만에 하나 학생회 입부를 거절당했을 때, 자신이 거짓말을 하지 않았다고 증명하고 싶은 모양이었다.

"만약에 나구모 학생회장이 상금 일에 연루되어 있다면 반응도 볼 수 있을지 모르고."

하긴 2,000만에 관한 단서를 얻을 수 있을지도 모른다.

"알았어. 그럼 방과 후인 거지?"

이렇게 약속하고, 우리는 오늘도 하루를 시작했다.

1

방과 후가 되자 우리는 함께 학생회실로 향했다.

"미리 약속은 해뒀어?"

갑자기 찾아가도 나구모가 학생회실에 있다는 보장이 없다.

"물론이지. 차바시라 선생님을 거쳐서 나구모 학생회장을 만날 수 있도록 부탁해뒀으니까 문제없어. 그 바람에 날짜가 오늘로 미뤄진 것도 있고. 하지만 오늘로 정해진 게 다행일지도 몰라. 덕분에 학생회에 들어갈 동기부여가 좀 더 생겼거든."

"그 상금 얘기인가?"

"그래. 절대적으로 중립을 지켜야 할 학생회가 2학년 D반한테만 부담 주는 불공평한 짓을 했다면…… 그게 만약 사실이라면 단호하게 맞서 싸워야 하는 문제잖아."

곁눈질로 몰래 확인한 호리키타의 얼굴에서 결의가 느껴졌다.

"의욕이 생긴 건 좋지만 너무 기 쓰고 덤비지는 마. 아직 나구모가 연루되어 있다는 확증도 없으니까. 그리고 연루되어 있다고 해도 만만한 상대가 아니야."

마냥 철회해달라고 부탁해도 순순히 받아들이지 않겠지.

"물론 확신을 얻을 때까지 경솔하게 굴 생각은 없어."

열을 올리면서도 자제심을 잘 유지하고 있는 것 같으니 일단 안심이다.

잠시 후 우리는 학생회실 앞에 도착해 문을 열었다.

"실례합니다."

학생회실 안에 들어가니, 학생회장 자리에 당연하다는 듯 앉아 있는 나구모의 모습이 보였다.

나구모는 다리를 꼬고 마치 왕 같은 자세로 호리키타를 맞이했다.

이상하게도 위화감 없이 잘 어울리게 느껴지는 것은 관록의 증거일까.

게다가 나구모에게서 지금까지 봐온 것 이상으로 여유마저 느껴졌다.

호리키타 마나부라는 유일하게 대등 혹은 그 이상이었던 존재가 사라진 영향도 있겠지.

한편 옆에는 부회장인 키리야마도 있었다.

키리야마는 처음에 딱 한 번 나를 쳐다본 후 곧바로 호리키타에게 시선을 옮겼다.

"나한테 할 말이 있다고?"

"네. 시간 내주셔서 감사합니다."

키리야마가 호리키타와 나에게 의자를 권해서 순순히 따랐다.

"괜찮아, 요즘은 의외로 한가한 시기니까."

나를 앞에 두고도 나구모의 태도는 평소와 다르지 않았다.

조금이라도 켕기는 감정이 있다면 태도에 드러나기 마련인데…….

"그래서 나한테 할 얘기라는 건? 단순히 잡담 나누러 온 건 아닐 테고?"

그건 그것대로 환영한다는 식으로 나오는 나구모였지만, 호리키타는 바로 본론을 꺼냈다.

"귀중한 시간을 빼앗을 수는 없으니 단도직입적으로 말씀드리죠. 학생회에 들어가고 싶습니다."

학생회실에 울려 퍼진 호리키타의 낭랑한 목소리.

그 말을 들은 학생회의 두 사람은 비슷한 반응을 보였다.

환영도 거절도 아닌, 놀라움.

"학생회에 들어오고 싶다고?"

호리키타의 말을 들은 나구모의 표정이 놀라움을 거쳐 약간의 기대로 바뀌었다.

"갑자기 무슨 바람이 불었지? 순순히 예스라고 대답하고 싶지는 않은 기분인데."

"그건 절 환영하지 않는다는 뜻인가요?"

"그게 아니야. 난 기본적으로 오는 사람 막지 않는 주의다. 학생회에 들어오고 싶다는 사람이 있으면 자리가 비어 있는 한 받아들이지. 지망 이유에도 관심 없어. OAA 때문이든, 장차 취업 때문이든, 정의감 때문이든 뭐든 자유다."

마나부와는 달리 누구에게나 문이 열려 있다는 나구모

다운 생각이다.

"하지만 말이야, 너는 특별해, 호리키타 스즈네. 학생회에 들어오는 조건을 하나만 걸고 싶어."

"그 조건이 뭐죠?"

"왜 이 타이밍에 학생회에 들어오고 싶은지. 그 이유를 알려줬으면 하는데."

함께 온 나한테서 뭔가 불온함을 느꼈나.

아니, 나구모는 좋은 의미로 사소한 것에 신경 쓰지 않는 타입이다.

순수하게 마나부의 여동생이 어떠한 이유로 학생회 입부를 희망하는지 알고 싶은 거다.

물론 호리키타는 나와의 대결에서 졌기 때문에, 라고 말하지 않을 것이다.

솔직하게 말해도 학생회에 들어갈 수는 있겠지만, 딱 거기까지.

나구모의 신뢰를 얻기는 영원히 불가능하겠지.

"저는 오빠와 사이가 좋지 않았어요. 그 불화를 없애려고 온 게 이 학교예요. 그런데 입학한 후로도 저와 오빠의 사이는 달라지지 않았어요."

느리지만 또박또박한 어조로 내뱉는 호리키타의 말을 경청하는 나구모.

"조금도 성장하지 않았으니, 저를 인정해 줄 리가 없었지요. 결국 저는 오빠가 졸업하기 직전까지도 만족스러운 대화 한 번 못하고 그렇게 1년을 보냈어요."

호리키타는 자신의 과거를 솔직하게 말로 전달하는 방법을 택한 듯했다.

"그래서 화해는 했나?"

"네. 정말 마지막 순간이긴 했지만 화해할 수 있었어요. 그제야 비로소 오빠가 학교생활을 바친 학생회에 관심이 생기게 되었어요. 꽤 멀리 돌아왔지만, 오빠가 걸어간 길을 저도 걷고 싶어졌어요."

원래 호리키타는 학생회에 들어갈 마음 따위 없었다.

요컨대 이 대답이 전부 진심인지 묻는다면 일부는 아니라고 할 수 있다.

그래도 많은 진실로 덮어, 진위를 가리려는 나구모의 눈을 가렸다.

"오빠가 걸어간 길이라. 아주 훌륭한 이야기로군."

분별력이 흐려졌기에 오히려 나구모는 약간의 경계심을 품은 듯했다.

"그 말은 곧 언젠가는 학생회장이 될 의사가 있다고 받아들여도 되나?"

이 자리에서 하는 대답은 그게 무엇이 됐든 나구모의 마음에 와닿지 않으리라.

쉽사리 거짓말하는 것은 좋지 않다는 심증을 주는 장면이다.

"네. 오빠가 걸어간 길을 걸어가고 싶다고 말씀드렸듯이

──학생회장이 될 생각입니다."

굳이 호리키타는 스스로 높은 허들을 선택했다.

하지만 저건 거짓말이 아닐 거다.

학생회에 들어가는 이상, 마나부의 궤도를 따라갈 각오
인 거다.

"그렇군. 하지만 이미 1년 동안 호나미가 학생회 임원으
로 남몰래 노력해왔어. 학생회장 자리에 앉기에 많이 뒤처
졌다는 사실은 알고 있나?"

"만회할 수 없는 거리라고는 생각하지 않아요."

아까 한 발언보다도 빠르게, 그리고 강하게 힘주어 대답
했다.

"별로 닮지 않은 것 같아도, 역시 호리키타 선배의 여동
생이군."

지금까지 침묵으로 일관해오던 키리야마가 나구모에게
말했다.

"호리키타, 라고 부르려니 좀 거부감이 든다. 몇 번인가
이미 그렇게 불렀던 것도 같지만, 오늘부터는 스즈네라고
불러도 되겠지?"

"좋으실 대로요."

"현재 2학년은 호나미 말고 학생회 임원이 없어서 곤란
하던 차야."

직접 질문함으로써 호리키타의 진의를 파악한 나구모는
학생회 입부를 승낙했다.

자리에서 일어나 호리키타에게 다가가더니, 일어서는 호리키타를 향해 왼손을 내밀었다.

의도적으로 내밀었을 왼손, 그것을 호리키타 역시 순순히 붙잡았다.

"학생회에 들어온 걸 환영한다. 오늘부터 임원으로 열심히 일해주길 바란다, 스즈네."

"물론이죠."

"학생회에 들어온 기념으로 흥미로운 사실을 하나 알려주지. 역대 학생회장은 다들 반드시 A반이 되어 졸업했다. 그 사실을 잊지 말고 높은 곳을 목표로 나아가길 바란다."

마치 현재 D반에 안주하고 있는 호리키타를 독려하는 듯한 말.

"걱정하지 마세요. A반이 아닌 다른 반으로 졸업할 생각은 눈곱만큼도 없으니까요."

"말뿐이 아니라는 걸 증명해주길 바라지."

그렇게 말한 후, 오래 잡고 있던 손을 놓아주었다.

"나는 키리야마다. 부회장이야."

"잘 부탁드립니다."

키리야마와도 악수하고 인사까지 마침으로써, 이제 호리키타는 정식으로 학생회 사람이 되었다.

지금부터는 호리키타가 자기 눈으로 직접 나구모의 방식을 보게 되리라.

개인을 우선한 실력주의 학교 시스템.

마나부가 지키려던 것에서 크게 벗어난 그 시스템을 어떻게 받아들여 나갈 것인가.

이제 내가 관여할 영역에서 벗어났다고 해도 되리라. 특별히 상금에 관한 단서도 얻지 못했기 때문에 타이밍을 봐서 이만 빠지고 싶은데…….

어떻게 나갈지 고민하고 있을 때——

"이 김에 너도 학생회에 들어올래? 아야노코지."

"무슨 생각이야, 나구모. 네가 먼저 학생회를 권유하다니."

나구모의 제안이 의외였는지, 키리야마가 깜짝 놀라며 물었다.

"이상하게 생각할 거 없어. 아야노코지는 호리키타 선배가 주시하던 학생이야. 거부할 이유가 어디에도 없지. 그리고 지난 특별시험에서 혼자 만점 받은 과목이 있었던 모양이고."

그렇게 말하면서 나구모는 그제야 처음으로 나를 의식했다.

그리고 1, 2학년에게만 공개된 정보를 이미 알고 있다는 사실을 드러냈다.

"사양하겠습니다. 학생회는 제 스타일이 아니어서."

"핫, 그렇게 말할 줄 알았다."

그냥 해본 말이라는 듯, 금세 내게서 의식을 돌렸다.

그러다가 무슨 생각을 한 건지 다시 한번 나를 쳐다보았다.

"아야노코지."

이름을 부른 후, 서로 마주 보는 침묵의 시간이 잠깐 생겼다.

"학생회 일은 네가 생각하는 것보다 많아. 산처럼 쌓여 있지. 하지만 그것도 얼추 마무리되어가는 시기야. 여름 즈음부터는 어느 정도 후배들한테도 시간을 할애할 생각이다."

그 말에는 어떤 의미가 담겨 있을까.

내가 그걸 묻지 않아도 자기가 알아서 입을 열었다.

"놀아줄 테니 기대하라고."

이것은 '선전 포고' 같은 게 아니다.

말하자면 '강자'가 '약자'에게 일방적으로 가르침을 주겠다는 뜻.

"사카야나기나 이치노세, 류엔 같은 애들이 울면서 기뻐할지도 모르겠군요."

그렇게 대답하자 이번에야말로 나구모의 의식이 내게서 완전히 멀어졌다.

"그런데 키리야마. 무슨 바람이 불어서 너도 여기 참석한 거지?"

"……무슨?"

"저번에 1학년 두 명이 학생회 입부를 희망했을 때는 나한테 동석을 부탁하지 않았지. 그런데 이번에 호리키타 스즈네가 만나고 싶다고 했을 때만큼은 이렇게 얼굴을 내밀었어. 이상하잖아?"

드디어 이야기도 끝나려고 할 때 나구모가 그런 말을 꺼냈다.

마치 돌아가려는 나에게 묻기라도 하듯이. 제일 마지막에 가서, 지금까지의 흐름을 뚝 끊는 듯한 불시의 발언. 물론 나는 키리야마가 이 자리에 동석한 이유 따위야 전혀 모르지만, 키리야마는 분명 동요하고 있었다.

"단순히 호리키타 선배의 여동생이라는 점이 궁금했을 뿐이야. 그게 왜."

냉정을 가장하며 대답하는 키리야마였으나 목소리가 살짝 높았다.

그것이 재미있었는지, 나구모가 유쾌하다는 듯 웃었다.

"아니 아니, 아무것도 아니야. 신경 쓰지 마라."

그 반응만으로 충분하다는 듯 나구모는 더 깊게 캐묻지 않았다.

"그럼 스즈네, 좀 빠르지만 수속도 할 겸 키리야마 이외에 다른 학생회 멤버들에게도 소개하고 싶어. 여기 남아주라."

"알겠습니다."

학생회 입부를 거절한 내가 계속 이 자리에 남아 있을 이유는 없겠지.

나는 호리키타와 나구모를 남겨두고 먼저 자리를 뜨기로 했다.

2

학생회실을 나와 곧장 현관으로 향했다.

키리야마는 나구모를 밀어내려고 발버둥 치던 인물이었으니까. 마나부를 지지하고 1학년이었던 내게 접촉해오면서까지 방법을 찾아다녔었다. 이제 단념하려 하고 있는데 마나부의 여동생인 호리키타가 학생회에 들어오려 하는 것을 알아차리고 어떠한 행동을 취하려고 한 건지도 모른다.

하지만 오늘 모습을 보건대, 이미 나구모와 키리야마의 싸움은 끝난 것 같다.

이제는 뒤집을 수 없을 만큼 차이가 벌어졌다는 사실을 깨달은 것이다.

뭐, 만약 키리야마가 아직 단념하지 않았다면 언젠가 뭔가를 일으키겠지.

"자, 그럼."

나는 나대로, 오늘은 더 이상 머리를 쓰고 싶지 않았다.

곧장 돌아가 남은 하루를 여유롭게 보내야지.

나는 스마트폰을 꺼내 시계를 확인했다.

『있지, 별다른 일정이 없으면 말인데…… 방에 놀러 가도 돼?』

학생회에서의 대화를 지켜보느라 모르고 있었는데, 케이에게서 메시지가 들어와 있었다.

벌써 보낸 지 30분이 넘었는데, 메시지가 지워져 있지 않은 점이나, 이어지는 문장이 없는 것으로 보아 아직 답장을 기다리고 있을 가능성이 있었다.

이후 일정은 딱히 없었기 때문에 지금이라도 답장을 보내기로 했다.

우리는 사귀고 있지만, 그 사실을 아직 공공연하게 드러내지 않았다.

아무의 눈에도 띄지 않고 단둘이 있을 수 있는 곳은 극히 제한적이다.

기숙사도 안전하지는 않다.

오히려 한 번이라도 목격당하면 결정적인 한 방이 될 수밖에 없겠지.

그때는 그때대로, 체념하고 인정하면 되지만.

『방으로 올래?』 그렇게 보내자 1초도 지나지 않아 읽음 표시가 떴다.

어쩌다 우연히 스마트폰을 만지고 있었을까, 아니면 줄곧 답장을 기다렸을까.

『갈래!』라는 짧은 대답.

『지금 가도 돼?!』

이어서 그런 메시지가 날아왔다. 지금 돌아갈 거니까 대략 20분 후에는 언제든지 좋다고 답장을 보내두었다. 그다음에는 평소에 하던 대로 방에 오기만 하면 될 뿐.

만약 같은 층에 누가 있어도 케이는 어느 정도 잘 둘러

댈 수 있을 것이다.

10분 정도 지나 기숙사에 도착했다. 그대로 현관문을 열어 두고, 방을 대충 청소하며 시간을 보내고 있는데, 갑자기 세 번의 거친 노크 소리가 들려왔다.

우리는 밀회의 신호를 몇 가지 정해두었다. 기본적으로는 초인종인데, 약간 긴급할 때는 3회 노크로 부탁해둔 것이다. 학생들의 출입이 잦은 기숙사인 만큼 느긋하게 문을 여닫을 상황이 아닐 때도 있다. 거기에 대비한 약속이다.

그리고 많이 급하고 위험한 상황일 경우 신호 없이 바로 들어오는 것도 인정했다.

"들어간다!"

주위를 살핀 케이가 서둘러 들어오며 그렇게 말했다.

그리고 자기 손으로 문을 힘차게 밀어 닫은 후 마음을 가라앉히려는 듯 숨을 토했다.

"엘리베이터가 4층에서 멈추는 걸 보고 당황했어~!"

심박수가 올라갔는지 가슴에 손을 얹었다.

복도에서는 따돌리기 곤란하니까 당황하는 것도 무리가 아니다.

"계속 숨기는 건 불가능해."

"그거야 알지만……."

나는 케이의 가방을 신발장에 넣었다.

그리고 혹시 몰라 문을 잠그고 U모양 안전 고리도 걸어 두었다.

이렇게 하면 만에 하나 누가 찾아오더라도 안에 들이는 일 없이 돌려보낼 수 있다.

이른 시간부터 안전 고리를 거는 건 조금 부자연스럽지만.

원래 이 정도까지 할 생각은 없었지만, 아마사와라는 전례를 만들어 버렸으니까 말이지.

경솔하게 방에 들어오게 했다가 케이와 단둘이 있는 모습을 들키는 것보다야 낫겠지.

만약 급하다고 나와도 내가 나갈 준비만 해두면 된다.

방이 더럽다고 둘러대면서 밖에서 기다리게 하고, 바로 나가면 그만인 것이다.

그렇게 손님과 사라진 후에 케이가 몰래 방을 빠져나가는 것이다.

"하. 이제야 마음이 놓여…….."

침대에 걸터앉은 케이가 그렇게 말하며 가슴을 쓸어내렸다.

"그거 다행이군."

저녁 무렵에는 귀가하는 학생들로 특히 붐비니까 말이지.

다만 한밤중에 부르는 것은 훨씬 위험하다. 드나드는 사람은 적어도 야밤에 여자애를 방으로 끌어들였다는 사실이 알려지면 문제가 커지니까.

그럴 바에야 둘러대기 편한 휴일 낮 시간대나 평일 저녁 무렵이 좋다.

관계가 들키더라도 건전한 행동 중 하나일 뿐이니.

"뭐 마실래?"

마음을 가라앉힌 케이에게 물으니 성급히 주방으로 달려왔다.

"내가 할게."

"뭐지, 갑자기 무슨 바람이 분 거야? 보통은 안 하잖아."

"왼손을 다친 상태로는 힘들잖아. 나도 물 정도는 끓일 줄 알아."

아무래도 다친 곳을 걱정해서 나선 듯하다.

"그럼 맡겨볼까……."

"응응. 난 홍차 마실 건데, 키요타카는 뭐 마시고 싶어?"

"글쎄…… 케이랑 같은 거여도 돼."

조금이라도 부담을 덜어주려는 마음에 맞춰준 것인데, 역효과였는지 불만스러운 표정을 지었다.

"나를 못 믿겠다는 거야?"

"……알았어. 그럼 커피로."

"나만 믿어. 여기 찬장에 들어 있지?"

그렇게 말하며 케이가 주방 찬장을 열었다.

그러더니 내 시선이 신경 쓰였는지, 거실에서 기다리고 있으라고 지시했다.

화나게 하면 성가셔지므로 얌전히 텔레비전이라도 보면서 기다리기로 했다.

"맞다. 만나면 말하려고 했는데, 키요타카의 책임이 꽤 크다는 거 알지?"

텔레비전 리모컨을 쥐었을 때, 주방에서 그런 말이 날아들었다.

"갑자기 무슨 소리야?"

"수학 만점을 받아버려서 우리 사귀는 거 말하기가 더 어려워졌잖아."

무슨 소리인가 했더니 그거였나.

그야 지금 단계에서 케이가 우리 사이를 밝히면 빈축을 살 가능성이 크지만······.

"지금 우리가 사귄다고 공공연하게 말하면 어떻게 될지······."

"그럼 당분간은 이런 상태가 계속 이어지는 건가."

"어쩔 수 없잖아······. 왠지 싫어, 내 사회적 지위 올리려고 사귀는 것처럼 느껴질까 봐."

"지위 올리려고 사귀는 게 나쁜가?"

"나, 나쁘다는 건 아니지만······."

"예를 들어서 귀여운 여자랑 사귀는 건 남자 관점에서 어깨가 올라가는 일이잖아? 그걸 바라지 말라고 하는 건 좀 너무하지 않나?"

물론 외모 취향은 천차만별이고 절대적인 기준은 없지만 말이다.

그래도 일반적으로 그렇다는 사실은 대충 학습을 마쳤다.

내가 지위 목적에 관한 이야기에 다소 부정적인 의견을 냈는데도 별다른 대답이 없었다. 뭐라고 반론할지 고민하는 건가 싶었는데, 천천히 얼굴만 내 쪽으로 내밀었다.

"나, 나 귀여워?"

아무래도 반론을 고민하던 건 아닌 듯하다.

귀여운 여자와 사귄다는 대목에 마음이 간 모양이었다.

"귀엽지 않은 상대랑 사귀고 싶을 것 같아?"

입술을 이상하게 삐죽거리던 케이가 나와 맞추던 시선을 당황한 듯 회피했다.

커피포트에서 물 끓는 소리가 나기 시작했다.

상대가 귀엽다고 생각하는 것은 외모에만 국한된 이야기가 아니다. 성격과 체형, 목소리와 행동, 가정환경과 교양. 다양한 요인이 어우러지면서 사랑스럽다고 느끼게 되는 것이다.

"나……나도, 진짜 멋있다고 생각해. 아야노코지가."

같은 대답을 바라던 건 아니었는데, 케이는 그렇게 말하고 주방으로 쏙 들어가 버렸다.

팔팔 끓는 물소리와 그것을 컵에 따르는 소리를 들으면서 TV 채널을 별 의미 없이 돌렸다.

그리고 잠시 후 돌아온 케이가 의기양양한 표정으로 커피가 든 컵을 테이블 위에 올렸다. 케이는 홍차를 마실 거라고 했었는데, 무슨 영문인지 카페오레로 바뀌어 있었다.

"고마워."

"천만에."

우리는 책상 위에 1학년 때 교과서를 펼쳤다.

그리고 노트와 펜을 꺼내 공부하는 상황을 연출했다.

혹시 예상하지 못한 사태가 벌어지더라도, 이렇게 하면 공부하고 있었다고 둘러댈 수 있다.

가능하다면 그런 전개가 되지 않기를 바라지만.

방에 들어와 여기에 이르기까지 모든 것은 아마사와를 들이고 만 사건으로 인한 방어책이다.

그 이후로 우리는 시시콜콜한 이야기로 시간을 보냈다.

오늘 학교에서 만났던 것부터 시작해, 지난날로 거슬러 올라갔다.

황금연휴 때 누구를 만났는지, 무슨 방송을 봤는지.

케이가 찍은 사진을 같이 보기도 하면서 시간을 낭비해 갔다.

다양한 화제들은 길기도 하고 짧기도 했다. 때로는 바로 전환될 때도 있었다.

언뜻 쓸데없다고도 생각되는 시간을 공유했다. 하지만 이건 결코 나쁜 일이 아니다.

왠지 나도 연애라는 것을 조금씩 알아가는 기분이다.

그렇게 웃기도 하고 화내기도 하며, 다양한 얼굴을 보여 주는 케이와의 실내 데이트.

이윽고 화제를 전부 소화하고 말수가 자연스레 줄어들 면서, 시시콜콜한 잡담보다 침묵하는 시간이 늘어나기 시 작했다. 방 안의 공기가 조금씩 변하고 있었다.

서로가 서로에게, 뭔가를 느끼기 시작했다.

뭔가를 의식하기 시작했다.

아니, 뭔가, 가 아니다.

이미 그게 뭔지는 알고 있다.

서로를 만지고 싶은, 원하는 감정이 덩치를 키워나갔다.

하지만 결코 입 밖으로 꺼내지는 않았다.

눈과 눈만으로 이야기하고 있었다.

그러나 그 한 발짝을 내딛는 것은 절대 쉬운 일이 아니다.

상대를 잘 파악하고 있다고 자부해도 만에 하나라는 리스크를 생각하고 만다.

서로가 같은 마음일 거라고 여기면서도, 그렇지 않을 가능성을 떠올리는 것이다.

만약 거절당한다면, 하는 부정적인 감정이 간헐천처럼 샘솟았다.

그래도——

나는 달아나려 하는 케이의 눈을 잡고 놓아주지 않았다.

그래도 되지? 하지만……이라는 감정이 서로 충돌했다.

이윽고 포기했다는 듯이, 케이는 달아나기를 멈추었다.

우리는 몸과 몸을, 그리고 얼굴과 얼굴을, 서로의 거리를 좁혔다.

마침내 숨이 서로의 피부에 닿을 정도로 가까워졌다.

케이의 입에서 커피와 우유가 섞인 냄새가 났다.

앞으로 2초, 아니 1초면 입술과 입술이 겹쳐질 것이다.

―― 띵동

무정하게도 둘만의 시간을 멈춘 것은 현관에서 울리는 초인종 소리였다.

얇은 막 한 장만을 남기고 닿지 못한 입술들.

달아나려던 의식이 급격하게 현실로 끌려왔다.

"아, 앗, 현관……?"

당황하며 거리를 벌린 케이의 뺨이 새빨갛게 물들어 있었지만, 빤히 바라보고 있을 만큼의 여유가 없었다. 그렇다. 로비가 아니라 바로 현관 너머에 방문자가 있었기 때문이다.

인터폰에서 현관에서의 호출이라는 알림이 분명히 나오고 있었다. 로비와는 달리 카메라가 달려 있지 않아서, 누가 왔는지 일방적으로 알기란 불가능했다. 방에 없는 척할 수도 있었지만, 만약 케이가 방에 들어오는 것을 목격하기라도 했다면 그것은 악수다.

지금은 누가 무슨 목적으로 찾아온 건지 알아보는 게 나으리라.

"잠깐만."

"으, 응."

살짝 긴장한 표정으로 케이가 고개를 끄덕였다. 지난번 아마사와와의 일도 있어서 케이의 신발은 이미 신발장 안에 넣어두었기 때문에 그냥 봐서는 방 안에 나 말고 아무도 없는 것처럼 보인다.

다만 이 방법은 꼭 장점만 있다고 할 수는 없다.

현관에 서서 잠시 이야기를 나눌 때는 좋은 방법이지만, 만약 들어가게 해달라고 부탁한다면 급격하게 수상한 방향으로 이어질 것이다. 굳이 신발을 감추고 여자애를 방으로 끌어들인 그림이 완성될 말 테니까.

혹시 몰라 현관의 안전 고리를 걸어둔 것이 정답이었군.

이렇게 하면 상대가 안을 보려고 해도 신발을 확인할 수 없는 데다가 방에 쉽게 들이지 않고 끝날 수 있다.

문을 잠근 이유를 상대에 맞게 준비함으로써 시간도 벌 수 있다.

그렇게 다음을 기약하거나 내가 상대의 방으로 이동해도 된다.

그나저나 내 방에 직접 찾아온 인물은 과연 누구일까.

호리키타? 아니면 남자애 중 누군가? 그런 좁혀지지 않는 예상을 하면서 나는 현관 외시경을 통해 누가 왔는지 확인했다.

제일 처음 시야에 뛰어든 것은 빨갛게 물들인 머리카락.

"선배애~."

그리고 애교 섞인 목소리였다.

마치 내가 현관에서 들여다보고 있다는 걸 안다는 듯이.

"나야."

문 너머로 들려오는 목소리는 내가 방에 있다는 것을 확신하고 있었다.

사복 차림으로 웃고 있는 소녀.

특별히 아무것도 쥐고 있지 않은 빈손 상태.

나는 느릿느릿 잠금을 풀고 문을 열었다.

4월 말 이후 한 번도 얽힌 적 없던 1학년 A반 아마사와 이치카였다.

그쪽이 먼저 접촉해 올 일은 없다고 여겼던 만큼 이외의 등장이었다.

호우센을 위해 내 방에서 나이프를 가지고 감으로써 호우센에게 가담했다는 사실을 들킨 이후로, 나는 아마사와가 나와 거리를 둘 줄 알았다.

그런데 다시 내 앞에 등장한 아마사와는 주눅 든 기색을 조금도 찾아볼 수 없었다.

설마 자기가 관여했다는 걸 내가 아직 모른다고 생각하나?

아니, 호우센의 계획이 발동된 시점에서 아마사와의 관여는 거의 들통 나게 되어 있었다.

"기숙사에 어떻게 들어왔지?"

"마침 돌아온 다른 선배가 있어서 같이 들어온 것뿐이야. 깜짝 놀라게 해주려고."

로비의 인터폰으로는 누가 방문했는지 알려질 수밖에 없다.

그것을 피하려고 다른 학생을 이용한 건가.

"그래서?"

"다친 손은 괜찮은가 싶어서. 걱정돼서 보러 와버렸네."

영리한 아마사와가 자신이 관여했다는 사실을 들키지 않았다고 생각할 리가 없지.

오히려 자기 입으로 관여했음을 넌지시 비추는 듯한 태도였다.

아마사와는 끈적하게 오른손 검지로 U모양 안전 고리를 어루만졌다.

"이거, 풀어주지 않을래?"

소악마처럼 웃으면서 시선은 현관에 놓인 신발을 확인하고 있었다.

안전 고리가 걸린 걸 보고 누가 왔음을 예상했거나, 아니면······.

"벌써 해도 져 가는데, 내일 얘기하면 안 될까? 별 용건도 없이 후배를 방에 들이는 건 문제니까."

정말로 손 상태를 보러 온 것뿐이라면 그걸로 돌아가 줄 터다.

하지만 아마사와는 그 자리에서 움직이려고 하지 않았다.

왼손을 자기 입술로 가져가며 고민하는 척했다.

"선배 혼자인 것 같고, 온 김에 밥이라도 먹고 갈까."

어떻게든 안에 들어오려는 것인지, 아마사와가 방향을 돌렸다.

"나는 선배가 해주는 밥 먹을 권리가 있으니까. 스도 선배와 팀이 되어준 거, 잊은 건 아니겠지?"

억지로 들어올 생각이라면 그 방법을 쓰리라는 것 정도는 예측 가능했다.

그렇다면 나는 거기에 맞춰서 움직이면 될 뿐.

"미안한데 지금 재료가 똑 떨어져서. 냉장고가 텅 비었어."

"어머, 그래~? 잘 좀 채워 넣지 그랬어~."

곤란한 것 같기도 하고 아닌 것 같기도 한 표정을 지으며 아마사와가 불평했다.

"혹시 꼭 오늘이어야 한다면 준비하고 같이 장이라도 보러 갈까?"

케이와의 데이트는 이것으로 끝나버리겠지만, 괜히 한 발언은 아니다.

한 번 마주쳤다고 해서 방에 빈번히 드나들고 있다는 정보를 주고 싶지는 않으니.

"그렇구나, 재료가 없구나~. 아쉽네~."

조금 흥미롭다는 듯 웃는 아마사와.

"문, 닫지 말아 봐."

그렇게 말한 아마사와가 갑자기 내 시야에서 사라졌다.

그러더니—— 복도 바닥에 내려놓았던 듯한 비닐봉지를 뽀스락대며 왼손으로 들어 올려, 문 틈새로 보여주었다. 문에 달린 렌즈로 빈손인 것을 확인했었다. 설령 발밑에 뒀다고 해도 희미하게나마 보였을 것이다.

내 시야에서 아예 보이지 않는 위치에 식자재가 든 비닐봉지를 두었던 모양이다.

내가 어떤 구실로 둘러댈지 완전히 간파하고 한 행동.

식자재가 없다는 구실을 봉쇄당하고 말았다.

아마사와가 영리하다는 건 알고 있었지만, 상상 이상이로군.

이렇게 된 이상, 거짓말을 인정하고 돌려보내는 방향으로 키를 돌릴까?

오늘은 도저히 그럴 기분이 아니기 때문에 거절하고 싶어서 거짓말했다고 하면 된다.

아마사와와의 경험을 거치면서 이럴 때를 대비해 몇 가지 대책을 세워두었는데, 그것을 제일 처음 써먹는 상대가 아마사와일 줄이야.

다른 학생에게는 통할 자신이 있었지만, 아마사와는 나와 케이에 대해 알고 있으니까.

"나를 방에 들이고 싶지 않아서 거짓말한 거야?"

1초도 채 되지 않은 침묵에 아마사와는 나를 놓치지 않겠다는 듯 더욱 포위망을 좁혔다.

이렇게 되면 아마사와가 오늘 이 타이밍에 찾아온 것은 우연이 아니다.

"선배 혼자 있는 거 아니지?"

"왜 그렇게 생각해?"

역시, 케이가 내 방에 있다고 확신하고 하는 행동이었다.

어딘가에서 지켜봤다고 봐야 하리라.

"그야 봤으니까. 카루이자와 선배가 기숙사에 돌아온 순간부터 쭉 말이야."

그 사실을 뒷받침하듯이 아마사와가 말했다. 방에 케이가 있는 것을 은밀히 확인한 후에 식자재를 사러 갔다 왔겠지. 오토 록을 두 번 통과해야 하는 리스크까지 감수하며 전략을 세웠던 듯하다.

"여자친구의 신발을 감추면서까지 없는 척하다니, 뭐 이상한 일이라도 하고 있었던 거야?"

"사귀는 걸 아직 아무한테도 말 안 했으니까. 혹시 몰라서 숨긴 것뿐이야."

"아, 마침내 인정하는 거? 뭐, 감추고 싶은 기분이야 모르는 바도 아니지만, 나한테는 들켰으니까 거짓말 안 해도 되지 않아?"

내가 숨겼다는 사실이 불만이었는지, 조금 토라진 표정을 지어 보였다.

"일단은 선의로 비밀에 부쳐줬지만…… 다 까발려 버릴까?"

우리가 드러내놓고 사귀는 게 아니라는 것은 아마사와도 이미 조사를 끝냈으리라.

그렇기에 이런 식으로 교섭 재료로 내미는 것이다.

요컨대 이 대화도 형식적인 것.

여기서 거절하면 아마사와는 정말로 소문내버릴 위험이 있다.

아마사와의 입에서 우리가 사귄다는 사실이 새어나가

버리는 것은 케이의 미래를 생각할 때 좋지 않다.

어디까지나 자발적으로 사실을 밝히는 것이 바람직하기 때문이다. 이렇게 된 이상 단념하는 수밖에 없겠다. 불리한 방어로 일관하던 나는 패배를 인정했다.

"잠깐만 기다려. 안전 고리 풀게."

"으응~."

순순히 대답하는 아마사와. 나는 문을 열자마자 방 안에서 불안한 듯 고개를 내민 케이에게 괜찮다는 눈빛을 보냈다. 이 정도로 당당하게 들어온다면 우리도 정면으로 받아주는 수밖에 없다. 나는 안전 고리를 풀고 아마사와를 방에 들였다.

얼굴만 보이던 케이와 시선이 마주치자마자 의미심장하게 웃는 아마사와.

한편 케이는 벌레라도 씹은 듯한 표정으로 서 있었다.

"이럼 안 되지. 젊은 남녀가 몰래 문 잠그고 단둘이 있고 막~."

이제는 완전히 기세등등해진 아마사와가 신발을 벗으며 그렇게 말했다.

"딱히 안 될 건 또 뭐야. 사귀는 커플이야 널렸잖아?"

"뭐, 그건 그렇지만. 왠지 두 사람을 보니까 음란하게 느껴져서."

근거를 대줬으면 좋겠지만, 키스할 분위기까지 갔었으니 아마사와의 지적에 꼭 화낼 수도 없는 노릇이었다.

아마사와는 거실에 들어오자마자 침대 쪽을 쳐다보았다.

"옷이 흐트러지진 않았네. 침대도 멀쩡한 것 같고, 뭘 하던 중은 아니었나 봐?"

"다, 당연하지! 아니 그런데 뭐야, 갑자기 쳐들어와서는!"

아마사와의 등장으로, 조금 전까지만 해도 얌전하던 케이가 버럭 화를 냈다.

케이의 분노에는 조바심 같은 것도 조금 포함되어 있으리라.

아마사와의 기분을 상하게 만들면 우리 관계가 들통날 수 있다는 것은 들었을 터.

"완전히, 불순한 이성 교제…… 야한 거라도 하는 줄 알았는데."

가뜩이나 살짝 19금 느낌이 나는 대화였는데, 아마사와가 더 나아갔다.

그것도 내가 아니라 케이를 향하여.

무심코 말문이 막힌 케이는 얼굴을 붉히는 게 아니라 그다음 단계로 접어들고 있었다.

애가 지금 무슨 소리를 하는 거야 하는 일그러진 감정이 표정에 실렸다.

아마사와는 시종일관 우리를 탐색하듯이 굴었고, 그때마다 케이의 행동을 확인했다.

나한테서는 알아낼 수 없으니 케이로부터 정보를 모으는 것이다.

더 이상 케이에게 부담을 줄 수도 없는 노릇이라 내가 끼어들었다.

"교칙으로 금지된 일이야."

　애써 침착하게 대응함으로써 흐트러진 케이의 마음을 진정시켰다.

　하지만 아마사와는 내 말을 듣고도 기가 꺾이지 않았다.

"교칙 따위야 그냥 명색에 불과한 거 아냐? 노골적으로 사귀면서 꽁냥대는 커플은 학교에 널렸고. 편의점에 가면 피임기구도 버젓이 팔고 있고. 실제로 사려고 해봤더니 직원이 보고도 못 본 척하더라? 뭐, 하나부터 열까지 다 금지인 상태에서 청춘이 폭주…… 결국 임신까지 하게 된다면 그거야말로 큰 문제니까."

　그렇게 말한 아마사와는 왼손을 비닐에 넣어 피임기구를 꺼내더니 테이블 위에 내려놓았다.

　실제로 구입했음을 증명하려는 의도다.

　하긴 저런 상품이 존재하지 않는다면, 불순 이성 교제의 결말은 임신이라는 코스.

　학교에서는 형식적으로 금지하지만, 할 거면 절대 들키지 않게 하고 반드시 피임하라는 암묵적인 룰 같은 것이겠지.

　이제 케이는 할 말을 완전히 잃고 아마사와와 나, 그리고 피임기구를 번갈아 가며 쳐다보았다.

"이건 내가 주는 선물…… 아니, 이번 같은 경우에는 사과의 뜻이랄까."

"사과받을 일이 기억나지 않는데."

"또또 그러네. 그 손 다친 거, 나랑 상관있잖아? 호우센 군한테 협력했으니까."

아마사와는 주눅 드는 기색도 없이 말했다.

따질 것도 없이 스스로 자백하는 건가.

"그, 그런 거야?"

이야기를 듣고 있던 케이가 깜짝 놀랐다.

지금은 케이가 괜한 발언을 자제해줬으면 좋겠는데 말이지.

놀랐다는 반응을 보이는 것만으로도 상대에게 정보를 제공하는 꼴이니까.

내가 얼마만큼의 내용을 케이에게 말했는지, 말하기에 부족하지 않은 상대인지 판단할 수 있다.

"아야노코지 선배가 나를 오해하고 있는 게 아닌가 싶어서."

"오해?"

"나는 아야노코지 선배의 적이 아니라는 거."

"다 아는 것 같으니까 말하겠는데, 도저히 믿을 수가 없는 말이로군."

"그래? 내가 호우센 군한테 나쁜 꾀를 일러줘서?"

만약 아마사와가 내게 접촉해오지 않았다면 이번 사건은 다르게 흘러갔을 것이다.

호우센의 자해를 내 책임으로 돌리기에는 약하기 때문에 자폭이라는 형태로 끝나버렸겠지.

아니, 호우센이 스스로 뭔가 다른 수를 썼을 거라는 생각이 들지만, 어찌 됐든 아마사와가 연루되면서 한 가지 확립된 전략으로 승격되었다는 점은 의심할 여지가 없다.

"지금 선배가 생각하는 거, 맞혀볼까? 호우센 군이 생각한 아야노코지 선배의 퇴학 계획에 가담해서 퇴학시킬 가능성을 높였다. 그런 녀석이 적이 아니라니 웃기지 마라. 이렇게 생각했지? 나를 너무 낮게 평가하는 것 같네."

"낮게 평가한 기억은 없는데. 난 높게 사고 있어."

"그런가? 나는 그렇게 느껴지지 않는데."

멍하니 있던 케이가 아마사와의 대화를 듣고 어느 정도 냉정을 되찾았다.

"자, 잠깐만. 키요타카를 퇴학시키려고 했다니…… 이게 다 무슨 소리야?"

왼손을 다쳤다는 사실은 케이에게도 말했지만, 상세한 내용까지는 알려주지 않았다.

"어라~?"

당황하는 케이의 반응을 보고 아마사와가 흥미롭다는 듯이 미소 지었다.

"아야노코지 선배, 여자친구한테 말 안 했구나? 그럼 상금 2,000만 이야기도?"

"뭐, 뭐야? 2,000만이라니?"

의도적으로 이 이야기를 해서 우리의 관계를 파악하려 하는군.

"자세한 건 나중에 남자친구 씨한테 물어보면 되지 않을까? 안 그래, 선배?"

이렇게 된 이상, 나는 차후에 케이에게 설명하지 않을 수 없게 되었다.

"나랑 호우센 군이 나이프를 이용해 아야노코지 선배를 퇴학으로 내몰려고 했다── 그 사실을 선배가 눈치챈 건 같이 쇼핑하러 갔을 때지?"

아마사와가 여기까지 얘기하자 나는 다시 생각을 떠올리기 시작했다.

"이 학교에서 처음 봤을 주방용품. 그런데도 나이프를 고르는 내 동작에 망설임이 없었지. 나중에 가게 직원한테 확인해서, 같은 나이프를 사려고 한 사람이 있었다는 걸 알아냈어. 그래서 바로 판단해 호우센 군의 자해를 막을 수 있었고⋯⋯ 그렇지?"

내가 그 답에 도달한 것은 아마사와가 남긴 흔적을 더듬으면서였다.

그런데 아마사와는 그게 일부러 지우지 않고 남겨둔 흔적이었다는 식으로 이야기를 했다.

내가 정답에 도달해 호우센의 전략을 미리 막으리라 판단하고서.

하긴 아마사와가 완벽하게 연기했다면 상황은 달라졌을

지도 모른다.

"꽤나 친절하군."

"갑자기 목에 상금이 걸려서 영문도 모른 채 퇴학당하는 건 너무 가여운 것 같아서."

평범한 고등학교 1학년이 이 정도로 머리가 잘 돌아갈까, 하는 부분에 의문이 생겼다.

아마사와 이치카

그녀의 사고를 대조해보면 화이트 룸생이라고 해도 납득이 간다.

하지만 그렇다면 이 정도로 깊게 말하는 것은 자기 정체를 알아 달라고 말하는 것이나 마찬가지. 지금 여기서 내게 정체를 밝혀 그녀가 얻는 게 무엇인가.

아니면 사카야나기처럼 화이트 룸과 무관하게 재능을 닦아온 건가.

어찌 됐든 내 안에서 아마사와의 경계 등급이 올라갔다.

"아, 목마르네. 커피 같은 거 마시고 싶은데."

뭔가를 바라듯이, 아마사와가 간드러진 목소리로 마실 것을 요구했다.

그 말과 태도에 케이는 노골적으로 혐오감을 드러냈다.

나는 케이를 보며 말했다.

"아마사와한테 커피 좀 끓여줄래?"

"뭐? 내가?!"

"싫으면 내가 할게. 아마사와랑 이야기라도 나누고 있어."

"……내가 끓일게."

커피 끓이기와 대화 나누기, 둘 중 무엇이 더 나은지 저울에 달아보고 전자를 선택했다.

자리에서 일어나 주방으로 향하는 케이의 등에 대고 아마사와가 주문을 넣었다.

"설탕이랑 우유도 부탁해요오~."

"윽! 네에네에!"

볼을 확 부풀리면서도 요구사항을 받아들이는 케이에게 아마사와가 말을 덧붙였다.

"나 싫다고 오물이라든가 쓰레기 같은 건 넣지 말고?"

"그런 짓 안 해!"

굳이 자극한 아마사와는 재미있다는 듯 웃었다.

틀림없는 소악마…… 아니, 그냥 악마일지도 모르겠군.

케이가 잠시 시야에서 사라지고 둘만 남은 거실. 아마사와는 테이블 위에 있는 교과서와 노트로 시선을 던졌다.

"뭐랄까, 일부러 놔둔 것 같은 풍경이네."

"이것저것 혼자 단정 짓는 네 눈에는 그렇게 보이겠지."

처음부터 내 모든 행동을 의심하고 있는 이상, 둘러 대봐야 헛수고다.

"으음, 뭐야 뭐야? 1972년에 유네스코 총회에서 채택한 조약은 무엇인가."

아마사와는 문제를 보더니, 왼손으로 샤프를 쥐고는 공백 상태인 노트에 또박또박 『세계 유산 조약』이라고 써넣었다.

"정답 정답~."

자기가 답하고 자기에게 손뼉 치는 아마사와.

"야, 내 노트에 마음대로 쓰지 마!"

상황이 궁금했던 케이가 얼굴을 내밀었다가, 허락도 없이 노트를 쓰는 아마사와를 나무랐다.

"괜찮지 않나요~? 조금 쓰는 건데."

"안 괜찮아!"

케이는 화를 내고는 다시 주방으로 사라졌다.

"선배 여자친구…… 화가 좀 많은 것 같아."

그렇게 귓속말로 속삭였는데, 케이가 이 모습을 보기만 해도 문제가 될 것이다.

겨우 보이지 않고 끝날 수 있었지만, 케이는 언짢은 표정을 숨기지 않고 컵에 커피를 담아 돌아왔다. 주문대로 설탕과 우유도 들어가 있었다.

"자. 여. 기!"

"고마워요~, 카루이자와 선배~."

생긋 웃는 아마사와.

하지만 아마사와는 그 커피를 마시려고 하지 않고 자리에서 일어났다.

"그럼 사과 선물도 줬으니 이만 돌아가 볼까. 식자재는 마음대로 쓰시고."

목적은 그것뿐이라며, 아마사와가 우리에게서 등을 돌렸다.

"혁? 뭐야, 안 마신다고?! 나한테 끓이라고 해놓고?!"

"나야 더 느긋하게 있다 가도 되지만, 그게 좋나요?"

"……그, 그건…… 돌아가 줬으면 좋겠지만."

"그렇지? 그러니까 이만 가볼게요~."

아무래도 케이를 놀리면서 놀려고 일부러 커피를 끓이게 한 모양이었다.

겁을 상실했다는 말은 이럴 때 쓰는 건가.

아마사와는 재빨리 일어서더니 바람처럼 사라졌다.

갑자기 정적이 찾아온 실내.

하지만 조금 전까지의 달콤하던 분위기는 온데간데없이 사라지고, 마치 짓눌릴 것만 같이 무거운 공기만이 남아 있었다.

"키요타카, 뭐야, 쟤!"

"나도 궁금하네."

"……진짜, 너무 열 받는다고!"

잔뜩 신경이 곤두선 케이였지만 언제까지고 아마사와 이야기만 해봐야 아무 소용 없었다.

케이도 빨리 화제를 바꾸고 싶었는지, 방향을 틀었다.

"설명해줘. 2,000만 상금이라는 게 무슨 소리야? 그 왼손의 상처랑 상관있는 거야?"

내가 말하지 않았던 건 비밀로 하고 싶어서가 아니다.

이런 걸 말해서 괜히 케이가 걱정하게 만들고 싶지 않았기 때문이다.

하지만 이제 그렇게 말할 수도 없는 상황이 되었다.

나는 케이에게, 이번 일에 대해 알려주기로 했다.

○다가오는 여름, 격전의 예감

6월도 중순으로 접어들었다. 4월 말에 있었던 특별시험 이후, 새로운 특별시험도 없이 평범한 학교생활이 반복되었다. 나를 노리고 있을 화이트 룸의 자객도 아직 별다른 움직임을 보이지 않았다.

나에게 일어난 부적절한 일은 아마사와의 방문 하나뿐, 퇴학과 관련하여 닥쳐온 위기는 없었다.

하지만 그때 해프닝이 워낙 강해 키스할 타이밍은 아직 찾아오지 않았다. 자연스레 좋은 분위기가 형성되어도 보이지 않는 벽이 우리 사이를 가로막는 상황이 이어졌다. 그 벽을 없애고 사이를 더 진전시키고 싶은 마음도 있지만, 서두를 필요는 없겠지. 시간이 지나면 점점 케이가 스스로 벽을 무너뜨리고 다음 단계로 자연스럽게 나아갈 것이다. 그렇게 하는 것이 케이의 심리적 성장을 돕는 의미에서도 효과적이라고 할 수 있다.

고등학생으로서는 지나치게 충실할 정도의 일상과 함께 계절은 착실히 여름을 향하고 있었다.

바깥 기온이 서서히 올라가기 시작하며 예년과 비슷해지고 있었다. 맑은 날에는 30도를 기록하는 날도 나오기 시작했다. 그야말로 봄과 여름의 경계선이었다.

별일 없는 학교생활을 오래 이어가다 보니 종종 귀에 들리는 화제가 있었다.

어느 계절을 가장 좋아하는가——라는 시시콜콜한 화제. 하지만 의외로 깊이 있고 흥미로운 이야기였다.

같은 곳에서 태어나 같은 교육을 받은 사람들이라도 좋아하는 계절은 저마다 다르다.

나는 이 학교에 들어와 모든 계절을 경험하면서, 점점 더워지고 있는 지금이 새삼 마음에 들었다. 아무래도 나는 여름을 제일 좋아하는 듯하다.

그래서인가 파란 하늘도 이 계절이 제일 맑고 눈부신 것만 같았다.

"안녕하세요, 아야노코지 선배."

파란 하늘을 올려다보며 걷고 있는데 앞쪽에서 누군가가 말을 걸었다.

1학년 D반의 나나세 츠바사였다.

혼자 등교하는 길이었는지, 주위에 친구는 달리 보이지 않았다.

"어, 안녕."

내 앞에서 걷고 있었던 것을 보면, 어쩌다 우연히 뒤돌아보다가 나를 발견했거나 아니면 나에게 볼일이 있어서 기다리고 있었거나 둘 중 하나다.

"하늘에 뭐가 있습니까?"

내가 나나세의 존재를 인식하지 못했던 것은 하늘 구경에 정신이 팔렸었기 때문인데, 나나세가 그 사실을 알아차린 것을 보아 아무래도 나를 자세히 관찰하고 있던 모양이다.

"아무것도. 그냥 하늘을 보고 있었을 뿐이야."

"하늘을요?"

옆에서 나란히 걷기 시작한 나나세도 나를 따라 하늘에 시선을 던졌다.

오늘은 구름 한 점 없이 파란 하늘이었다.

"날씨가 참 좋네요."

"그러게. 그나저나 오랜만이군."

그날 이후 스친 적은 있어도 이렇게 말을 섞은 적은 없었다.

"네. 한 달 반 정도 격조했습니다."

나나세는 호우센과 결탁해 나를 퇴학으로 내모는 계획을 세웠었다. 아마사와와 마찬가지로, 보통은 나를 가까이 하기 어려워해도 이상하지 않다.

"아야노코지 선배께는 죄송한 짓을 저질렀다고 생각하고 있습니다."

여전히 하늘을 쳐다보며 나나세가 말했다.

아무래도 내가 상상했던 것보다는 그녀도 생각하는 바가 있었던 듯하다.

"원망하십니까?"

"원망할 이유는 하나도 없지. 특별시험이었잖아. 어쩔 수 없는 거였지. 그리고 나나세는 나를 감싸기도 했었으니까."

호우센에게 가담하긴 했지만, 끝에 가서는 위험을 무릅

쓰고 나서주었다.

그리고 적의를 보이는 호우센과 대치했던 것을 똑똑히 기억한다.

"그 특별시험은 이제 끝났나? 기한을 못 들었네."

"아뇨, 아직 계속되고 있어요. 기한은 2학기 시작 전까지입니다."

요컨대 당분간은 특별시험이 계속된다는 건가. 하지만 그렇다면 나나세와 호우센이 지난 한 달 반 동안 침묵했던 것이 좀 마음에 걸린다.

"제가 접촉해오지 않았던 것이 마음에 걸리지는 않으십니까?"

"마음에 걸리지 않는다고 하면 거짓말이겠지. 뒤에서 뭔가를 꾸미고 있는 건 아닌가 하는 불안도 있었고."

"뭔가를 꾸미더라도 쉽게 통하지 않는다는 걸 지난 일로 확신했으니까요. 목적이 알려진 이상, 일상생활 속에서 아야노코지 선배를 위기로 내모는 것은 몹시 어려울 거고요."

"다른 학년이 얽힌 특별시험이 있기만을 기다리는 중이란 건가. 그런데 다른 학생들은 어때."

"잘 모르겠지만 호우센이 한 짓은 알려진 것 같습니다."

"천하의 호우센이 실패한 이상 부주의하게 움직일 수 없다고 판단한 건가? 다친 보람이 있네."

"왼손의 대가와 균형이 맞는지 어떤지는 잘 모르겠지만요."

1학년 중에서도 호우센 카즈오미는 좋은 쪽이든 나쁜 쪽이든 주목받는 학생 중 하나.

그 호우센이 제일 먼저 행동에 나섰던 것은 어떤 의미로 행운이었을지도 모른다.

문제는 이 이면의 특별시험을 누가 파악하고 있는가다.

나나세에게 물어보면 간단하겠지만…….

몇 번인가 눈빛을 보내 보았지만, 계속 피했기 때문에 단념하고 앞을 향했다. 내가 질문한다 한들 대답해주지 않으리라. 나머지 세 반은 정체를 알지 못하게 아직 몸을 숨기고 있다. 공평함을 유지하기 위해, 팔아넘기는 짓은 하지 않겠지. 나나세는 어디까지나 특별시험이라는 게 있다는 걸 인지시켜 D반의 불리함을 상쇄시키려 했을 뿐.

"제 의사를 존중해주셔서 감사합니다."

내가 침묵을 유지하자 나나세가 이해했다는 듯 그렇게 말했다.

어차피 같이 학교에 갈 거면, 하고 나는 전혀 상관없는 화제를 입에 올리기로 했다.

"완전히 학교에 익숙해진 모양이네."

행동을 봐도 어색함은 사라지고 학교에 적응한 것 같았다.

"네. 저를 포함해 동급생들도 특수한 상황에 내성이 생겼다고 생각합니다. 선배가 어디까지 아시는지는 모르겠지만, 1학년은 5월 말에 두 번째 특별시험을 치렀습니다."

2학년에게 2학년의 싸움이 있듯이, 1학년에게는 1학년의 싸움이 있다.

"누구한테 직접 물어본 건 아니지만 얼핏 전해 듣긴 했어. 퇴학자가 나온 것 같던데."

그 특별시험에서 한 명의 퇴학자가 나왔다는 사실은 2학년 사이에서도 소문이 나 있었다.

"역시 아시는군요. 1학년 C반에서 남학생 한 명이 퇴학당했습니다."

OAA 리스트에서 그 학생의 존재도 지워졌으니까 말이지.

학력 A인 학생이었는데, 어떠한 페널티를 받아버린 것이리라.

"퇴학과 관련된 일은 아무래도 소문이 나게 되어 있지."

"이 학교에서는 어제까지만 해도 같이 웃고 떠들던 친구가 갑자기 무자비하게 사라지죠. 후회 없는 학교생활을 보낼 필요가 있다고, 새삼 강하게 인식했습니다."

지금은 강 건너 불구경이지만 1학년 D반에도 언제 그 순간이 찾아올지 알 수 없다.

나나세처럼 위기감을 가지는 것은 무척 중요하다.

그렇지만, 다른 학년의 반 포인트 상황까지는 아무래도 전혀 알 수가 없다.

그래서 이기고 지는 이야기가 나오면 정보가 하나도 없는 것이다.

"그 특별시험에서 D반의 결과는 어땠어?"

"처음엔 최하위, 이번에는 3위로, 아쉽지만 결과가 좋지 못했습니다. 다만 이번에는 상위 A, B반과 막상막하의 대결을 펼쳤기 때문에 반 포인트 차이는 그리 나지 않고 끝났습니다."

A반과 B반을 상대로 너무 처지지 않고 따라붙은 것에 보람을 느끼는 듯했다.

한편 C반이 최하위로 내려간 것은 퇴학자가 나온 이유가 가장 크리라.

"호우센도 최근에는 얌전해졌나? 아니면——"

"문제 행동이 전혀 없다고 말하면 거짓말이에요. 하지만 이번 퇴학 소동과는 상관없습니다. 호우센은 아야노코지 선배에게만 정신이 팔려있거든요."

줄곧 하늘을 올려다보던 나나세가 처음으로 쓴웃음을 지으며 나를 보았다.

"억지스러운 결과론이긴 하지만, 아야노코지 선배 덕분에 좀 얌전해졌다고 생각합니다. 1학년들에만 향해 있던 호우센의 강한 감정이, 지금은 선배에게도 향하고 있다고 할까요. 요즘에는 입버릇처럼 『빨리 2학년이랑 붙게 해달라고』하고 말하고 있어서. 다행이지요."

그건—— 과연 1학년들 입장에서는 잘된 이야기다. 덩치가 커서 눈에 띄는 호우센과는 이따금 스쳐 지나가면서 시선이 마주치곤 했는데, 돌이켜 생각해보면 빨리 붙자고 말하는 듯한 눈빛이긴 했었다.

"언젠가는 1학년과 싸울 때가 올지도 모르지."

지금은 한 번 힘을 합해봤을 뿐.

나구모의 방침이 적극적으로 추진된다면 경합할 날도 그리 멀지 않으리라.

"저는, 후회 없는 학교생활을 할 생각입니다."

"그게 좋겠지."

나나세가 말했듯 서로 웃고 떠들던 친구들이 다음날에는 없어진다.

그런 일이 얼마든지 일어나는 학교다.

그렇기에 하루하루 지나가는 것을 당연하게 받아들이지 말고 소중하게 보내야 한다.

지나간 하루는 분명한 과거가 되어 두 번 다시 돌아오지 않으니까.

"아야노코지 선배도 부디 후회 없는 학교생활을 하시길 바랍니다."

마치 내 학교생활이 얼마 남지 않았음을 암시하기라도 하듯 나나세가 말했다.

나를 바라보는 눈에 확고한 의지가 담겨 있었다.

"물론 후회가 남지 않도록 해야겠지."

그렇게 대답하니 나나세는 만족한 듯 고개를 힘차게 끄덕였다.

"그럼 이만 가보겠습니다."

교정이 가까워지자, 나나세는 그렇게 말하며 고개를 숙이고 자리를 떠났다.

1

1학년이 5월 말에 두 번째 특별시험을 치렀다는 것을 생각하면 2학년인 자신들도 언제 특별시험이 발표되든 이상하지 않다. 그렇게 각오한 시기였을 것이다.

그러한 각오를 시험하기라도 하듯, 평소와는 다른 아침 홈룸이 시작되었다.

"전원 다 있는 것 같으니 다행이구나."

출결을 확인한 차바시라가 모니터에 영상을 비추기 위해 태블릿을 만졌다.

잠시 후 준비가 다 되었는지 새하얀 화면이 뜨자 학생들을 보았다.

"너희와 함께한 지도 오래. 이제 대충 감이 오겠지."

새로운 특별시험이 시작된다.

너나 할 것 없이 그 말이 목구멍까지 올라왔겠지만, 다음에 이어질 차바시라의 발언을 기다렸다.

일부를 제외하고 학생 대부분의 시선이 모이자 잠시 침묵한 후 차바시라가 살짝 웃었다.

"물론 이제부터 특별시험에 관한 이야기를 할 것이다. 하지만 그 기대감을 오래 맛볼 수 있게 뒤로 미루고, 우선은 여름방학 이야기부터 하도록 하지."

그렇게 말한 차바시라는 태블릿으로 시선을 떨궜다. 그러자 모니터에서 영상이 흘러나오기 시작했다.

제일 먼저 표시된 것은 한 장의 호화 여객선 사진이었다.

우리는 이것과 비슷한 배를 본 기억이 있었다.

"너희에게 좀 이르지만, 여름방학 바캉스에 대해 설명하겠다."

순간, 서로의 얼굴을 마주 본 학생들은 달콤한 단어에 기쁨을 표현하려고 했다.

하지만 배와 바캉스라는 조합을 들으면 아무래도 머릿속 깊이 각인된 다른 기억이 떠오를 수밖에 없었다.

이 학교가 달콤한 꿀만 빨게 해줄 리 없다고. 그런 생각을 하는 가운데, 모니터의 사진은 배 바깥에서 배 안으로 이어졌고, 일정도 함께 떴다.

"8월 4일부터 8월 11일까지 총 7박 8일간 너희는 이 호화 여객선에서 자유롭게 여름방학을 만끽할 수 있어. 영화를 봐도 좋고, 맛있는 식사를 마음껏 즐겨도 좋아. 그리고 선상에서 특별시험을 치르는 일은 절대 없을 거다."

즉 순수하게, 그야말로 약 일주일간 바캉스가 약속된다는 것이다.

강한 의심을 품고 있던 학생들의 마음이 조금이나마 이완되어갔다.

그러나 그 이완은 영상이 꺼짐과 동시에 사라졌다.

마치 안 보는 것이 약이라는 듯.

"하지만 이 배 여행을 마음껏 즐기려면 다음 특별시험을 무사히 통과해야만 한다."

잠깐 황홀한 기분을 맛봤다가 빠르게 현실로 끌려온 학생들.

보통은 이런 식으로 낙차를 맛보면 크게 낙담하기 마련이다.

하지만 학생들은 곧바로 생각을 전환하고 싸움을 받아들이는 자세를 취했다.

"다들 익숙해졌군."

감탄했다는 듯, 차바시라가 미소를 지었다.

단순히 짓궂은 마음으로 바캉스 이야기부터 꺼낸 것이 아닐 터다.

1년 전의 D반과는 달라졌음을 확인하고 싶었으리라.

반복된 시련의 연속으로, 다들 정신을 바짝 차리는 방법을 익혔다.

"특별시험은 언제부터 시작되나요?"

제일 먼저 가운데 자리에 앉은 호리키타가 질문을 던졌다.

"평소 같으면 오늘내일이라도 시작된다고 했겠지만 유감스럽게도 아직 멀었다. 다음 특별시험은 여름방학 때 있을 거야."

1학기가 끝난 후, 여름방학을 이용한 특별시험인가.

마음에 걸리는 것은 미리 설명한다고 해도 너무 이르다는 점이다. 아직 한 달 넘게 남았는데 벌써 알리는 건 무슨 의도일까.

어쨌든 지금까지의 흐름을 보자면 싫어도 학생들의 뇌리에 떠오르는 특별시험이 하나 있다. 모두 같은 생각을 떠올렸을 무렵, 차바시라가 모두의 예상을 현실로 바꾸어 놓았다.

"너희는『무인도 서바이벌』에 참가해 서로 경쟁하게 된다."

특별시험, 무인도 서바이벌. 1학년 여름방학 때 치렀던 반별 대결이 뇌리에 단단히 박혀 있다. 각 반에 주어진 한정적 반 포인트를 잘 운용해 서로 경쟁하면서, 반의 리더가 누구인지 알아맞히고, 거점을 점유해 포인트를 획득하는 등의 규칙을 이용했던 특별시험.

"올해도 그걸 한다고……."

평소에는 얌전히 특별시험 설명을 듣는 케세이가 생각났다는 듯 중얼거렸다.

D반은 남녀 사이에 장절한 내부 다툼을 벌이며 고생했었으니까.

"모두 작년 무인도 서바이벌 시험을 떠올리고 있겠지만, 올해 시험은 지금까지와는 일선을 긋는다. 그 어떤 특별시험보다도 가혹하고 힘들 거야. 물론 얻을 수 있는 반 포인트, 프라이빗 포인트는 그만큼 많다."

작년 무인도 서바이벌은 어떻게 싸우든 자유였다. 승리

에 집착한다면 철저한 절약이 필수였고, 승리를 방임한다면 비교적 자유롭게 지내는 것도 가능했다. 또 퇴학 등 엄중한 조치도 중요한 규칙만 위반하지 않으면 당하지 않는 것이나 마찬가지였다.

가혹하고 힘들다고 했는데, 작년에 비해 어떤 것이 달라졌을까.

급하게 굴지 않아도 차바시라가 바로 말해주리라.

"우선 일정부터 자세히 설명하도록 하지. 나중에 너희가 가진 단말기로도 다운로드해서 확인할 수 있으니 지금 메모할 필요는 없다."

차바시라는 그렇게 지시한 후 다시 켜진 모니터에 특별시험에 관한 일정을 띄웠다.

7월 19일 : 운동장에 집합해 버스로 출발. 항구에서 여객선을 타고 이동

7월 20일 : 특별시험 시작. 시험 설명 및 물자 전달 등

8월 3일 : 특별시험 종료. 순위 발표를 선내에서 진행하고, 그에 따라 보수 지급

※8월의 프라이빗 포인트는 무인도 시험 결과 적용 후 지급한다

8월 4일 : 선상 크루징으로 종일 자유행동

8월 11일 : 항구에 도착. 학교로 돌아와 해산

1학기의 끝을 알리는 종업식이 16일 금요일. 그로부터 사흘 후에 출발하는 일정이었다.

게다가 특별시험 기간이 지난번의 두 배인 2주나 되었다.

"선생님, 그런 일정이면 여름방학이 상당히 짧아지는데 그 부분은 어떻게 되는 거죠?"

니시무라로부터 질문의 화살이 날아갔다. 여름방학은 일반적으로 40일 전후인데, 특별시험을 치면 선상 크루징을 여름방학으로 쳐서 넣는다고 해도 24일 정도밖에 남지 않는다. 학생들로부터 불만이 나오는 것도 무리가 아니었다.

"유감이지만 보충은 없다. 여름방학이 짧아지는 건 확정 사항이야."

학생이 쏜 화살을 정면으로 받는 학교 측.

물론 약간의 야유가 일어나는 것은 피할 수 없다.

학생들에게 휴일은 학교에서 배우는 하루보다 훨씬 귀중하기 때문이다.

"하지만 그 대신 초호화 여객선에서의 일주일 크루징을 즐기게 해주잖아. 이 일주일은 생각하기에 따라서는 너희에게 잃어버린 2주 이상의 가치가 있을 거야. 아까도 말했지만, 그 크루징은 순수한 휴일로 만끽할 수 있다."

그것을 위안 삼아 열심히 하라는 뜻인 듯했다.

작년에도 우리는 초호화 여객선에 탔었지만, 그때는 만끽할 시간이 너무 적었으니까 말이지. 무인도 서바이벌이 끝난 후 바로 12간지 시험을 쳐야 했었던 것이 떠오른다.

학교 내에서 생활하는 우리에게 바깥세상은 무척 신선하고 자극적이다. 배 안이라지만 평소와 다른 생활을 즐길 수 있으니, 가히 최고의 여름방학이라고 할 수 있으리라. 불평하던 학생들도 그걸로 다소 납득한 모습을 보였다. 납득하지 않으면 다음으로 나아갈 수도 없다.

게다가 올해는 작년과 달리, 프라이빗 포인트도 어느 정도 있기에 선상에서 크게 제약을 느낄 일은 없었다. 그것도 학생들에게는 스트레스가 적은 요인이리라.

"그럼 본론으로 들어가지. 작년에도 치렀던 무인도 서바이벌 시험이지만, 가장 큰 차이점은 『규모』라고 할 수 있다. 시험 기간이 2주로 늘었고 무대가 될 무인도도 저번에 비해 넓어졌지."

화면에 상공에서 촬영한 무인도가 영상으로 나왔다.

"그리고 같은 학년뿐 아니라 모든 학년이 서로 경쟁하는 형식이다."

요컨대 다양한 면에서 지난 시험보다 규모가 크다.

"싸워야 하는 상대도 역대급 숫자가 되겠지."

설마 했던 전개로, 모든 학년이 얽힌 서바이벌 시험이었다.

심지어 같은 학년만 경쟁 상대가 아니다. 이것이 특히 의외인 부분이었다.

"그거…… 단순히 생각해서 1학년은 불리하고, 3학년은 유리한 거 아닌가요?"

불평등을 싫어하는 히라타의 질문. 다른 학년과 손을 맞잡는 시험이라면 모두가 평등하지만, 이번에는 그렇지 않은 것 같으니. 그렇게 되면 나이에 따른 신체 능력과 경험의 차이가 꽤 큰 핸디캡으로 작용할 것이다.

"무슨 말이 하고 싶은지는 잘 알겠지만, 어떤 시험이든 완벽한 평등을 만드는 건 애초에 불가능하다고 먼저 말해두마. 너희 2학년만 가지고 얘기해도, 늦게 태어난 학생과 일찍 태어난 학생에 따라서는 1년 가까운 차이를 안고 같은 무대에서 경쟁하기도 하잖아?"

하지만 그건 바꿔 말하면, 학년은 1년 차이라도 나이로 따지면 2년에 가까운 핸디캡을 짊어지는 경우도 있다는 이야기다.

"1학년이 조언을 구해오면 선배로서 최소한 대답해주는 게 도리겠지만, 어떻게 말할지는 개인의 자유야. 마찬가지로 3학년에게 의견을 구하는 것도 말이지."

필요하면 마음껏 논의해도 상관없다는 것인데, 그건 적을 도와주는 행위도 될 수 있다.

"학년별 핸디캡도 다소 주어지겠지만, 기본적으로는 같은 무대에서 경쟁하게 된다. 참고로 핸디캡은 저학년일수록 받을 수 있는 보수가 늘어나고, 받는 페널티는 가벼운 식이 될 거다."

그러니까 학년이 높을수록 보수가 적고 페널티는 무거워진다는 건가. 4월에 쳤던 파트너를 정하는 특별시험 일부를 끌어온 것 같다. 그 시험에서는 같은 시험 내용이라도 받는 페널티가 2학년은 퇴학, 1학년은 프라이빗 포인트 징수로 큰 차이가 있었다.

"이해했으면 다음으로 넘어가지. 무인도 서바이벌의 새로운 규칙, 그 개요 중『일부』를 지금부터 설명하마."

일부, 라는 단어에 학생들이 서로 얼굴을 마주 보았다.

"오늘 이 자리에서는 모든 규칙을 다 알려줄 수 없다는 얘기다."

일단은 얌전히 설명을 들으라고 지시한 후 모니터 영상을 전환했다.

모니터를 보니『그룹』이라는 단어가 크게 눈에 띄었다.

"무인도 서바이벌의 규칙을 알려면 먼저 그룹에 관해 이해할 필요가 있다."

이번 특별시험의 서두는 지금까지와 달리 무척 길어질 것 같다.

그건 앞으로 기다리고 있는 무인도 서바이벌이 얼마나 힘들지 암시하는 것 같기도 했다.

"다음 특별시험, 즉 무인도 서바이벌에서는 최대 여섯 명까지 대그룹을 짜서 서로 협력할 수 있다. 그리고 대그룹은 같은 학년의 경우 반 상관없이 구성할 수 있다는 것을 제일 먼저 기억하길 바란다."

"그럼…… 2학년은 모두 같은 편, 이라는 뜻……?"

자기 반 이외에는 전부 적이라고 여겨왔던 호리키타의 혼잣말이 교실 안에 울려 퍼졌다.

아마 차바시라의 귀에도 닿았겠지만, 대답하지 않고 이야기를 이어나갔다.

"너희는 오늘부터 7월 16일 금요일까지 약 4주 동안, 2학년 중에 원하는 사람을 두 명까지 골라서 대그룹의 바탕이 될 최대 세 명의 소그룹을 구성할 권리를 얻는다. 단, 원하는 상대와 구성할 수 있다고 말했지만 지켜야 할 사항은 있어. 하나는 이미 말했듯 구성 멤버는 같은 학년 학생만 고를 수 있다는 거. 1학년이나 3학년과는 그룹을 구성할 수 없다."

2학년 A반 학생이나 2학년 C반 학생과는 팀을 짜도 된다는 뜻이다.

1학년은 4명까지, 3학년은 2학년과 마찬가지로 3명까지 소그룹을 짤 수 있다고 한다. 학년별로 마련된 핸디캡 중 하나겠지. 그것이 모니터에 빠짐없이 표시되었다. 모든 반이 서로 협력하는 최강 그룹을 만들어 싸우는 것도 시야에 넣을 수 있을지 모르겠다. 만약 이상적인 그룹을 자유롭게

짤 수 있다면 당연히 승기가 보이겠지. 오히려 다른 학년
도 베스트 멤버로 그룹을 구성한다면 우리 역시 대항하기
위해 총력을 결집할 필요가 있으리라.

"그리고 다음으로 남녀 비율이다. 남녀 혼합의 경우 3분
의 2 이상을 여자가 점해야 한다."

남자 두 명에 여자 한 명, 또는 남녀가 각각 한 명씩인
그룹은 안 되는 건가.

가능한 그룹 조합 패턴이 모니터에 표시되었다.

『남자 한 명』『남자 두 명』『남자 세 명』

『여자 한 명』『여자 두 명』『여자 세 명』

『남자 한 명, 여자 두 명』

이 일곱 가지 패턴. 반대로 『남자 두 명, 여자 한 명』, 『남
자 한 명, 여자 한 명』──이 두 가지는 그룹으로 성립할
수 없다는 것이다.

"그룹을 만들지 않는…… 또는 만들 수 없는 경우에는
어떻게 되나요?"

"조합 가능한 일람표에도 있듯이 그룹은 혼자라도 성립
한다. 이익은 줄어들겠지만 크게 문제는 생기지 않아. 다
음 특별시험은 그룹 인원수와 상관없이 치를 수 있게 되어
있으니 말이야. 혼자 도전하고 싶은 사람은 남녀 불문하고
허가받을 수 있는 구조다."

그룹 인원수는 많을수록 좋겠지만, 혼자 있어도 별 지장
없이 특별시험을 치를 수 있다는 건가.

"혼자가 편하다고 생각하는 학생도 있겠지만, 그룹 인원은 많은 게 제일 좋아. 단순히 사람이 많아서 유리한 것도 있지만 특전이 있거든. 혼자 싸운다는 선택지는 끝까지 고르지 않기를 추천한다."

편하게 싸울 수 있다면 혼자도 좋지 않을까 생각했었는데, 그룹을 짜지 않은 학생은 불리한 상황에서 시험을 치러야 하는 현실이 찾아올 수 있다. 이렇게 되면 일반 학생은 세 명 그룹을 만드는 것이 출발선에 서는 최소 조건이겠군.

"이점으로 가득한 그룹 만들기에도 주의사항이 있다. 한번 그룹이 확정된 다음에는 어떤 이유가 있든 다른 그룹으로 이동할 수 없다."

한 번 같은 그룹이 되면 특별시험이 끝날 때까지 계속한 팀으로 지내야 한다고 한다.

"그러니까 그룹 변경은 안 되고, 특별시험에서 최대 여섯 명까지의 그룹을 만들 수 있다는 거죠? 그런데 지금부터 짤 수 있는 건 소그룹의 최대 세 명까지. 그 부분은 어떻게 하면 되는 건가요?"

히라타의 질문이 차바시라를 향했다.

"그래, 그게 중요한 포인트다. 특별시험이 시작되고 나면 소그룹끼리 모이는 것이 허락된다. 세 명 그룹이 둘이든, 두 명 그룹이 셋이든, 또는 단독 그룹으로 여섯이 모여도 상관없어. 하지만 그룹을 구성하는 조건은 거기에도 존재한다. 네 명 이상의 대그룹에서는 여자 비율이 5할 이상을 차지해야만 해."

3분의 2 이상에서 2분의 1 이상은 여자여야 한다는 규칙으로 변경된 듯하다. 제한이 따라붙는다면 혼자 또는 두 명의 소그룹에 머무르는 것도 전략이 될 듯하다.

"여기까지 들으면 특별시험이 시작된 후에 그룹을 짜도 되겠다고 생각하는 학생이 있을지 모르지. 그룹은 자유롭게 구성해도 되지만, 시험 시작 후 희망하는 대그룹을 짜는 것은 난도가 아주 높아. 최대 여섯 명 그룹을 바란다고 해도 구성하는 것조차 불가능한 사례도 다수 나올 거야."

소수 그룹도 이익이 전혀 없지는 않은 듯하지만, 처음부터 끝까지 혼자서 무인도 서바이벌을 극복해나가야 할지도 모르는 위험을 고려하면 역시 지금 단계에 세 명 그룹을 만들어 두는 것이 무난한가.

퇴학자를 고려하지 않으면 각 반에 40명씩. 학년마다 네 반씩 있으므로 한 학년에 160명. 최대 여섯 명까지 그룹을 짤 수 있다고 분명히 말했으니 이번 시험에서는 전 학년 총 합해서 최소 81조가 나온다. 단 시험이 시작되고 여섯 명 그룹을 짤 수 있다는 보장이 없으니, 때에 따라서는 세 자릿수의 그룹이 모여 경합을 펼치게 될 수도 있다.

"원하는 대로 소그룹을 짜라고 해도 곤혹스럽겠지. 어떤 시험 내용인지 모르면 필요한 인재를 좁혀나갈 수 없으니까."

누구나 그 생각에 도달하리라는 것을 알아서인지 차바시라가 이렇게 말을 이었다.

"그래서, 이번 특별시험 내용은 알려줄 수 없지만 어떤 능력이 필요한지는 조금 언급해주마."

그렇게 말한 후 차바시라는 표정이 경직된 학생들을 보았다.

"작년 무인도 서바이벌 때는 자기가 가진 잠재력을 발휘하지 못해 안달복달하던 학생들도 많았을 거야. 하지만 올해 시험에서는 『모든 능력』이 필요하다고 생각해도 좋아. 학력, 신체 능력, 정신력, 소통 능력. 지금 언급한 능력 이외에도, 자신 있는 능력을 살릴 기회가 많을 거야."

공부만 잘해도, 운동만 잘해도 안 된다.

잘하는 것이 많은 학생이 유리하다. 그런 뜻인가.

무인도=공부와의 연결고리는 언뜻 맺기 어렵지만, 방법은 얼마든지 있다.

예컨대 문제를 맞히지 못하면 식자재를 얻지 못한다거나 하는 규칙이 있을 경우다.

체력에 자신 있는 사람끼리 결성된 그룹은 허무하게 패배해 무너질 수도 있다.

"허물없는 친구끼리 그룹을 짜는 것도 좋겠지만, 그룹의 종합 능력은 그대로 특별시험의 성적으로 이어질 가능성이 커. 적재적소를 고려해 팀을 꾸리는 것을 추천한다."

종합 능력이 높은 학생끼리 구성하면 유리하게 작용할

확률이 높다는 것이다.

하지만 차바시라의 말처럼 사이좋은 학생을 고르는 것 역시 무시할 수 없는 포인트겠지.

어떤 시험 내용인지 모르는 이상, 연대가 관건일 가능성도 있으니까.

"인원이 많을수록 유리하다고 했는데, 그 최대의 이유는 몸이 여섯이어서도, 머리가 여섯이어서도 아니야. 시험 규칙으로 탈락 방식을 채용하고 있기 때문이다. 쉽게 예를 들어서 히라타가 혼자 시험을 끝까지 도전하는 경우와 히라타, 스도, 혼도까지 세 명이 끝까지 도전하는 경우를 비교해보자."

차바시라가 태블릿에 뭔가를 써넣자 모니터 화면이 바뀌면서 히라타 단독 그룹, 히라타를 포함한 세 명 그룹의 이름이 표시되었다. 각각의 이름 칸이 파란색으로 채워져 있었다.

"특별시험 도중에 히라타가 어떤 사고를 당해서 시험을 이어나가기 불가능해졌다고 가정해보자. 혼자 시험에 참여했을 때는 당연히 그 시점에서 실격 처리되고 페널티를 받는다."

히라타 개인 쪽 이름이 빨갛게 바뀌면서 실격 표시가 떴다.

"반면 세 명 그룹을 결성한 상태에서 히라타가 도중에 기권하면 어떻게 될까……."

히라타의 이름은 빨갛게 변했지만, 나머지 두 사람은 여전히 파란색이었다.

"실격된 히라타는 배로 돌아오게 되지만, 나머지 두 사람은 계속 시험을 치를 수 있다. 그리고 그 그룹이 끝까지 살아남고 1위가 되었을 경우, 히라타도 당연히 그룹의 일원이니까 1위로 간주한다."

개인이 탈락해도 그룹이 살아남으면 된다는 뜻인가.

그렇지만 그룹 인원이 줄어들면 불리해질 수밖에 없다.

"도중에 몇 명이 빠지든 그룹은 최후의 일인이 될 때까지 지장 없이 기능한다. 그러니까 단순히 인원이 많을수록 살아남을 기회도 많다는 거지."

그렇군. 그룹의 중요성이 상당하다는 게 분명해졌다.

아무리 유능한 학생이 있어도 부상, 질병 등 예상치 못한 상황은 얼마든지 일어날 수 있다.

그런 위험을 고려한다면 승리하기 위해서는 여섯 명으로 그룹을 짜는 게 사실상 필수라고 할 수 있겠지.

"그룹의 중요성을 잘 이해했을 테니 이제 보수에 관해 설명하마."

여기서 처음으로, 이번 무인도 서바이벌이 반에 미치는 영향이 공개되었다.

○보수
1위 그룹
300 반 포인트, 100만 프라이빗 포인트, 1 프로텍트 포

인트

2위 그룹
200 반 포인트, 50만 프라이빗 포인트

3위 그룹
100 반 포인트, 25만 프라이빗 포인트

상위 50% (1위~3위 포함)에 입상한 그룹
5만 프라이빗 포인트

상위 70%(1위~3위 포함)에 입상한 그룹
1만 프라이빗 포인트

※상위 세 그룹이 얻는 반 포인트는 하위 세 그룹의 학
년에서 이동된다
 반 포인트는 인원에 상관없이 반 수에 따라 균등 분배된
다(사사오입)

 모니터에 표시된 보수는 반 포인트도 프라이빗 포인트
도 상당히 고액이었다. 만약 3위까지 독점하면 반에 엄청
난 변동이 생기게 되는데, 다만 기괴한 주의사항이 추가되
어 있었다.

"이게 이번 보수 일람이다. 주의가 필요한 건 이번에는 같은 학년끼리만 그룹을 짤 수 있는 만큼 필연적으로 학년별 경쟁이 되지만, 보수와 페널티의 영향은 『그룹별로』미친다는 점이다. 즉 D반만으로 결성된 그룹이 1위를 차지한다면 1위 보수가 전부 D반 차지가 되는 거지. 반대로 네 반이 섞인 그룹이 1위를 차지하면 네 반이 균등하게 보수를 나눠야 해. 각 반에서 최강 학생을 끌어모아 그룹을 형성하면 이길 확률은 올라가겠지만, 반 포인트는 조금의 변동도 생기지 않는 셈이지."

즉 균등하게 300포인트를 네 반이 나누기만 할 뿐.

그러면 1위를 차지한다고 한들 반 포인트의 차이는 좁혀지지 않는다. 아니, 애당초 소그룹이 세 명까지밖에 안 되는 지금 시점에서는 어느 한 반은 섞일 수가 없다. 이래서는 이상적인 논의가 불가능하리라.

"그리고—— 상위 세 그룹에 주어지는 합계 600이나 되는 막대한 반 포인트는 하위 세 그룹으로 내려앉은 학년으로부터 균등하게 징수하게 되어 있다. 만약 1위가 2학년 그룹이고, 꼴찌가 1학년 그룹일 경우 1학년 각 반에서 반 포인트를 회수하는 구조지. 2위의 경우는 하위에서 두 번째, 3위의 경우는 하위에서 세 번째 그룹과 학년이 비교된다."

다른 학년에 의한 쟁탈전으로 발전할 가능성도 크다는 뜻인가.

"다음으로 비교 대상이 되는 상위와 하위 그룹이 같은

학년끼리였을 경우를 설명하마. 이 경우는 조금 특수한데, 최하위 그룹에 포함된 반은 100, 하위에서 두 번째는 66, 하위에서 세 번째는 33 반 포인트를 상위 그룹에 지불해야 한다. 한 반이 단독으로 1위를 차지하면 300포인트를 얻을 수 있는 건 변함없지만, 동시에 단독으로 최하위를 차지하면 100포인트를 뺀 200포인트밖에 얻지 못하게 되는 거야."

네 반 혼합 그룹이 이기면 받을 수 있는 반 포인트는 한 반당 75. 아무리 1위를 차지한다고 해도 자기 반 학생이 포함된 그룹이 꼴찌가 된다면 손해 볼 수도 있다는 얘기인가.

"그리고 징수되는 반 포인트가 보수액보다 적을 경우, 나머지는 학교가 보충해준다는 규칙도 있다. 이건 다른 학년으로부터 징수할 때도 같은 규칙이 적용돼."

지불할 반 포인트가 부족한 경우에도 보수는 틀림없이 보장된다는 모양이다.

"또 만약 네 반 혼합 그룹이 하위가 되었을 경우는 지불할 반 포인트가 조금 경감된다. 최하위가 75포인트, 하위에서 두 번째는 50포인트, 하위에서 세 번째는 25포인트로 줄어들어. 균등하게 부담하는 거지."

서로 협력하기 힘든 시험인 만큼 주는 약간의 보너스 같은 것이려나.

"그리고 하위 그룹에는 당연히 페널티가 있다. 빼앗기는 반 포인트는 하위 세 그룹의 결과를 참조한 분만큼이지만,

그게 끝이 아니야. 하위 다섯 그룹에 속하는 결과를 받은 학생들은 퇴학 조치가 된다."

학생들이 침을 삼켰다.

다섯 그룹, 최대 30명이 퇴학 타깃이 되는 것이다.

"마, 만약 2학년 D반만 퇴학 대상이 된다면……."

"최악의 경우 D반은 9명만 남겠지. 하지만 그럴 염려는 일단 없다. 만에 하나 페널티를 받았을 경우, 600만 프라이빗 포인트를 내면 구제받을 수 있으니까. 이 금액은 그룹에서 분담하게 되기 때문에 여섯 명 그룹이면 한 사람당 100만 프라이빗 포인트를 내면 돼."

만에 하나 페널티 대상이 되어버린다고 해도 살아남을 수단이 남아 있다는 것이다.

"다만, 시험이 시작된 후부터는 프라이빗 포인트를 서로 빌려주는 게 불가능하므로 승선 전에 미리 필요한 구제 포인트를 마련해두어야 한다."

나중에 서로 돕는다는 선택지를 취하지 않고 특별시험 전부터 미리 조달해 둘 필요가 있는 건가.

"페널티를 받는 그룹 내에서도 낼 수 있는 학생과 낼 수 없는 학생이 나올 것 같은데, 한 명이라도 잔금이 부족할 때는 어떻게 되나요?"

"그 부분은 안심해라. 여섯 명 중에 다섯 명의 잔금이 부족해도 소지금이 충분한 학생은 그대로 100만 프라이빗 포인트를 내면 구제받을 수 있다."

인원만 갖추어져 있으면 발목 잡힐 걱정이 없는 듯하다.

"한 말씀 드려도 될까요?"

손을 든 것은 차바시라의 눈앞에 앉아 있는 호리키타였다.

"다른 반과 팀이 되면 그만큼 보수를 균등하게 나눠야 하는 규칙이 있다고 했는데, 그럼 결국 자기 반끼리만 구성하는 선택지를 고르게 되지 않을까요?"

열심히 해서 살아남아도 복수의 반이 포인트를 나누면 아무 의미가 없다고 말하는 호리키타.

"이득이 없다고 판단한다면 같은 반끼리 그룹을 짜면 그만이야. 그것뿐이다."

어떻게 할지는 본인들이 알아서 생각하라고 차바시라가 대답했다.

이 문제에는 확실한 답이 없으리라. 다만 한 가지 분명한 것은 보수를 독점하려는 생각에 같은 반끼리만 그룹을 짠다면 남은 사람들이 모인 그룹이 고전을 면치 못할 것이고, 결과적으로 퇴학에 가까워지는 그룹도 동시에 나오고 만다는 점이다. 반대로 반의 수를 늘리면 보수야 줄어들지만, 더 폭넓은 그룹을 만들기 쉬운 데다가 페널티를 받을 위험도 줄어든다. 물론 다른 위험도 생기겠지만.

무인도 서바이벌을 위한 그룹 만들기.

지금까지 나온 차바시라의 정보를 정리하면 다음과 같다.

● 무인도에서 최대 2주간 서바이벌을 펼친다

●요구되는 능력은 다종다양한데, 종합 능력이 높을수록 유리하지만, 결속력도 무시할 수 없다

●상위 그룹에는 반 포인트, 프라이빗 포인트, 프로텍트 포인트 등 특별 보수가 지급된다 (단, 반 포인트는 반의 수에 따라 균등 분배된다)

●최소 1명~최대 6명까지 한 그룹이 되어 시험을 치르게 되며, 인원이 많을수록 유리하다 (그룹 순위는 마지막에 탈락한 학생으로 결정된다)

●하위 그룹은 페널티를 받고 퇴학도 당할 수 있다

●규칙 내에서, 같은 학년이면 자유롭게 소그룹(최대 3명)을 구성할 수 있다

●시험 도중에 대그룹을 만들기는 쉽지 않다

대략 이런 내용인데, 이 규칙 설명만으로는 전체적인 내용이 보이지 않는다.

"여기까지만 해도 여러 가지로 설명하기 성가셨는데, 아직 알려줘야 할 것이 남아 있다."

한 번 숨을 고른 차바시라는 다음 설명으로 넘어갔다.

"이걸 보도록."

칠판의 모니터가 전환되더니 여덟 가지 항목이 떴다.

기본 카드 일람

선행······ 시험 개시 때 쓸 수 있는 포인트가 1.5배로 늘어난다

추가······ 소유자가 얻을 수 있는 프라이빗 포인트 보수가 2배로 늘어난다

반감······ 페널티 때 내야 할 프라이빗 포인트를 반으로 줄일 수 있다
이 카드를 소지한 학생에게만 반영된다

편승······ 시험 개시 때 지정한 그룹의 프라이빗 포인트 보수의 절반을 추가로 얻을 수 있다
지정한 그룹에 자신이 합류했을 경우 효과는 소멸한다

보험······ 시험 중에 컨디션 난조로 실격했을 경우, 소유자는 딱 하루 회복 유예를 얻을 수 있다
부정행위에 의한 실격 등은 무효로 한다

특수 카드 일람
증원······ 이 카드를 소유한 학생은 일곱 번째 멤버로 그룹에 속할 수 있다
본 시험 개시 후부터 효력이 발휘되며, 남녀

비율에도 좌우되지 않는다

무효······ 페널티 때 낼 프라이빗 포인트가 0이 된다
　　　　　이 카드를 소지한 학생에게만 반영된다

시련······ 특별시험의 반 포인트 보수를 1.5배로 늘릴 수
　　　　　있는 권리를 얻는다
　　　　　단 상위 30% 그룹에 들어가지 못했을 경우 그
　　　　　룹은 페널티를 받는다
　　　　　또한 증가분의 보수는 학교 측이 보충해주기로
한다

"뭐, 뭐예요, 이게."

"이건 무인도 서바이벌 특별시험에 영향을 줄 수 있는, 개인별로 한 장씩 지급되는 일종의 아이템이야. 일부를 제외하고는 가지고 있어서 손해 볼 게 없지. 그 효력은 설명서를 읽으면 대충 이해가 갈 거야."

특별시험에서 우위에 설 수 있는 카드, 자신을 지키는 데 특화된 카드 등 총 여덟 종류의 라인업이었다. 후자는 자신을 보호하는 데에는 도움이 되지만, 패배에 대비해야 한다는 것까지 고려하면 그 평가는 엇갈릴 듯하다. 기발한 것은, 유일하게 가지고 있으면 불리해질 수도 있는『시련 카드』이리라. 잘 이용하면 그 어느 보수보다도 잠재력이

높지만, 상위 30%에 드는 것은 그리 쉬운 일이 아니다.

"모든 학생은 이 여덟 장 중에서 한 장을 랜덤으로 얻게 된다. 내일 아침에 나눠줄 거고, 얻은 카드는 특별시험 시작 전까지, 같은 학년끼리만 양도 및 교환을 할 수 있다. 누가 무엇을 가졌는지는 OAA로 누구나 볼 수 있다. 거래하고 싶은 학생에게 팔아도 좋고, 사 모아서 혼자 여러 종류를 가지는 것도 가능해. 단 같은 효과가 중복으로 발휘되지는 않으니 같은 카드를 두 장 가질 필요는 전혀 없다."

카드 개요와 규칙
기본 카드, 특수 카드 모두 같은 학년 내에서 교환 가능
반 내에서의 교환은 불가하며, 소지자를 한 번 변경한 후 재교환 역시 불가능하다
같은 카드를 여러 장 써도 효과가 늘어나지는 않는다

요컨대 최대 일곱 종류의 카드를 한 사람이 동시에 행사할 수도 있다는 건가.

하지만 상황에 따라 불리하게 작용하는 것이 있으니 모든 효과를 발휘하게 하기란 힘들다. 어디까지나 어느 쪽으로 굴러가더라도 유효한 수단을 얻는 것일 뿐.

"또 특수 카드 세 종류는 학년별로 한 장씩만 존재하며 랜덤으로 배분된다. 따라서 한 반이 우연히 특수 카드 세 장을 가지게 되는 경우도 확률상 일어날 수 있지. 이상이다."

무인도 시험 설명에 보수 페널티 설명.

그리고 카드 아이템의 배분 설명.

이렇게 해서 길었던 무인도 서바이벌의 개요가 끝났다.

"이번 설명으로 모든 것을 이해하지는 못한 사람도 있을 텐데, 점심시간 전까지는 자동으로 태블릿을 통해 특별시험용 매뉴얼이 배포될 테니 거기서 확인하면 된다."

모든 설명을 마친 차바시라. 때마침 종이 울리며 1교시가 종료되었다.

"어떤 그룹 전략을 세울지 천천히 생각해보도록. 시간은 있다."

그러한 조언을 남기고 차바시라는 교실을 나갔다. 그 후 학생들이 일제히 모여들기 시작했다.

그 와중에, 빈자리 하나 건너 내 왼편에 앉은 코엔지가 자리에서 일어나 복도로 나가려고 했다. 매번 그러하듯 단순히 자기 멋대로 구는 행동으로도 보였지만, 평소보다 왠지 걸음이 빨랐다.

나는 코엔지의 행동에 위화감을 느끼고 그를 뒤쫓기로 했다.

눈치채지 못하게 발소리 등 기색을 최대한 죽이려고 노력했다. 그렇다고는 하나 여기는 무인도처럼 무한한 차폐물이 있는 것도 아니기 때문에 할 수 있는 것은 별로 없다.

하지만 사람은 보통 누가 뒤에서 따라오는 것을 의식하며 살지 않는다. 예컨대 생초짜가 생초짜를 미행한다고 해도, 어중간하게 해서 들키는 일은 없으리라.

잠시 후 모퉁이 너머로 차바시라와 코엔지의 목소리가 귀에 닿았다.

나는 모퉁이 뒤에서 숨죽여 두 사람의 대화를 엿들었다.

"그래서 할 얘기가 뭐야, 코엔지."

"아무리 생각해도 티처한테 중요한 설명을 못 들은 것 같아서."

아마도 마주 보고 서 있을 차바시라가 코엔지의 질문을 기다렸다.

"중요한 설명?"

"혼자 특별시험을 치르던 사람이 당일에 아프면 결과는 어떻게 되는 거려나?"

"무슨 말을 하려나 했더니 시답잖은 얘기였군."

모습은 보이지 않지만 차바시라가 왠지 유쾌하다는 듯이 웃었다.

"너는 작년에 병결로 기권했었지. 유감이지만 올해는 통하지 않아. 특수한 조치 없이 페널티를 받게 될 거다. 요컨대 600만 포인트를 내야 한다. 네가 가진 걸로는 불가능하지."

"후후, 그건 그래. 나는 그날 번 돈 그날 쓰자는 주의라 곤란하게 됐어."

이번 무인도 시험에서 코엔지는 또 기권을 계획했던 모양이다.

혼자 도전하는 무인도 서바이벌에 도망칠 구멍은 없다.

"그럼 어떻게 할래? 계속 자유롭게 굴다가 퇴학당할 건가?"

"글쎄, 어쩌려나. 이제 가도 돼, 티처."

코엔지는 차바시라의 대답에 만족했는지 그렇게 말하고 차바시라를 보내주었다. 발소리가 들렸고, 곧 멀어지더니 들리지 않게 되었다.

코엔지 역시 바로 움직이겠지. 그렇다면 더 있을 필요는 없나.

나는 소리 나지 않게 조심해서 자리를 뜨기로 했다.

그런데——

"그런데 몰래 숨어서 나를 훔쳐보고 있는 건 누구실까?"

숨어서 보고 있던 나를 알아차린 코엔지의 목소리가 들린 방향을 통해, 그가 뒤돌아봤다는 것을 알았다.

"나오든 안 나오든 자유지만 말이야."

그냥 해본 말이 아니리라. 동물 같은 육감이군…….

나가지 않고 바로 교실로 돌아갈 수도 있지만, 지금은 순순히 모습을 드러내기로 했다.

"아야노코지 보이었나. 나한테 무슨 용건이라도?"

놀란 기색도 없이 담담하게 내 존재를 받아들였다.

예상해서 그렇다기보다도 그게 누구든 상관없었다는 자세다.

"호리키타가 보고 오라고 해서. 코엔지는 행동을 예측할 수 없다면서."

"흠."

마치 평가하는 듯한 눈빛으로 나를 본 코엔지가 천천히 내 쪽으로 걸어왔다.

"넌 뭔가를 핑계로 삼는 걸 잘하는 것 같아. 하지만 진실과 거짓, 아야노코지 보이한테서는 둘 다 보이지 않아. 난 그런 인간이 하는 말을 신뢰하지 않지."

"어차피 넌 누굴 믿는 타입으로 안 보이는데."

"후후후, 그건 그래. 난 나 말고 아무도 믿지 않아. 아니, 흥미조차 없다고 말하는 게 옳으려나."

바로 옆까지 다가온 코엔지가 걸음을 멈췄다.

"그건 대상이 너라도 똑같아, 아야노코지 보이."

코엔지는 내가 수학 만점을 받았는데도 표정 하나 바꾸지 않고 교실을 나갔었다.

그 후 누군가에게 자세한 이야기를 묻거나 하는 행동도 전혀 보이지 않았다.

코엔지의 말에서는 조금의 거짓도 찾아볼 수 없다.

"이번 특별시험에서는 어떻게 할 생각이야?"

"글쎄……. 그래서 의논해보고 싶은데, 나를 네 그룹에 넣어주지 않을래?"

뭐라고 대답하나 싶었는데 역시 그렇게 나오는 건가.

누구 한 명이라도 그룹을 짜게 된다면 코엔지는 시험이 시작된 후 유유히 기권할 수 있다.

"미안하지만 사양할게. 시작하면 바로 이탈할 게 확실한 사람을 안고 갈 만큼의 여유가 없어서."

"후후후, 그래 그럼 어쩔 수 없지."

"그런데 그 생각으로 가도 괜찮겠어? 넣어 줄 그룹을 찾았다고 해도 결국은 퇴학의 명운을 남에게 맡기는 게 되는데."

"그야 내가 아무것도 하지 않고 기권한다면 그렇게 되겠지."

코엔지는 멈췄던 발을 다시 움직여 나를 스쳐 지나갔다.

"어떻게 통과할지, 시험 전까지 곰곰이 생각해보지."

그 말을 남기고, 코엔지는 교실로 먼저 돌아갔다.

2

"2년 연속으로 무인도에서의 특별시험이라니. 전혀 생각 안 해본 건 아니지만……."

"올 것이 왔다, 하는 느낌이야."

교실로 돌아가니, 특별시험 개막을 앞두고 늘 보이는 논의의 장이 펼쳐져 있었다.

호리키타가 앉은 앞줄 자리 근처에 모인 요스케와 함께, 상황 정리에 나선 듯했다.

코엔지 역시 자기 자리로 돌아가, 애용하는 손거울에 자신을 비추며 황홀경에 빠져 있었다.

"이번에 특히 중요한 부분은, 조건이 있다고는 해도 같은 학년이면 누구랑 그룹을 짜도 괜찮다는 거야."

지금까지 치른 특별시험에는 없었던 새로운 규칙임은 틀림없다.

애당초 이런 규칙이 새로 생길 것이라고는 조금도 예상하지 못했으리라.

"하지만 이겼을 때 반 포인트를 분배해야 하잖아? 담임이 장황하게 설명해서 이해는 했지만, 다른 반이랑 그룹이 돼봐야 별로 이득도 없는 것 같은데."

그렇다. 스도가 그 점을 지적하는 것은 지극히 당연했다. 이번 특별시험은 학년별 대결이자, 같은 학년의 반별 대결이기도 하다. 자기 반으로만 구성된 그룹이 1위를 차지하는 게 가장 효율적으로 시험을 끝내는 유일한 방법이다.

그나저나 학교 측에서 참으로 흥미로운 규칙을 세웠군.

학년 내 정예로 다인 그룹을 구성하는 편이 상위 입상을 노리기 쉽고 리스크도 분산시킬 수 있지만, 그렇게 해서 얻는 이익이 많지 않다. 저위험 저소득. 반면 같은 반으로 결성하면 고위험 고소득의 기회인가.

제일 이상적인 것은 같은 반에서 세 명으로 된 그룹을 두 개 만들고 나머지를 다른 반에서 합류시키는 것이다.

하지만 특별시험이 시작되면 그룹 편성이 쉽지 않다고 미리 고지받은 상태. 그 이전 문제로, 자유롭게 짤 수 있다는 보장도 없다면 실패했을 때 받을 타격이 크다. 하지만 이 특별시험은 어마어마한 파괴력이 숨겨져 있는 것도 사실이다. 가령 상위 세 그룹을 한 반이 독점한다면 얻을 수 있는 반 포인트가 600이나 올라간다. 만약 2학년 D반이 그것을 달성한다면 단숨에 B반으로 올라갈 수 있는 꿈의 특급 티켓인 셈이다.

"하지만 자기 반만으로는 충족되지 않는 인재도 보완되지 않을까? 그리고 우리 반만으로 그룹을 짠다고 해도…… 만약 다른 반끼리 손잡으면? 최악의 경우 D반만 도태될지도 몰라."

D반만으로 이기는 것이 제일 이상적이라는 건 두말하면 잔소리지만, 어디까지나 이상에 불과하다.

어느 한 반이 단독으로 싸우는 길을 선택한다면, 나머지 세 반이 연합할 위험이 생긴다. 패배하면 고소득이고 뭐고 다 소용없으니까.

"승리하지 못하는 게 전부라면 모를까, 조기 이탈은 퇴학당할 위험도 짊어지게 돼. 즉, 웬만한 자신감…… 아니 이길 근거가 없는 한 다른 반을 섞은 여섯 명 그룹을 짜는 게 필수 조건이야."

다른 반에 아군과 적군, 양쪽 측면을 다 가진 이번 특별 시험은 지금까지 유례없는 시험이 될 것 같다.

그렇게 생각하면 처음부터 다른 반 학생을 섞어 목표를 하나로 정하고 구성해나가는 것도 중요한 전략이 될지 모른다. 하지만 다른 반과 쉽게 손발이 맞춰진다는 보장은 어디에도 없다. 결국 자기 반만으로 구성하는 것이 유리하지 않다는 사실을 알면서도, 거액의 반 포인트가 움직이는 이상 가능하다면 다른 반을 앞지르고 싶다고 생각하는 것이 일반적이다. 하위 반이라면 더더욱.

따라서 그룹 구성을 시작하는 대전제로, 어느 방향으로 키를 잡을지가 관건이 된다.

"사카야나기, 류엔, 이치노세는 어떻게 나오려나."

그것을 정하기 위해, 호리키타는 요스케를 중심으로 반 전체를 향해 이야기를 펼쳤다.

"독주 상태인 A반은 반이 섞여도 별로 곤란하지 않을 것 같아. 어느 그룹이 이기든 반 포인트만 줄어들지 않는다면 별문제 없으니까. 반대로 우리까지 포함한 하위 세 반 입장에서는 어떻게든 차이를 좁히고 싶지."

"그럼 세 반이 동맹을 맺는 건 어때? A반만 거리가 벌어져 있다면 일단 B반부터 D반까지 서로 협력해서 그 차이를 좁혀도 나쁘지 않은 것 같은데."

이야기를 듣고 있던 스도에게서 나쁘지 않은 아이디어가 나왔다.

공통의 적을 만들고 서로 협력해 A반을 포위하자는 생각.

"적의 적은 곧 아군이라는 거네. A반을 고립시키려는 시도는 나쁘지 않아. 이치노세라면 이 제안을 받아 줄 가능성이 충분히 있을 것 같고."

"하지만 우리가 먼저 A반을 고립시키자고 제안하면 원한을 사는 것도 예상해야 해. 사카야나기의 성격을 생각하면, 최하위인 D반한테도 가차 없이 온갖 수단을 다 동원해서 대응할 텐데."

보통은 추격해오는 2위 B반을 떨어트리는 데 집중하기 마련.

하지만 요스케의 말처럼 사카야나기는 한번 정한 사냥감을 집요하게 노리는 경향이 있으니까.

"가능하면 우리는 조용히 상위 반에 다가갈 필요가 있지 않을까."

"세 반이 동맹을 맺는다고 해도 발안자는 우리가 아닌 쪽이 좋다는 거네."

다른 대변자를 내세워서 사카나야기가 이끄는 A반의 혐오를 떠맡기자는 것이다.

말로 하기는 쉬워도 실행으로 옮기기란 힘들다.

이 특별시험에서 성가신 부분은 반 내부 회의로 모든 것이 해결되지 않는다는 부분이다.

여기서 아무리 뜨겁게 토의한다 해도 무엇 하나 진전이 없다. 실제로 B반이나 C반이 무슨 생각을 하는지 파악하고, 의사를 통일해서 실행에 옮기지 않으면 탁상공론으로 끝나고 말 것이다.

그렇다고 해서 안이하게 세 반이 담합을 벌이려고 해도 그리 쉽게 되지는 않으리라.

이치노세는 둘째치고, 류엔이 응할지는 알 수 없으니.

게다가 정보를 알게 되면 사카야나기도 당연히 손을 쓰

겠지.

"어려운 판단을 해야 할 것 같네……."

그룹을 짤 수 있는 유예 기간은 한 달 이상으로 넉넉하지만, 느긋하게 굴다가는 속속 그룹 결성을 위한 움직임이 활성화되겠지. 계속 침착한 자세를 유지하기란 힘들다.

"어디 다른 반에서 비슷한 제안을 주면 고맙겠는데……."

고뇌하는 D반 학생들.

"그룹을 어떻게 만들지 정하는 것만으로도 머리가 아파."

중요한 그룹 형성, 그것과 함께해야 할 일이 또 있다.

바로 다양한 효과를 가진 카드에 관해서다. 내일 아침, 모든 학생에게 한 장씩 부여되는 특별한 카드로 반 아이들끼리 양도는 불가능. 게다가 한 번 양도한 아이템은 그대로 고정되기 때문에 두 번 다시 자신에게 돌아오지 않는다. 요컨대 다른 반 학생과 순수하게 교환하든가, 사는 것밖에 방법이 없다.

"실제로 다들 움직이는 건 내일부터일 가능성이 크겠어."

"그래. 유효한 카드를 그룹이 모으는 것도 포인트인걸."

다음 특별시험의 그룹 형성이 시작되는 날.

당연히 D반을 포함해 상황이 크게 달라지겠지.

3

방과 후가 되자 학력 또는 신체 능력이 우수한 학생들의 연대가 일제히 일어나기 시작했다. 호리키타는 그 모습을 지켜보며 내게 다가왔다.

"바로 움직이기 시작한 것 같네. 우수한 학생을 끌어들이려고 하는 건 자연스러운 흐름이지."

자신이 소속된 반의 방침이 어떠하든, 예약을 해둬도 손해 볼 사람은 아무도 없다.

"호리키타, 너한테 온 메시지는 없었어?"

"없었어."

"그래? 하긴 네 연락처를 아는 사람은 극히 드무니까."

"알면서 일부러 도발한 거라면 성격 진짜 나쁘네. 그러는 너는 연락 온 거 있었니? 수학 만점 받은 아야노코지. 스마트폰이 꽤 조용한 것 같은데?"

도발이 돌아오자, 일단 울리지 않는 스마트폰을 확인해 보기로 했다.

"유감이지만 전원이 꺼져 있어. 이삼일 충전을 안 했더니."

"스마트폰을 빈번하게 쓰지 않으면 충전 빈도도 줄어드는 법이지."

아니 그렇지 않아, 라고 부정하고 싶지만 틀린 말이 아니다. 별로 쓰지 않는 날이 이어지다 보면 무심코 충전에 소홀해지고 만다.

"반 애들한테 이것저것 주의를 시키지 않아도 되겠어? 경솔하게 그룹을 짰다가는 나중에 힘들어질 텐데."

"설명이고 뭐고 이미 옛날에 다 해뒀어. 이해하기 쉽게 문장으로 정리해서 보냈지. 전원이 꺼져 있는 너는 몰랐겠지만."

그렇게 말하며 자신의 스마트폰 화면을 내밀었다.

- D반에서 이야기가 정리될 때까지 그룹을 확정 짓지 말 것
- 꼭 그룹을 빨리 정할 필요가 있을 경우, 호리키타에게 연락할 것

호리키타는 이렇게 될 것을 내다보고 최소한의 규칙을 정해뒀던 모양이다.

"강제력은 없지만. 최종적으로는 개인의 재량에 맡기는 수밖에 없으니까."

누구와 그룹을 짜고 말고는 과연 개인이 결정할 문제다. 개개인의 궁합 등에 관해서는 간섭할 수도 없을뿐더러 퇴학도 걸려 있다. 만약 네 반이 하나로 똘똘 뭉친다고 해도, 아무도 퇴학당하지 않는 이상적인 조합 따위는 존재하지 않는다.

이런 상황에서는 조언 정도가 최선이리라.

보조 배터리는 늘 가지고 다니기에 케이블을 꽂으면서 자리에서 일어났다.

교실 안에서 우리 이야기를 몰래 엿듣고 있는 듯한 학생

이 있었기 때문이다.

"이치노세한테서 연락은? 같은 학년끼리 협력하자는 제안이 나와도 이상하지 않은데."

"아직은 아무 데서도 연락이 없는 것 같아. A반이나 B반에서도 제안이 오지 않았고. 만약 2학년 전체가 하나로 뭉치자는 의견이 있다면 지금 어떤 식으로든 소통을 도모하고 있다고 봐야겠지."

자기 마음대로 그룹을 만들어 버리면 연대하기 점점 어려워진다. 처음부터 의논하지 않는다는 것은 사실상 2학년끼리도 경쟁하자고 주장하는 것이나 마찬가지다. 호리키타도 반끼리 협력할 생각이 있었으면 행동을 시작했을 터다.

내가 자리에서 일어선 것에 특별히 불만을 표시하지 않고, 호리키타가 뒤를 따랐다.

아무래도 아직 할 이야기가 남은 모양이다.

복도로 나와 주변에 아무도 없는 것을 확인한 후에 말을 걸어왔다.

"이번 무인도 시험…… 네가 단독으로 1위를 차지할 수는 없니?"

"말도 안 되는 소리 하지 마. 무인도 특별시험이라는 것밖에 아는 게 없는 상황이라고."

"수학에서 만점을 받은 너라면 그룹도 필요 없지 않나 싶어서."

그건 무슨 논리지. 그냥 말만 꺼내 본 거겠지만.

"1위만 차지하면 우리 D반은 플러스 확정이야. 2위랑 3위 자리는 1학년이나 3학년이 차지하는 것도 좋아. 다른 2학년 반이 차지하는 것보다 말이야."

말이 쉽지, 실제로는 어려우리라.

"그렇게 되면 그룹도 퇴학을 피하기 위한 편성을 중심으로 짤 수 있고 편해질 텐데……."

이기기 위해 강한 그룹을 짜는 쪽으로 키를 돌리면 필연적으로 약한 그룹이 나온다.

"모두가 퇴학을 피할 만큼 프라이빗 포인트를 가진 건 아니니까."

"그래. 불안한 학생은 되도록 프라이빗 포인트를 모아뒀으면 하는데, 포인트를 빌려준 학생이 퇴학 페널티를 받아버리면 차마 눈 뜨고 볼 수 없을 거야."

남을 구하고 정작 자신은 나락으로 떨어지는 것처럼 허망한 일도 없다.

"그게 싫으면 포인트에 여유가 있는 학생한테 도움을 청할 수밖에 없겠지."

그렇게 하면 확실하지만, 그럼 도움을 줄 수 있는 학생이 상당히 줄어들어 버린다.

"퇴학자를 내지 않고 끝내는 방법도 있기야 하지만, 아무도 안 하고 싶어 하는 것 같으니."

"일부러 시험 시작하자마자 기권하게 하는 방법?"

아무래도 호리키타 역시 이 시험의 작은 빈틈을 이미 눈치챈 모양이었다. 규칙상 퇴학시킬 수 있는 건 최초로 기권한 다섯 팀뿐. 그렇다면 희생양으로 삼을 그룹을 다섯 팀 준비해서 일부러 기권시키면, 그 이후의 학생들이 퇴학당할 걱정은 사라진다. 다만 그러려면 총 3,000만이나 되는 프라이빗 포인트가 있어야 하고, 무엇보다도 하위로 내려앉은 학년은 상위 세 팀의 학년에 반 포인트를 빼앗기게된다. 같은 학년에서도 보수가 줄어들게 되니 손해 보는 역할이 되는 것은 피할 수 없다. 상위 세 팀과 하위 세 팀을 서로 연결한 것은 쉽게 부정을 저지르지 않도록 학교측이 짜낸 고안이겠지.

"어떻게든 자력으로 살아남는 수밖에 없어."

"정말이야. 다음에 또 너한테 상의해도 되겠니?"

걸음을 멈춘 호리키타가 그렇게 물었다.

"가능한 범위라면."

"그걸로 충분해, 고마워."

아무래도 호리키타는 교실로 돌아가 어떠한 논의를 해보려는 듯했다.

나는 그런 호리키타의 등을 눈으로 배웅한 뒤 엘리베이터로 향했다.

4

복도를 걸어 현관으로 향하는 길.

"여어!"

전원이 들어오기 전의 새카만 화면을 보고 있던 내게 말건 사람은 2학년 B반 학생 이시자키 다이치였다. 그는 환하게 웃고 있었다. 뭐 좋은 일이라도 있나.

"연락이 안 돼서 직접 왔지."

"미안, 전원이 꺼져 있었어."

"뭐, 그건 됐고. 잠깐 나 좀 보자, 괜찮지?"

"삭발이라도 시키려고?"

"느닷없이 무슨 소리야? 농담도 참 재밌게 하네. 네 머리를 밀 수 있는 놈이 우리 학교에 있겠냐?"

농담에 농담으로 응수하는 이시자키.

"혹시 무슨 다른 일정이라도 있어?"

"아니, 지금 돌아가려던 참이었어."

"그렇지? 그럼 괜찮겠네. 따라와."

내 대답도 듣지 않고 웃으면서 큰 목소리와 함께 손짓하더니 성큼성큼 앞서 걷기 시작했다.

이대로 보고만 있으면 눈 깜짝할 사이에 놓치고 말리라.

괜히 여기서 얘기하려다가 일이 커지기라도 하면 주목만 받을 뿐이겠지.

시간도 있고 해서 이시자키의 뒤를 따르기로 했다.

하지만 모퉁이를 도는 순간, 원래 없어야 할 커다란 벽이 눈앞에 나타났다.

아니, 벽이 아니었다. 이시자키와 같은 반인 야마다 알베르트였다.

선글라스를 쓰고 위압적인 분위기를 풍기는 남자의 오른손이 내 어깨 위에 놓였다.

"Hey."

"……Hey."

상황을 잘 모르겠다. 일단 같은 말로 대답했는데, 무슨 일이 일어난 건가.

농담으로 했던 삭발 이야기가 살짝 현실미를 띠기 시작했다.

"안녕하세요, 아야노코지 군."

알베르트 옆에는 히요리도 있었다.

"좀 보기 드문 조합이로군."

"그럴지도 모르겠네요."

틀림없이 류엔이 등장할 줄 알았는데 그건 아닌 모양이다.

"여기서는 좀 그러니까 자리를 옮기자."

"옮기자고? 어디로?"

"음, 글쎄…… 딱히 생각해놓은 데는 없는데."

헤헤, 하고 조금 창피한 듯 웃은 이시자키가 왼손 검지로 인중을 긁었다.

"불길한 예감이 드는데 그냥 돌아가도 될까?"

아무래도 제대로 된 전개가 아닐 것 같아 돌아가도 되냐

고 허락을 구했다.

"뭐야, 어차피 한가하잖아? 안 보내줄 거야~."

"안 보내주다니…… 뭐야?"

내 등 뒤로 간 알베르트가 그 거구의 힘을 아낌없이 써서 나를 꼼짝 못 하게 붙들었다. 그리고 히요리가 내 팔을 자기 쪽으로 끌어당기며 둘이 함께 나를 포획했다.

"미안해요, 아야노코지 군. 도망 못 가요."

"뭐……?"

삭발설이 더욱더 유력해지고 있다.

……아니, 그 농담은 이제 그만할까.

어쨌든 이 세 사람은 나를 데리고 이 자리를 뜰 생각인 듯했다.

"여기는 너무 눈에 띄니까 이동할까요, 이시자키 군."

"그래. 그런데 어디로?"

"글쎄요…… 그럼 이시자키 군의 방은 어때요?"

히요리가 아무렇지 않게 그런 제안을 내뱉었다.

"뭐? 내, 내 방? 아, 아니 그건 좀……! 안 돼!"

이동 장소로 자신의 방이 언급되자 당황해서 거부하는 이시자키.

"왜 그러죠? 뭔가 문제라도 있나요?"

"그, 그거야, 여러 가지 있잖아, 왜. 갑자기 물어봐도…….."

"방이 좀 어질러진 정도는 딱히 상관없어요. 그렇죠?"

동의를 구하자 알베르트도 큰 머리를 아래위로 마구 움

직였다.

……일본어, 알아듣는 걸로 받아들여도 되겠지?

시험을 치고 수업도 듣고 있으니 틀림없겠지만, 한 번 정도는 그가 일본어로 말하는 걸 들어보고 싶다.

"그, 그래. 조금이 아니라 아주 많이 어질러져 있어! 발 디딜 틈이 없을 정도야! 이야, 아쉽게 됐네!"

"걱정하지 말아요. 필요하다면 청소를 도울게요."

"아니아니아니! 휴지라든지 그거라든지, 여자한테 청소를 시킬 수는 없지!"

어질러진 것들에 대해 무심코 말하고 말았다.

"휴지……요? 그게 무슨 문제이죠?"

그게 뭐 어쨌다고, 하는 식으로 이상하다는 듯 고개를 갸우뚱거리는 히요리.

"아무튼 내 방은 좀 그래! 그, 그렇지, 알베르트 방에 가자!"

이시자키가 당황해서는 뭔가로부터 도망치듯 그렇게 제안했다.

"OK."

알베르트가 일본어를 알아듣고 짧게 대답했다. 그리고는 나를 껴안은 상태로 움직이기 시작했다.

"저기…… 나는 이대로 연행되는 건가?"

"괜찮아요. 야마다 군은 힘이 장사니까요."

아니, 그런 문제가 아니잖아.

이상해서 오히려 더 눈에 띌 것 같은데…….

"괜찮아요. 어떤 의미로는 이것도 일종의 어필이니까."

그렇게 말한 히요리는 평소처럼 친절하게 웃더니 리드하듯 앞서 걷기 시작했다.

"오오, 그러네, 역시 시이나야! 명안, 명안!"

도대체 나를 끌고 가서 뭘 할 셈이지?

그런 의문을 품은 채, 나는 기숙사 쪽으로 연행되었다.

5

처음 와 본 알베르트의 방.

덩치는 우리보다 훨씬 커도 방의 배치와 구조는 당연히 같았다.

차이점이라고는 그냥 방을 다르게 꾸민 것뿐인데, 그게 또 조금 독특했다.

커다란 성조기와 일본 국기가 방 한가운데를 크게 장식했다. 그뿐만이 아니라, 중국과 이탈리아, 아프리카 등 셀 수 없을 만큼 많은 나라의 크고 작은 국기가 주위에 걸려 있었다. 인쇄된 종이가 아니라 천인 것을 보아 열정을 느낄 수 있었다.

"알베르트는 국기 마니아거든. 놀랐지?"

몇 번 방에 놀러 온 적이 있는지 이시자키가 태연하게 설명했다.

"아무래도 그렇게 보이네."

알베르트는 나를 해방한 뒤 적당한 곳에 앉으라고 권했다.

모두 자리에 앉자 나는 곧장 목적을 물어보았다.

"그래서…… 나한테 무슨 볼일이지?"

얼굴을 마주 보는 세 사람.

왠지 기쁜 것 같기도, 기대감에 젖어 있는 것 같기도 한 표정이었다.

이윽고 이시자키가 대표로 입을 열었다.

"이건 내가 발안한 건데…… 다음 특별시험 때 그룹 하자!"

역시 특별시험에 관한 내용이었나.

"무슨 뜻이야? 구체적으로 말해봐."

"구체적이고 자시고, 말 그대로잖아."

"아니, 하나도 말 그대로가 아니지. 나와 누가 그룹을 짜자는 건지도 알 수 없다고."

여기 있는 인원만 해도 네 명. 한 명이 남는다. 정확히 말하자면, 여자인 히요리는 비율상 들어올 수 없으니 필연적으로 나와 이시자키, 알베르트가 그룹을 짤 수밖에 없는데, 정말 그럴 생각으로 제안한 건지는 구체적으로 들어보지 않으면 알 수 없다.

"딱히 지금은 누구라도 상관없지 않아? 나든 알베르트든, 시아나든. 좌우지간 우리 B반의 누군가랑 그룹이 되어달라는 뜻이야."

정말 호쾌하고도 대담한 부탁이군.

어떤 의미에서는 이시자키라서 가능한 제안이라 할 수 있다.

"그러니까, B반 두 명 사이에 내가 들어가라고?"

"그렇지. 그리고 시험이 시작되면 나머지 B반 세 명이랑 그룹을 짜서 총 여섯 명이 되면 완벽해. B반 다섯 명에 아야노코지까지 총 여섯 명으로 1위를 노리자고."

멋진 제안에 눈물이 다 나올 것 같지만 냉정하게 이야기할 필요가 '많이' 있어 보인다.

"히요리…… 이시자키한테 특별시험 규칙은 설명해줬어?"

"아니요?"

시원시원하게 '아니'라는 대답이 돌아왔다.

"제가 참견하면 5초 만에 질문이 돌아올 것 같아서요. 그럴 바에야 차라리 그냥 놔두는 것도 좋지 않을까 생각했어요."

아무리 그래도 그건 아니지.

과연 5초 만에 모르는 부분이 나올 건 틀림없지만…….

"질문하고 싶은 게 많지만 일단 두 개…… 아니 세 개로 줄여볼게. 우선 특별시험이 시작된 후, 점 찍어둔 그룹에 쉽게 들어간다는 보장이 없어."

실제로 쉽지 않다고 담임이 이미 통보한 바 있다.

만약 『같은 그룹 합시다』, 『그럽시다』 하는 두 마디에 바로 그룹이 될 수 있을 것 같으면 지금 무리해서 그룹을 만들 필요가 없다. 오히려 불리해지기만 할 테니.

시험 도중에 그룹을 짜기 어려우니까 지금 짜게 하는 것이다.

"그런가?"

이시자키가 전혀 몰랐다는 듯 고개를 갸우뚱거리며 히요리에게 답을 구했다.

"설명을 정리하면 그렇게 돼요. 상황에 따라서는 전혀 생각도 하지 않았던 그룹과 서로 협력해야 할 수도 있어요."

"뭐야, 그게? 의미를 모르겠는데."

"시험이 시작되면 그룹을 짜기에 어떤 필요조건을 달 수도 있다는 뜻이야."

"그 조건이 뭔데?"

그걸 알면 이 고생을 왜 하겠냐.

"자세한 건 아직 몰라. 다만 학교 측의 설명으로 봤을 때는 그리 호락호락하지는 않겠지."

"하지만…… 조건이 있다고 해도, 그룹 짜는 것을 전제로 준비하는 거잖아?"

"뭐, 그건 그렇겠지만."

"그럼 괜찮지 않아? 내가 제안한 대로 시험 때까지 준비해두면."

단순하게 생각하는 것도 이쯤 오면 조금 존경스럽군.

히요리도 이시자키의 제안이 재미있다는 듯이 경청하고 있었다.

"잘 알지도 못하는 일, 미리 걱정해봐야 소용없잖아."

이것도 이시자키 다이치가 가진 매력이라고 봐도 되려나?

"그럼, 그렇지…… 두 번째."

방금 이야기는 도저히 이해시킬 수 없을 것 같아 다음으로 넘어갔다.

"나 말고 또 누구한테 제안했어? 혹은 제안할 예정이야?"

"아무한테도 안 했고, 할 생각도 없어. 그렇지?"

두 사람이 이시자키의 말에 동의하듯 고개를 끄덕였다.

"즉 나한테만 꺼낸 이야기라고? 이유가 뭔데?"

"그야 뻔하지. 내가 널 류엔 씨와 맞먹을 만큼 굉장하다고…… 아니, 굳이 강하게 말하자면 지금은 류엔 씨보다 더 굉장한 남자라고 생각하기 때문이야. 싸움은 말도 안 되게 세고, 머리 회전이 빠른 것도 류엔 씨에게 필적하고. 게다가 봄에 쳤던 시험에서 수학 만점을 받는 말도 안 되는 짓도 저질렀고. 아야노코지를 잡는 사람이 특별시험을 잡는다! 그럼 바로 권유해야지."

"극찬이네요, 아야노코지 군. 그리고 제 의견도 같아요."

알베르트도 망설임이 없달까, 재빨리 고개를 끄덕였다.

세 가지 질문을 하겠다고 말했지만, 네 번째로 알베르트가 일본어를 얼마만큼 아는지, 할 줄 아는지 묻고 싶다는 생각이 들었다. 수업하는 모습을 본 적은 없으니 확신할 수는 없지만, 뭐 일본어로 배우고 있겠지…….

나를 높이 사준 부분에 대해 부정할 생각은 없는데…….

"그럼 세 번째…… 그렇게 해서 나한테 돌아오는 이익은

뭐지? 나머지 그룹원이 B반으로만 구성되면 상위에 올랐을 때 너희만 이득이잖아."

반 포인트는 평등하지만, 프라이빗 포인트는 크게 차이 난다.

"설마 너만 손해 보게 하겠냐? 만약 우리가 A반이 되면 너한테 2,000만 포인트를 줘서 우리 반에 넣어줄게. 나쁘지 않지?"

자신만만하게 대답한 이시자키가 계속 말을 이었다.

"그러니까 너는 너희 반이 A반이 되어도 되고 우리 반이 A반이 되어도 되는 거지. 50%의 확률로 무사히 A반으로 졸업할 수 있다는 얘기야."

이시자키는 어때, 하고 이보다 더 좋을 수 없는 회심의 미소로 제안했다.

다만, 네 반이 균등하게 A반이 될 가능성이 있다면 확률은 4분의 2로 50%가 맞지만, 실제로는 그렇지 않다. 각자에게 전력 차이가 있으므로 정확한 수치를 내기란 어렵다.

물론 이동 가능한 반이 하나 늘어나는 것만으로도 유리하게 작용하는 것은 틀림없지만.

"히요리와 알베르트도 같은 의견이야?"

"네. 대환영이에요."

"YES."

이시자키의 제안이 허무맹랑하다는 것을 알면서도 일단 즐겁게 지켜보겠다는 건가. 일단 이 얼토당토않은 제안을 어느 정도 받아들인다고 하면 중요한 부분을 짚고 넘어가야만 한다. 나는 세 번째 이후로도 질문을 계속했다.

"이 제안을 생각한 사람은 류엔인가? 아니면 네 독단?"

그러자 지금까지 가벼운 태도로 대답하던 이시자키가 처음으로 표정이 굳어졌다.

"내 독단이야. 류엔 씨는 아무것도 몰라."

아무래도 이시자키가 혼자 생각하고 정한 모양이다.

뭐, 예상은 했지만, 아주 무모한 짓을 저질렀군.

하지만 그렇다면 늘 이시자키와 같이 다니는 인상이 있는 이부키가 이 자리에 없는 것도 수긍이 간다.

이시자키에게 찬성하는 사람이 알베르트와 히요리라는 거겠지.

"이 일을 류엔한테 들키면 어떻게 될지는 생각해봤고?"

"생각 안 해! 아니, 생각할 수가 없어! 그것도…… 다 각오하고 있다고."

조금 쫄면서도 이시자키는 열심히 자기 생각이 굳건하다는 것을 어필했다.

"그리고 규칙상으로는 다른 반이랑 그룹을 짜도 문제없잖아. 내가 아야노코지를 필요하다고 판단해서 제안하는 건데 뭐가 문제야?"

하긴 자기 반만으로 그룹을 짜야 한다는 방침도 없는 한, 류엔이 이시자키에게 불평할 자격은 애초에 없다.

"이번 특별시험의 핵심은 2학년이 보유한 반 포인트를

빼앗기지 않는 거예요. 당연히 종합 순위에서 상위를 노릴 필요가 있죠. 그때 필요한 사람이 아야노코지 군이에요."

"그런 거야."

"일단, 궁금한 점은 더 있지만…… 무슨 말이 하고 싶은 건지는 잘 알았어."

"그럼 제안을 받아들이는 거야?"

"제안해준 건 기분이 나쁘지 않지만, 지금 단계에서 예스라고 대답할 수는 없어."

"어, 어째서?"

"아야노코지 군에게는 아야노코지 군 반의 사정이 있으니까, 그렇죠?"

히요리는 이시자키의 계획을 밀고 있지만, 내가 거절하리라는 것도 잘 알고 있었다.

"그리고 아야노코지 군에게 제시한 조건이 약하다고 생각해요."

"약하다니…… 2,000만 포인트로는 부족하다는 말이야?"

"그런 의미가 아니에요. 금액만으로 말하자면 오히려 파격적이라고 생각해요. 하지만 실질적으로 우리 반으로 이동할 수 있는 권리를 양도하는 것뿐이잖아요?"

"그, 그야 2,000만을 주고 사카야나기 반에 가게 할 수는 없잖아."

이시자키 쪽에서 받는 돈을 자유롭게 써도 된다면 당연히 최종적으로 A반이 확실한 곳으로 가버릴 터. 도중에 나를 영입해 전력을 보강하기 불가능해진다.

"그리고 아야노코지 군한테 B반 아무나와 그룹을 짜면 되지 않겠냐고 말했는데, 그것도 문제예요. 무인도 서바이벌은 개인전이 아니에요. 정말로 상위를 노린다면 강력한 멤버와 그룹을 만드는 게 승률을 높이는 길이죠."

여기까지 이야기를 경청하기만 했던 히요리의 엄격한 지적이 잇달아 들어왔다.

그때마다 이시자키는 식은땀을 흘리며 당황했다.

"그, 그럼 누굴 넣어야 하는데?!"

"만약 제가 지금 그룹을 짠다고 생각하고 고른다면…… 그래요. 류엔 군, 카네다 군, 그리고 아야노코지 군까지 세 명으로 할까요. 카네다 군 대신 야마다 군이 들어가도 괜찮지만, 류엔 군은 빼놓을 수 없어요."

학년 내에서도 굴지의 통솔력과 반칙도 서슴지 않는 책략을 펼치는 담력. 작년 무인도에서도 유일하게 혼자 섬에 남았고, 아무도 모르게 길러온 체력과 정신력까지 겸비한 류엔은 절대 뺄 수 없다.

과연 승률을 최대한으로 높이려면 그 세 사람 중 두 사람을 골라야 할 필요가 있다.

"말도 안 되는 소리 하지 마! 내 작전 따위에 류엔 씨가 찬성해줄 것 같아?!"

"흔쾌히 받아들이지는 않겠죠."

"그렇지?"

"카네다 군도 류엔 군을 무시하고 조심성 없는 전략에 가담하지는 않을 테고요."

"그, 그럼 어떻게 해야 하는데?"

"어떻게도 할 수 없지 않을까요? 적어도 지금은."

"으…… 그럼 곤란한데……."

이시자키는 팔짱을 끼고 필사적으로 지혜를 짜내려 했지만, 당연히 획기적인 아이디어는 나오지 않았다.

"오늘은 일단 이시자키 군과 저희의 생각을 잘 전달한 걸로 만족하면 될 것 같아요."

아무래도 히요리가 여기까지 따라온 목적은 거기에 있는 듯했다.

처음부터 내가 쉽게 그룹에 들어가지 않으리라는 사실, 들어갈 수 없다는 사실을 알았기에 그룹에 넣고 싶다는 의사를 보여주는 것이 중요하다고 판단했으리라.

알베르트도 억지스러운 이야기라는 것을 알고 있었는지, 부드럽게 이시자키의 어깨를 토닥였다.

"……알았어. 어쩔 수 없지……."

시큰둥하긴 했지만 두 사람의 말에 이시자키도 표면상으로는 받아들이는 자세를 보여주었다.

"기대에 부응할 수 있을지 모르겠지만, 생각은 해볼게."

여기서는 나도 그렇게 대답해두는 것이 최선이라고 판단했다.

하지만 아직 누군가와 그룹을 짤 생각은 없다.

츠키시로와 1학년에 숨어 있을 화이트 룸생 때문이다.

이제 1학기도 끝이 다가오고 있다.

그러니 이대로 학교생활을 질질 끌며 계속할 리 없다.

아마 다음 특별시험이 나와 츠키시로의 마지막 싸움터가 되겠지.

요컨대 주위 시선을 개의치 않고 공격할지도 모르는 것이다.

그룹을 만들면 그런 사정에 휘말리고 말 위험도 있다.

혹시 모를 상황이 벌어져도 나만의 퇴학으로 마무리 짓는 것은 최소한의 매너.

나는 다시금 속으로 그렇게 생각했다.

6

다음 날 아침.

나는 등교 준비를 마치고 스마트폰을 확인했다.

개인 메일에 학교 측에서 보낸 통지가 와 있었다.

거기에는 『시련』이라는 아이템이 주어졌다는 내용이 담겨 있었다.

"설마 특수 카드가 걸릴 줄이야……."

수학 만점 때문에 귀찮게 주목받던 것도 겨우 잠잠해지나 싶었는데 이렇게 되다니. 양날의 검이라지만 강력한 효과를 가진 시련 카드를 갖게 됨으로써 다시 주목받을 가능성이 생겼다. 이 카드를 원하는 학생과 교환하는 게 안전하고 좋겠지만, 시련 카드는 어중간하게 강력한 효과가 있는 만큼 다른 반과 쉽사리 교환할 수도 없다. 건넨 상대의 그룹이 1위를 차지하면 그 책임 소재는 나에게도 있을 테니.

츠키시로가 나를 퇴학시키기 위해 끼워 넣었을 가능성도 있기는 하지만, 양도 가능하다는 점을 고려하면 나를 궁지로 내몰기 위한 전략이라고 보기에는 너무 약했다. 우연히 걸렸다고 해석하는 편이 자연스럽다. 나머지 특수 카드 두 장은 『증원』이 C반의 아사쿠라 마코에게, 『무효』가 A반의 야노 코하루에게 간 것 같다. 골고루 분배된 건 다행이다.

앞으로 어떻게 행동할지 생각하면서 평소보다 조금 일찍 방을 나섰다.

그리고 엘리베이터에서 시노하라와 마주쳤다.

"안녕."

"안녕."

같은 반이지만 딱히 친하지도 않아서 더는 대화를 나누지 않았다. 간단한 인사만 하고 로비로 내려갔다.

그런 시간도 찰나. 1층에 닿자 나는 열림 버튼을 눌러 시노하라를 먼저 내리게 했다.

등교가 비교적 느린 편인 이케가 로비에서 불안한 눈빛으로 우리를 보고 있었다.

스도를 기다리고 있나 싶었는데 아무래도 그건 아닌 모양이었다.

스쳐 지나가는 시노하라와 가볍게 인사한 후 뒤에서 지켜보다가 곧바로 뒤따라갔다.

나는 걸음 속도를 줄여 방해하지 않도록 거리를 유지했다.

"야, 시노하라."

"뭐야."

밖으로 나가니 이케와 시노하라의 말소리가 바람을 타고 작게나마 내 귀에 들려왔다.

"저기, 말이야. 이번 무인도 시험에서 그룹 말인데……누구랑 할 건지, 그런 이야기는 좀 해봤어?"

"딱히, 아직인데……. 그게 왜?"

"아니 그냥. 물어보고 싶었을 뿐이야."

"아 그래. ……그러는 너는? 어차피 스도나 혼도랑 하겠지?"

"그럼 안 되냐? 그 녀석들이랑 하면 재밌게 할 수 있을 거고."

"그렇겠지~."

어딘지 무시하는 투로 웃는 시노하라였지만 이케는 신경도 쓰지 않았다.

뭔가 하고 싶은 말이 있는 눈치였는데, 그 말을 꺼내기 위해 필사적인 모습이었다.

"하지만 남자는 뭐, 가만히 있어도 어떻게든 된달까……

켄은 힘도 세고, 노동력도 충분하다고 생각하거든."

"흐음."

시노하라는 살짝 차가운 반응이었지만, 이케와의 대화가 싫은 건 아닌 듯했다.

"뭐랄까. 나는 내가 필요한 곳에 도움을 줘야 한다고 생각한달까…… 그래서 말이야, 혹시 곤란하면 내가…… 그러니까, 너랑 그룹이 되어 줄 수도 있는데?"

"뭐래. 엄청 잘난 척하네."

"작년에 봤잖아. 나 보이스카우트 출신이라 그런 시험에 강하다고."

자신의 무기를 최대한 살릴 수 있다고 시노하라에게 어필했다.

요컨대 구실을 만들어서 시노하라와 그룹이 되고 싶다는 애기일 뿐이다.

"뭐, 고려는 해줄 수도 있는데…… 나랑 같은 그룹이 되고 싶어?"

"앗, 이, 이상한 착각은 하지 마라? 너는 퇴학이 간당간당하잖아? 그러니까 착한 내가 희생해서 보호해주겠다는 소리라고."

이케는 솔직해지지 못하고 미움을 살 단어만 쏙쏙 골라 말하고 말았다.

"뭐? 뭐가 희생이야? 딱히 내가 부탁한 것도 아니고!"

당연히 그런 말을 들은 시노하라가 흔쾌히 그룹에 들어

가게 해달라고 나올 리 없었다.

　분위기가 점차 험악해지기 시작했다.

　"앗, 좋은 아침이야, 이케. 잠시 얘기 좀 할 수 있을까?"

　그때 뒤에서 달려온 쿠시다가 이케에게 말을 걸었다.

　그 순간 이케는 시노하라로부터 시선을 떼고 흥분하며 손을 흔들었다.

　"뭐야 뭐야?! 지금 완전 한가함!"

　그렇게 말하며 시노하라를 두고 쿠시다 쪽으로 달려갔다.

　시노하라는 그 모습을 어딘지 싸늘한 눈빛으로 지켜보았다.

　"실은 C반에 코바시가 이케를 그룹에 넣고 싶다고 해서. 지금 학교에 있는 것 같은데, 가서 얘기를 좀 나눌 수 있을까?"

　"진짜? 가야지, 가! 지금 당장 간다!"

　여자애로부터 제안이 들어왔다는 사실을 안 이케가 잔뜩 흥분하기 시작했다.

　"아, 그런데 지금 시노하라랑 얘기하던 중 같은데······ 괜찮아?"

　쿠시다가 시노하라에게 확인을 구했다.

　"전혀 상관없어, 말 걸어와서 곤란하던 차였거든. 얼른 데리고 가버려."

　"내가 더 곤란했거든?"

　가는 말이 고와야 오는 말도 곱다고 했는데. 주로 이케가 잘못했지만, 어쨌든 그는 껑충껑충 뛰며 쿠시다와 함께 가버렸다.

가만히 서서 그 모습을 어딘지 쓸쓸한 눈으로 바라보는 시노하라.

나는 바로 시노하라를 따라잡아 먼저 지나가기로 했다.

뭐랄까, 이케는 줏대가 좀 없다.

여학생의 제안에 붕 떠버렸는데, 그러다가 더 중요한 것을 놓치고 있다는 생각이 든다.

"사츠키."

갑자기 뒤에서 시노하라를 이름으로 부르는 학생의 목소리가 들려 무심코 살짝 뒤돌아보았다.

"아, 코미야…… 안녕."

누군가 했더니 2학년 B반의 코미야 쿄고였다.

"왜 그래. 울어?"

"뭐? 왜, 왜 그렇게 생각하는데?"

"아니, 눈이 빨개서."

"아, 들켰나? 아까 눈에 먼지가 들어가서……아야야."

그렇게 연기하며 시노하라는 자신의 감정을 숨겼다.

"그보다도 말이야, 스도한테 들었는데 선발에 들어갈 것 같다면서?"

"어, 겨우지만."

"항상 늦은 시간까지 연습했잖아. 보답받지 못하는 게 말이 안 되지."

걸음을 멈추고 대화를 나누는 시노하라와의 거리가 점점 멀어져, 이윽고 목소리는 들리지 않게 되었다.

7

"너도 고난의 연속이네, 시련 카드가 걸리다니. 다시 주목받게 될 거야."

교실에 모습을 드러내자마자 호리키타가 내게 그런 말을 했다.

"안 그래도 그 일로 괴로워하던 참이야."

"반 내에서 자유롭게 교환할 수 있으면 좋았을 텐데 말이야. 시련 카드는 이길 자신이 없는 학생은 절대 받으려하지 않을 거고, 이길 자신이 있을 것 같은 학생한테는 줄수가 없고. 그런 애로 사항이 있네."

그렇게 말하는 호리키타가 걸린 카드는 『반감』. 페널티를 받았을 때 도움이 되는 카드지만, 상위를 목표로 하는학생에게는 효과가 없는 것이나 마찬가지다.

"이렇게 된 이상 열심히 해서 상위 30% 이상, 가능하다면 입상하는 수밖에 없겠네."

"남 일처럼 말하네. 같은 반으로서 걱정해줄 수는 없냐?"

"나한테 꼭 의지하고 싶다면 물론 도와줄게."

호리키타도 점점 뻔뻔해진다고 할까, 예전보다 다루기

까다로워졌다.

어떻게 해주길 원해? 하는 도발적인 눈빛을 보내오니 의지하기 싫어졌다.

"미안하지만 맡아줄 상대를 찾으면 양도할지도 몰라."

"뭘 선택하든 네 자유지. 맡아줄 사람이 쉽게 나타나면 다행이지만. 시련 카드는 소유자뿐만 아니라 그게 있는 그룹 전체에 영향을 미쳐. 위험을 떠맡게 되는 거야."

자세히 설명해주는 건 좋은데 단순히 약 오르라고 하는 말로 들렸다.

"일단 말해두는데 너 약 올리려고 하는 말이니까."

"그렇겠지."

"평소에 너한테 괴롭힘당할 때가 많으니까 그 복수야."

"괴롭힌 기억은 없지만."

시련 카드는 성가신 존재이기는 하나 약간 부적 같은 효과도 있다. 생각 없이 나와 그룹이 되고 싶다고 나오는 학생이 줄어들 테니까. 최악의 경우 이 카드를 가진 채 단독으로 무인도 시험을 치르는 것도 시야에 넣어야 한다.

"딱히 네 걱정은 안 해도 되겠지?"

반의 리더인 호리키타에게 의지할 수도 있지만, 나 말고도 도와야 하는 학생이 반드시 나올 테니. 부담은 최대한 줄여주는 편이 좋다.

"뭐, 나름대로 해볼게."

자력으로 극복해보겠노라고 말하고 내 자리로 돌아왔

다. 누가 어떤 카드를 가지게 되었는지 검색하고 있는데, 늦게 교실에 나타난 이케가 고함을 질렀다.

"뭐? 너, 헉…… 그룹 할 사람을 찾았다고?!"

"그래, 그럼 안 돼?"

아무래도 시노하라가 이케가 없는 사이에 그룹을 정한 모양이었다.

그 상대는 필시——

"하지만 불과 조금 전에 내가 제안했잖아! 아니 그리고 호리키타의 허락도 없이 짜는 건 금지잖아!"

"금지고 뭐고 아직 정식으로 확정된 것도 아니거든. 뭐, 오늘 중으로 확정 지을 거지만."

"뭐……."

"그리고 뭘 제안했다는 거야? 좋다고 나를 무시하고 간 건 누구시더라?"

"아, 그건 그런 게 아니야! 너 생각해서 거절해줬는데!"

"거절해줘? 아, 열 받아. 역시 넌 최악의 인간이야."

"그래서 그룹…… 누구랑 하기로 했는데."

"무슨 상관?"

"상관은 없지만, 일단 궁금하니까."

"B반의 코미야야. 어제 특별시험이 시작된 직후에 제안해왔거든."

역시 코미야였나. 같이 통학하던 길에 둘 중 누군가가 먼저 말을 걸었으리라.

"뭐? 코미야? 코미야라면 그 농구부 날라리? 진짜 말도 안 돼."

왠지, 시노하라는 자신과 그룹을 해주지 않을까.

그러한 교만이 이케의 마음속에 있었던 것 아닐까.

"날라리 아니거든. 방과 후에 카페에서 논의하기로 했으니까."

그렇게 말하며 시노하라는 이케에게서 고개를 돌렸다. 교실에서 엿듣던 학생들의 시선으로 본다면 평소와 다르지 않은 싸움, 그 연장선으로 보일 터였다.

그렇게 방과 후가 되자 시노하라는 선언한 대로 재빨리 교실을 나섰다.

그런 시노하라를 이케는 조용히 눈으로 지켜보다가 뭔가 결의한 듯한 눈빛으로 곧장 교실을 나갔다.

"잠깐 나 좀 보자."

그 모습을 본 요스케는 이케가 나간 후 내게 말을 걸었다.

다른 사람이 듣지 않길 바라는 내용인지 복도에서 얘기하고 싶다고 해서 그 말에 따랐다.

"이케 말인데, 이대로 내버려 두면 안 좋을 것 같아."

"그렇지. 좀 우쭐대기는 해도 무인도 시험에서 이케의 지혜와 경험이 도움이 되는 건 분명하니까. 시노하라 일로 그 능력이 발휘되지 못할 위험이 있어."

"응. 저대로라면 시노하라와 코미야가 대화하는 모습을 보고 어떻게 나올지 걱정이야."

요스케가 우려하는 것도 이해가 간다.

요즘 같은 시기에 B반과 갈등이 빚어지는 건 썩 좋은 일이 아니다.

"상황을 보러 가고 싶은데 괜찮으면 같이 가줄 수 있어? 이케가 나를 별로 안 좋아해서."

그렇게 따지자면 나 역시 비호감으로 여길 텐데.

뭐, 요스케가 불안해할 만한 상황이긴 하지만.

"시노하라가 카페에서 코미야와 논의할 거라고 말했지?"

"응. 일단 상황을 보러 갈까."

"그래."

나는 요스케와 함께 케야키 몰의 카페에 가보기로 했다.

가는 길에, 이번 그룹 결정에 대해 조금 이야기를 나누게 되었다.

"나는 2학년 전체가 협력해서 1학년, 3학년과 싸우는 플랜을 밀고 싶지만, 아무래도 다른 반은 통합할 생각이 없어 보여. 모든 반이 그룹을 짜기 위해 움직이기 시작한 것 같아. 2학년만 절대 퇴학생을 내지 않는다는 방향으로 의견을 통합하는 거야 불가능하지 않지만, 그에 뒤따를 타격이 작지 않으니까 말이야."

어제 호리키타와도 이야기했지만, 의도적으로 져서 아무도 퇴학자가 나오지 않게 할 수는 있다. 하지만 그것을 실행으로 옮기는 학년은 아무래도 뼈아픈 손해를 입게 된다. 그렇다고 전 학년이 고통을 분담하는 전개는 현실미가 별로 없다.

그렇기에 하루가 지났는데도 그런 꿈같은 소리를 하는 학생은 나오지 않았다.

"후회가 남지 않게 그룹을 잘 짜는 수밖에 없어."

"그렇지……."

"너는 여기저기서 제안을 많이 받았을 거 같은데?"

남녀 모두에게 인기가 많고 능력도 과분할 정도인 요스케를 다른 학생들이 그냥 두었을 리가 없다.

"나는 D반 중에 두 명을 선택할까 해. 상위 입상을 노리기보다도 페널티를 받지 않고 끝나는 방식으로 하고 싶어서."

어차피 지킬 거라면 다른 반이 아니라 같은 D반 학생을 지키겠다. 당연한 생각이다. 실력과 인기가 있는 학생이라면 그룹이 될 상대를 찾기 어렵지 않겠지만, 반 내에서도 하위의 실력밖에 없는 학생들은 다른 사람에게 도움을 청하는 것조차 뜻대로 잘되지 않으리라.

"사쿠라는 괜찮아?"

가까운 내 그룹에서 실력이 제일 떨어지는 아이리를 걱정하는 요스케.

"아키토, 하루카랑 그룹을 만드는 흐름인 것 같아."

"미야케는 운동신경이 좋으니까, 나쁘지 않아 보이네."

케세이가 남았지만, 두뇌 면을 높이 사서 다른 반의 스카우트 제의가 몇 건 와 있다. 불안한 체력 면을 보완해 줄 학생을 고른다면 든든하리라.

그런데 이케를 뒤쫓는 과정에서 한 가지 문제점이 생겼다.

바로 우리 뒤를 따라오는 한 사람의 존재였다. 예전에는 알아채지 못하게 최대한 조심했던 그 인물이 지금은 들킬 것도 각오한 듯 과감하게 움직였다. 케야키 몰로 직행한 이케. 그를 쫓는 나와 요스케. 그런 우리의 뒤를 밟는 인물. 이렇게 이중 미행 상태가 이어졌다. 무시하는 거야 어렵지 않지만, 앞으로도 계속 이렇게 굴면 곤란해진다.

케야키 몰이 가까워졌을 때 나는 걸음을 일단 멈췄다.

"미안한데 요스케. 먼저 가 있을래?"

"왜?"

"좀 정리해야 할 일이 생각났어. 10분 전후로 따라갈게."

"알았어. 무슨 일 있으면 전화해."

자세한 사정을 묻지도 않고, 요스케는 케야키 몰 안으로 사라졌다.

그러자 이때라고 생각했는지, 우리를 뒤쫓았던 학생이 내게 다가왔다.

같은 반 마츠시타 치아키였다.

"놀라지도 않네. 내가 따라온 거 처음부터 알았어?"

"놀라움을 얼굴에 드러내지 않았을 뿐이야."

이렇게 마츠시타와 둘이서 얘기하는 것은 봄방학 이후로 처음인가.

아니, 단둘이라는 조건을 걸지 않아도 그때 이후로 한

번도 대화를 나눈 적이 없었다.

"히라타랑은 무슨 얘기 했어? 이케에 대해? 이번 무인도 시험에 관해?"

옆에 나란히 선 마츠시타가 나를 살피며 얼굴을 들었다.

"그게 너랑 무슨 상관이 있어?"

"나랑 상관있다기보다 『우리』랑 상관이 있달까. 아야노코지는 A반에 올라가는 데 중요한 존재니까."

나를 꽤 높이 평가해주는 것 같은데 무슨 속셈이려나.

마츠시타는 머리 회전이 빠른 만큼, 허술한 회유가 나에게 통하지 않는다는 것은 잘 알 터.

하지만 이번 접근이 전혀 무의미하다고도 생각할 수 없다.

"경계하지 마. 오늘은 미리 전하고 싶은 게 있어서 접촉했을 뿐이니까."

"전하고 싶은 거?"

"시련 카드는 굉장히 강한 효과를 지닌 아이템이지. 하지만 다루기 까다로워. 만약 곤란하면 내가 아야노코지를 도와줄게. 어때?"

내 생각이나 의도와는 별개로, 같은 편이니까 언제든 도와주겠다는 의사를 밝혀왔다. 그런데 내가 입을 열지 않고 있으니 살짝 당황한 표정을 지었다.

"솔직하게 말 안 하면 대답해주지 않을 거야?"

일부러 짓궂게 구는 건 아니지만, 별로 그렇게 깊은 이야기를 주거니 받거니 하고 싶지는 않았다. 방과 후라 주위에 여러 학생이 보이기 시작했기 때문이다. 그 사실을 마츠시타도 모르지는 않겠지. 내 대답을 기다리지 않고 다시 입을 열었다.

"페널티를 무효로 만들기 위해서는 상위에 올라야 하잖아? 그런 상황에서는 그룹원이 될 사람을 찾기 힘들지 않겠어? 그러니까 힘들면 나한테 의지하라고."

그렇게 말한 후, 중요한 얘기를 빠트렸다며 이렇게 덧붙였다.

"물론 시험 때는 아야노코지의 지시를 전부 따를 생각이야."

그게 일부러 따라와 전하고 싶었던 말이었던 모양이다.

"도와주겠다고 말해주는 건 솔직히 기쁘지만, 상위 30%에 들지 못하면 페널티를 피할 수 없어. 너한테도 그럴 위험이 있다는 건 아는 거야?"

"알아. 그래서 아야노코지를 돕는 의미로 협력하는 게 중요하다고 생각해."

마츠시타에게 선의가 없다고는 생각하지 않는다. 하지만 가장 큰 본질은 다른 데 있을 것이다.

나는 요스케에게 서둘러 가고 싶은 마음을 억누르며, 옆에서 걷고 있는 마츠시타를 쳐다보았다.

"나랑 그룹을 하는 게 살아남을 확률이 제일 높다고 판단한 건가."

보통은 단순히 시련 카드를 가진 그룹이 퇴학률이 높다.

그런데도 마츠시타는 위험을 감수하고도 협력하겠다고 나섰다. 그게 선의뿐이라고 해석하기란 어렵다.

"……들켰나?"

마츠시타가 반달눈을 하며 웃더니 얼른 백기를 들었다.

"아야노코지라면 상위 그룹에 오르기 힘들지 않다고 생각해. 표창대에는 오르지 않더라도 30%에 들어가는 건 거의 틀림없을 거라고. 괜히 어설프게 친구를 우선하다가 어중간한 그룹에 들어가는 게 더 위험하니까."

이게 마츠시타의 본심이다. 그룹이 될 수 있는 다른 학생들과 저울에 달아보고 나를 선택했다는 것.

"아야노코지가 빨리 팔릴 것 같은 생각에."

그래서 이른 단계에 말을 걸었다. 즉 상대를 높이 평가하고 있다라는 도식은 이해하기 쉽다.

고마운 이야기이긴 하지만, 여기서 결론을 낼 생각은 처음부터 없었다.

이건 마츠시타가 싫어서가 아니라 상대가 누구라도 똑같다.

"적어도 이번 달 내에는 그룹을 정하지 않을 거야."

"서두르지 않고 침착하게 상황을 지켜보겠다고?"

"다른 반이 어떻게 나오는지도 보고 싶고."

당연한 말을 해두었다.

하지만 내가 신경 쓰는 것은 일반 학생들이 신경 쓰는 부분과는 다르다.

대규모 준비가 필요한 무인도 특별시험.

이걸 츠키시로가 그냥 흘려보낸다고 생각하기는 힘들다.

지난번 특별시험이 끝난 지 벌써 한 달 반이 지나려 하고 있지만, 아직 이렇다 할 움직임이 없었다.

4월 중으로 나를 퇴학시키겠다는 계획으로부터 점점 멀어지고 있다.

화이트 룸생의 독단적 행동으로 빚어진 차질.

그러니 전초전이라고도 할 수 있는 그룹 결정 단계 때 뭔가 액션을 취할지도 모르지.

마츠시타도 알 길이 없는 위험 요소. 휘말리게 했다간 그냥 끝나지 않으리라.

"지금은 긍정적인 대답을 못 들을 것 같네. 알았어, 그럼 잘 생각해봐."

강하게 밀어붙일 생각은 처음부터 없었는지, 바로 손을 흔들며 헤어지려고 했다.

"아, 그렇지. 이건 내 개인 연락처."

미리 준비한 것으로 보이는, ID가 적힌 종이를 내밀었다.

"그럼 할 말 다 했으니까."

군더더기 없이 빠르게 이야기한 마츠시타가 뒤돌아 기숙사 쪽으로 걸어갔다.

"여자 연락처가 늘어나는 건 나쁘지 않지만."

앞으로 마츠시타의 기대에 부응할 수 있을지 지금은 아직 모를 일이다.

나는 그 후 케야키 몰에 가서 요스케와 합류했다.

"상황은?"

"최악의 전개는 안 될 것 같지만……."

요스케의 시선을 따라가니, 카페에서 즐겁게 담소를 나누는 시노하라와 코미야가 보였다.

그리고 거기서 조금 떨어진 자리에, 조용히 그들을 지켜보고 있는 이케의 의기소침한 등짝도 보였다.

"어떻게 해야 하나."

"폭주해서 돌격하려는 게 아니라면 지금은 상황을 지켜보는 것도 괜찮지 않을까? 가볍게 이케한테 말 걸어봐야 해결책을 제시해줄 수 있는 것도 아니고."

동의한다는 듯 요스케가 고개를 끄덕였다.

"일단은 코미야에 대해 알아봐야겠어. 코미야가 무슨 생각으로 시노하라한테 그룹 제안을 했는지, 그걸 확실히 알아내지 않으면 다음 행동으로 이어갈 수 없을 테니까."

"그러면 난 이케가 시노하라랑 그룹이 되지 못했을 경우에 누구랑 그룹이 되는 게 최선일지 고민해 볼게."

"부탁한다."

서로 역할을 분담해 정보를 모으기로 합의했다.

8

요스케와 헤어진 후 나는 코미야와 같은 반인 이시자키에게 전화해 불러냈다.

아직 교내에 있다고 해서, 여기서 가까운 곳에서 만나기로 약속했다.

"오! 우리랑 그룹 할 마음이 생긴 거야?!"

만나자마자 환하게 웃으며 굉장한 기세로 들러붙었다.

"아니, 그건 아직 생각 중이야. 오늘은 미안하지만 다른 용건이 있어서."

그렇게 대답하니 이시자키는 조금 아쉬워하다가 바로 원래 표정으로 돌아왔다.

"뭔데, 나한테 할 얘기가."

당장이라도 물어보고 싶었는데, 이시자키에게 다가오는 한 여학생이 눈에 들어왔다. 2학년 B반 니시노 타케코였다.

"뭐야, 용건이 아야노코지 군을 만나는 거였어?"

"야, 니시노. 따라오지 말라고 했잖아. 미안, 아야노코지."

그렇게 사과하더니 이시자키가 니시노에게 먼저 케야키몰에 가 있으라고 재촉했다.

하지만 니시노는 들은 척도 하지 않고 나에게 다가왔다.

"이시자키랑 친했구나. 뭔가 의외의 조합이네."

같은 반 이시자키를 편하게 부르면서 나를 관찰하는 듯한 시선을 보내왔다.

"너, 사람 말을 귓등으로도 안 듣는구나?! 그러니까 계속 혼자이지."

"계속 혼자라고?"

"아아 그게, 얘가 지금 반에서 고립된 상태거든. 그래서 좀 문제야."

"고립? 난 딱히 곤란한 거 없는데."

고립이라고 하면 이부키도 독불장군이라고 할 수 있는데, 니시노도 비슷한 모양이었다.

"아무튼 먼저 가 있으라고. 응?"

"싫어."

"싫, 싫다니 너…… 미안, 아야노코지. 조금만 기다려 줘. 지금 당장 보낼 테니까."

"왜 이시자키가 아야노코지 군이랑 몰래 만나는지 궁금한데."

니시노와는 얘기해 본 적이 없는데, 생각보다 거침없이 말하는 타입 같다.

이런 인간은 적을 만들기 쉽다. 다만 이 상황에서는 나와 이시자키가 둘이 만나는 걸 이상하게 여기는 것도 무리가 아니다. 아무것도 가르쳐주지 않고 쫓아내기만 해서는 오히려 역효과만 날지도 모른다. 그렇게 판단해, 상의 내용을 니시노에게도 알려주기로 했다.

"작년 합숙 때 같은 그룹이었는데 그때 친해졌어."

일단은 그럴 만한 배경이 있음을 알리고, 본론으로 들어갔다.

"B반 코미야 일로 조금 물어볼 게 있어서 연락했어. 딱

히 남들한테 들려줄 이야기가 아니라서 이런 곳에서 만나
자고 한 거야."

"코미야 군의 일? 그게 뭔데?"

코미야는 편하게 부르지 않는군.

그런 느낌을 받으면서 이유를 설명했다.

"우리 반 시노하라랑 그룹 하기로 약속했다는 이야기를
들었는데 너도 알아?"

"아니, 처음 들어. 그런데 딱히 이상한 일은 아니잖아?"

다른 반과 그룹이 되는 것은 결코 이상한 이야기가 아
니다.

이시자키가 의아해하는 것도 무리가 아니었다.

"그게 왜?"

"시노하라는 빈말이라도 무인도 시험에서 활약할 수 있
는 타입이 아니니까. 코미야와 그룹이 돼도 문제가 없는지
우리 반에서 우려의 목소리가 나오고 있어. 그래서 코미야
가 어떤 사람인지 좀 알아두려고."

"그 녀석, 평범하고 착한 애인데? 손재주도 꽤 좋고, 농
구부여서 체력도 있고."

안 그래? 하고 니시노에게 확인했다. 같은 의견인지 순
순히 고개를 끄덕였다.

"같은 그룹 하자고 둘 중 누군가가 제안한 모양이던데
혹시 둘이 사귀는 건가?"

"뭐? 그, 글쎄 잘……."

"그런 거, 이시자키한테 물어도 알 턱이 없지. 연애가 뭔지도 모르는 애인데."

"시끄러워! 그러는 너는 아냐!"

"적어도 너보다는 알지. 사귀는 건 아니지만 코미야 군이 시노하라를 좋아하는 건 틀림없지 않나?"

"헉, 진짜로 코미야가 시노하라를? 아아, 듣고 보니 다른 반에 좋아하는 애가 있다고 말했던 것 같아…… 잘은 기억나지 않지만."

이시자키도 짚이는 구석이 있는지 그렇게 말했다.

그룹을 짜는 이상 당연히 상대에게 나름대로 요구하는 것이 있기 마련이다.

능력 또는 친한 사이. 아니면 연애 감정 등의 요소. 니시노가 말했듯, 코미야가 시노하라에게 호감을 느끼고 있다면 그룹을 짜는 흐름이 되는 것도 고개가 끄덕여진다.

"그런데 왜 그런 걸 신경 쓰는 건데?"

"오늘 아침에 그 두 사람이 같이 있는 걸 봤거든. 코미야가 시노하라를 이름으로 부르면서 친하게 굴어서. 혹시나 하고."

"호오. …… 앗, 뭐야. 설마 아야노코지…… 너 시노하라 좋아하냐?"

"아니."

바로 부정했지만, 이시자키는 멋대로 스위치가 들어왔는지 좋다고 혼자 히죽거렸다.

"뭐야. 벽창호인 척하면서 좋아하는 여자가 있었다니. 그랬군, 그랬어."

"아니라고 했는데."

"뭘 감추고 그래. 우리 사이에."

아니, 합숙 전까지는 전혀 친하지 않았던 것 같은데…….

그야 최근 들어서는 어중간한 반 애들보다 잘 알지만.

"그래도 너라면 더 귀여운 애를 노릴 수 있을 것 같은데."

이대로라면 착각에서 비롯한 소문이 널리 퍼질 가능성도 있겠군.

그렇게 되면 이케와 시노하라의 사이도 더 꼬일지 모른다.

"이케야. 우리 반 이케가 시노하라를 마음에 담고 있어."

"뭐? 뭐야, 아야노코지가 아니었냐."

"그래서 좀 알아보는 거야."

"사정은 알겠는데, 연애라는 건 남이 어떻게 할 수 있는 문제가 아니잖아."

"나도 그 말에 찬성. 괜히 나서는 건 반칙 아니야?"

"원래라면 그렇지. 하지만 우리 반 입장에서는 도저히 무시할 수 없는 상황이야. D반에는 이케의 활약이 꼭 필요하니까."

관계가 꼬이면 꼬일수록 이케가 이상한 방향으로 폭주할 위험이 있다.

모처럼 재능을 살릴 수 있는 무인도 시험이 다가오고 있는데, 바람직하지 않은 전개. 하지만 이 이야기는 B반 입장에서 아무런 이익도 없는 것. 오히려 적을 돕는 행동이나 마찬가지다. 별로 돕고 싶은 마음이 들지 않겠지.

그런데——

"알겠어, 필요하다면 힘을 보탤게. 뭘 어떻게 하면 되는데?"

이시자키가 꺼리는 기색도 없이 그렇게 말하며 도와주겠다고 나섰다.

"잠깐, 이시자키, 너 진심이야? 너 코미야랑 친하잖아."

"그렇다고 어려움을 겪고 있는 아야노코지를 보고도 그냥 내버려 두라는 거야?"

"아니, 그냥 내버려 두면 안 되지. 사이가 좋은 건 알겠지만 적 사이니까."

"어제의 적은 내일의 동지라는 말도 있잖아?"

정확하게는 오늘의 동지지만, 지금은 그냥 넘어가기로 했다.

"말은 고맙지만, 대가를 바라면 곤란한데?"

"대가? 그런 거 요구 안 해. 친구가 힘들면 도와주는 게 당연한 일이잖냐."

눈앞의 이시자키는 거짓말을 할 성격이 못 된다. 아무런 대가 없이 도와줄 모양이다.

고맙긴 하지만, 코미야의 친구라는 점을 고려하면 너무 무리한 제안은 할 수 없다.

괜히 코미야와 시노하라를 떨어뜨리려고 했다간 특히

니시노의 빈축을 사리라.

"그럼, 그렇지……. 코미야의 속마음을 좀 알아봐 줄 수 있을까?"

"시노하라를 정말 좋아하는지 알아내면 되는 거지?"

"물론 누가 알고 싶어 하는지는 비밀로 하고."

"그야 당연하지만 말이야, 무슨 방법으로 확인한담? 뭐 좋은 생각 없어?"

물을 동기가 없다며 곤혹스러운 표정을 짓는 이시자키에게 니시노가 도움을 자청했다.

"두 사람이 즐겁게 있는 모습을 아야노코지 군이 봤다고 했잖아. 그럼 그걸 이시자키가 본 걸로 하고, 사귀냐고 물어보면 되지 않아? 인기 없는 남자는 친구가 앞서 나가는 게 마음에 걸리는 법이니까?"

어차피 가진 재료가 몇 없는 이시자키는 그런 니시노의 제안을 바로 받아들였다.

"왜, 왠지 동기가 허무한 기분이 드는 것도 사실인데……. 조, 좋았어, 그렇게 해볼게. 잠깐만 기다려 봐. 아직 동아리 시작 안 했으니까——"

아마 받을 거야, 하고 이시자키가 코미야에게 전화를 걸었다.

"……아, 코미야? 동아리 전에 미안. 아니, 그게 아니고 좀 물어볼 게 있어서. 오늘 아침에 너 D반 시노하라랑 얘기하지 않았어? ……역시. 아니 우리, 솔로 동맹을 맺어놓고서 너 혼자 빠져나가나 싶었지."

이시자키는 예상보다 수월하게 코미야에게 질문을 던졌다.

"딱히 사귀는 거 아니라고? 사실이지? 거짓말이면 죽는다?"

코미야와 시노하라가 사귀는 게 아님을 확인하고 오른손으로 오케이 사인을 만들어 보이는 이시자키.

그러다가 표정이 조금 바뀌었다.

"아…… 진짜? 응, 으응. 그렇구나, 호오……."

나도 알기 쉽게 질문하던 이시자키에게서 갑자기 정보가 확 줄어들었다.

그리고 그는 스마트폰 너머로 말하고 있을 코미야의 말에 강하게 귀를 기울였다.

"……그래? 그렇구나, 아니 알았어. 너도 마침내 남자가 되는 날이 온 거지. 물론 응원한다. 결과가 나오면 알려주라."

대화의 방향성을 볼 때, 코미야가 이시자키에게 하는 말이 뭔지 대충 알 것 같았다.

통화를 마치자, 이시자키가 멋쩍게 나를 보았다.

"코미야 녀석, 시노하라한테 고백할 거래. 무인도에서."

"그렇군——"

그룹이 되면 종일 같이 행동하게 된다. 고백할 절호의 타이밍은 얼마든지 있겠지.

"어떻게 해? 아무리 그래도 말릴 수는 없는데?"

당연한 말이다. 코미야에게는 고백할 정당한 권리가 있다.

애당초 이케와 시노하라는 서로를 의식하고 있지만 한 걸음도 진전이 없다. 골 직전에 역전당한다면 그건 그렇게 될 운명이었던 거다. 아니면 코미야가 골인한 후 이케가 최종적으로 빼앗을 수도 있겠지만……

"아무튼 고마워. 이 일은 호리키타랑 의논해봐야겠어. 만약 니시노가 그룹을 짜는 데 난항을 겪게 된다면 나한테 말해. 뭔가 도울 수 있을지도 모르니까."

"보답 같은 건 필요 없대도."

"힘들 때는 피차일반이니까. 가능한 범위 안이라면 도울게."

"고맙다. 너도 여러 가지로 힘들겠지만 화이팅이다."

이시자키의 격려를 받은 나는 호리키타에게 이번 일에 대해 보고해두기로 했다.

9

그날 저녁, 나는 호리키타를 식당으로 불러냈다.

시끌벅적한 곳에서 대화를 나눈다면 주위에 귀를 세우고 엿듣는 학생이 있어도 내용을 알아듣기 어렵다.

이케가 시노하라에게 호감을 느끼고 있지만 좀처럼 진

전이 없는 상황. 코미야가 시노하라에게 마음이 있어서 고백하기 직전이라는 것. 그리고 그러한 일들이 이번 무인도 시험에 영향을 미치지 않겠냐는 염려를 전했다.

그런 보고를 받은 호리키타의 반응은…….

"그냥 내버려 두면 되잖아."

반쯤 예상했던 대로, 싸늘한 반응이 돌아왔다.

"네가 상의할 게 있다고 해서 무슨 일인가 했더니…… 남이 관여할 문제가 아니야. 그리고 이케의 보이스카우트 능력은 나도 높이 평가하고 있어. 사적인 감정을 빼고, 가장 적절하게 배치해야 한다고 봐."

"글쎄 어떠려나. 이케는 시노하라가 신경 쓰여 죽겠다는 눈치던데. 어쩌면 작년처럼 실력 발휘를 못 할 가능성이 있어. 그것만이면 다행이지만, 시노하라 때문에 속한 그룹에 걸림돌이 될지도 몰라."

"사랑에 휘둘려 퇴학당할 위험이 있다고?"

"절대 그럴 일 없다고 단언하긴 힘들지."

"……그렇다면 성가시게 됐네. 너무 바보 같은 일이야."

골 아프게 됐다며 호리키타가 신랄한 한숨을 내쉬었다.

"코미야와 시노하라가 같은 그룹을 하기로 약속한 모양이던데? 네가 한 당부도 있어서 아직 실행에 옮기지는 않았지만. 하지만 허가가 떨어진다면 십중팔구 그룹이 되겠지. 넌 지금 D반의 리더야. 코미야와 그룹을 하면 전략적으로 손해라고 일러두면 시노하라도 강하게 나오지 못할 거야."

"막을 필요가 있다는 뜻이니? 하지만 그룹을 막으면 코미야도 고백 타이밍을 바꾸지 않을까? 경우에 따라서는 당일에 실행할지도."

"그럴 가능성도 있지."

"이번 일은 생각보다 더 성가실 것 같네. 다만 우리가 그 애들의 연애 사정까지 살피는 건 불가능해."

"그럼 어떻게 해야 한다고 생각해?"

"차라리 이케한테 고백하라고 하면? 시노하라가 그걸 받아들이면 이케는 어느 그룹에 들어가든 고군분투하면서 퇴학당하지 않으려고 애쓸 거 아냐? 반대로 차인다면 그 애를 잊기 위해 시험에 집중할 수도 있고."

전자는 맞는 말이라고 생각하지만 차였을 경우인 후자는 어떻게 될지 잘 모르겠다.

그냥 자폭해버릴 위험도 있으니까.

하지만 그렇게 말하면 끝이 없을 것이다.

어쩌면 늦기 전에 이케에게 확실히 종지부를 찍게 하는 것이 제일 좋은 지름길일지도 모른다.

"이것저것 잘하는 게 많은 너도 연애에 관해서는 젬병이구나?"

"열심히 공부 중이다."

"진짜……. 알았어, 어떻게든 해볼게. 일단 이케와 시노하라가 같은 그룹이 되도록 유도하면 되는 거지?"

식사 중이긴 했지만 호리키타는 스마트폰을 꺼내 OAA 를 켰다.

하지만 여기서 생각지도 못한 사실이 드러나고 말았다.

"미안한데 이미 늦은 것 같아."

스마트폰을 테이블 위로 밀어서 내게 화면을 보여주었다. OAA로 결성한 그룹을 확인할 수 있는데 거기에 벌써 시노하라와 코미야가 한 그룹이 되었다고 표시되어 있었다. 그룹의 세 번째 멤버는 B반의 키노시타 미노리였다.

"이렇게 된 이상, 이케가 동기부여 할 수 있는 조치를 생각해야 하겠네."

"그건 요스케와도 의논해보자. 지금 최적의 조합을 고민하는 중이니까."

무인도 시험에 대비한 그룹 짜기가 참으로 전도다난하다.

10

저녁이 되자, 이제는 일상이 되어가는 케이와의 실내 데이트가 시작되었다.

오늘의 화제는 이케와 시노하라의 갈등에 의한 결렬부터 시작해 그룹 이야기가 중심이 되었다.

"있지…… 키요타카, 무인도 시험 때는 누구랑 그룹 할 생각이야?"

왠지 수줍은 투로, 케이가 나를 올려다보며 질문을 던졌다.

"아직은 아무와도 할 생각이 없어."

"뭐? 어, 어째서?"

케이는 나와 짝기를 바라는 느낌이었는데, 아마 그룹이 되어도 나에게 유리하게 작용하지는 않을 것이다. 능력이 부족해서라기보다 츠키시로를 상대해야 한다고 생각하면 부적합하기 때문이다.

"그룹을 짜는 게 더 유리하다는 건 분명해. 하지만 꼭 혼자 힘으로 이기지 못한다고 할 수는 없어. 오히려 남에게 좌지우지 당하지 않고 자유롭게 행동할 수 있는 장점도 있으니까. 그리고 상황에 따라서는 다른 그룹을 구제해 줄 수도 있어. 탈락할 것 같은 그룹이 있으면 들어가서 커버해주는 것도 가능해."

"혼자가 대체로 임기응변하기 좋다는 얘기네……."

남자든 여자든 단독으로 참가하는 것 자체는 인정된다. 요컨대 만능이라고 자부하는 학생이 있다면 혼자 승리할 기회이기도 하다.

"만약 단독인 학생이 1위가 된다면 그것만으로도 반 포인트가 300이나 쌓여."

"설마 키요타카라면 1위가 가능한 거야?"

"너는 어떻게 생각해?"

그렇게 되묻자 케이와 눈이 마주쳤고, 그렇게 잠시 서로 바라보면서 점점 굳어갔다.

"쿠, 쿨한 얼굴로 1위…… 해버릴 것 같아. 앗, 하지만 잠깐만. 그랬다가는 우리 사귀는 거 말하기가 점점 더 힘들어지는데?!"

도중에 미래를 상상하며 당황하는 케이.

"키요타카가 혼자 1위 해버리면 기절할 만큼 기쁠 테고 멋있다고 생각하겠지만, 하지만, 하지만, 아. 어떻게 되는 게 가장 이상적인지 모르겠어!"

"혼자 너무 앞서 나갔어. 걱정하지 않아도 1위는 그리 쉽게 되는 게 아니야."

"그럼, 그럼 키요타카도 1위는 힘들다고 생각하는 거야?"

"반반이라고 해둘까."

"절반의 가능성이 있다고 대답할 수 있는 것만으로도 대단해……."

"아무튼 케이가 신경 써야 할 포인트는 누구랑 그룹이 될 것인가가 아니야."

"뭐? 그게 중요한 거 아니야? 잘못하면 퇴학당하는데."

"그래, 이번 특별시험은 퇴학이 걸려 있지. 하위 다섯 그룹에 들어가면 강제로 페널티를 받게 되니까. 그런데 그룹 멤버를 마음대로 고를 수 없고."

"맞아. 그래서 나, 키요타카랑 하고 싶어…… 보호받고 싶어."

빙 돌려 말하던 케이가 여기서 솔직히 자백했다.

"내가 지켜주지 않아도 방법이 있잖아? 구제에 필요한 프라이빗 포인트를 가지고 있는 방법 말이야."

"그건 그렇지만……."

고액의 프라이빗 포인트가 필요하기는 해도, 반대로 말하면 포인트만 가지고 있으면 절대 퇴학당할 일이 없다.

"그건 그렇지만 시험 때 여섯 명 그룹을 짠다고 해도 퇴학을 면하려면 100만 포인트나 필요하잖아? 나 그 정도는 없어."

"지금 얼마 남았는데?"

"으음…… 24만 포인트…… 이, 이것도 최근 와서 많이 모은 거야!"

딱히 그 점에 대해 비난하는 발언은 하지 않았다.

나도 비슷한 처지라 그럴 입장도 못 되고.

"76만이 모자라는 건가."

내가 가진 건 25만 정도. 다 줘도 50만 넘게 부족하다는 계산이 나온다.

"케이, 네가 가진 카드는 편승이었지?"

"응. 이거 가치로 보면 어때?"

"솔직히 좋다고는 할 수 없을지도. 좋은 쪽으로도 나쁜 쪽으로도 자기한테 영향을 줄 요소가 제일 적어. 노력한다고 플러스로 작용하는 것도, 그렇다고 실수했을 때 도움이 되는 것도 아닌 카드."

승산 있는 그룹에 베팅하는 방법밖에 없는, 단순한 가치로 따졌을 때는 가장 아래라고 할 수 있다.

"……그렇지."

대충 알고는 있었다며 케이가 낙담하듯 한숨을 내쉬었다.

"키요타카의 카드는 시련이었지? 이겼을 때는 굉장한 효력이 있지만, 졌을 때는 반대로 비참해지는 카드…… 아, 물론 키요타카는 절대 문제없을 거라는 거 잘 알지만. 난 반감이나 무효를 갖고 싶었는데."

케이 같은 학생에게는 시련 같은 카드보다 구제 카드 쪽이 더 좋다고 강하게 느끼는 게 당연하다.

"편승도 희망이 없는 건 아니야. 반감, 무효 카드를 가치 없게 여기는 학생도 적지 않을걸. 그런 애들에게는 편승도 가치가 생겨나지."

선행, 추가 카드와 달리 자기에게 자신 있는 학생에게는 와 닿지 않겠지만, 반대로 말하면 승산이 없다고 생각하는 중간층 학생들은 절호의 기회를 얻을 수 있는 카드다. 게다가 중간층이 학생 수도 제일 많으니, 교환할 희망자를 찾기란 식은 죽 먹기. 다만 반감과 같은 카드는 중간층의 일부와 하위층은 눈에 불을 켜고 달려들 정도로 원하는 것이기도 하다. 가지는 사람에 따라서는 무가치한 카드가 갑자기 골드카드처럼 빛나기도 한다.

"포인트는 내가 마련할게."

"어? 마련하겠다니…… 어떻게?"

"방법이야 여럿 있지. 시련 카드를 팔아서 자금을 마련하는 것도 방법이고."

"하지만 그럼 시련 카드를 놓치잖아…… 괜찮겠어?"

"네가 퇴학당하지 않는 게 더 중요하니까."

"으, 으응…… 고, 고마워."

그렇게 말하며 얼굴을 붉히는 케이.

그 후에는 여름방학 이야기로 넘어가 나름 분위기가 달아올랐지만, 더 깊은 진전은 또 다음으로 미루게 되었다.

11

여름의 특별시험 전까지 주어진, 세 명까지 그룹을 만들 수 있는 제도.

하지만 그게 전부가 아니라 그 이후까지 내다본 논의가 이곳에서도 진행되고 있었다.

"와주셨군요, 이치노세 씨."

"많이 기다렸어? 사카야나기."

그룹을 짤 수 있게 된 뒤 처음 맞는 금요일.

사카야나기는 이치노세에게 연락해 카페로 불러냈다.

"시간은 괜찮으셨는지? 갑자기 부탁드린 거라 거절당할 것도 각오하고 있었답니다."

"사카야나기한테 연락이 올 줄 몰라서 솔직히 좀 놀랐지만, 괜찮아."

이날 사카야나기는 카페에서 만나기 1시간 전이라는 갑작스러운 타이밍에 이치노세에게 연락을 했다.

이치노세에게 일정이 있었다면 당연히 거절당할 수도 있었다.

"꼭 오늘, 이치노세 씨를 만나 이야기 나누고 싶었거든요."

그것은 사카야나기의 거짓말.

당일 아무런 전조도 없이 이치노세를 불러내 생각할 시간을 주지 않겠다는 전략 중 하나였다.

며칠 전에 약속하면 이치노세는 무슨 이야기를 하려나 하고 미리 생각할 것이다.

경우에 따라서는 칸자키 등 같은 반 아이에게 도움을 청할 수도 있다.

그것을 방지하기 위한 행동.

"그런데 저의 갑작스러운 부탁을 왜 받아주신 건가요?"

"응? 그야 오늘 딱히 아무 일정도 없었으니까?"

"그게 아니라. 저는 예전에 이치노세 씨에게 심한 짓을 저질렀으니까요. 그러니 저를 미워해도 이상하지 않은데."

사카야나기는 이치노세를 함정에 빠트리기 위해 은밀히 그녀의 과거를 캐냈다.

알리고 싶지 않았을 과거를 많은 사람에게 알려 괴롭게 만들었다.

믿고 털어놓은 상대에게 배신당하면 대부분은 그 사람을 싫어하게 된다. 아니, 싫어하지 않더라도 강한 불신감이 생겨 거리를 두고 싶어 하기 마련이다.

하지만 이치노세는 사카야나기의 갑작스러운 연락에도 바로 응해준 데다가 사카야나기를 원망하는 인상도 전혀 찾아볼 수 없었다.

"음, 난 사카야나기가 그렇게 심한 짓을 저질렀다고는 생각하지 않아. 물론 중학교 시절 일은 반성해야 하고, 창피한 행동이었다고 생각해. 하지만 그 비밀을 아무에게도 말하지 말라고 내가 부탁한 것도 아닌데 책임을 묻는 건 잘못된 거지."

이치노세는 어디까지나 과거를 말한 자신이 잘못했다고 말했다.

"역시 이치노세 씨는 틀림없이 착한 사람 같군요."

"그런가. 난 잘 모르겠어."

어딘지 멋쩍은 듯 볼을 살짝 긁적인 후, 다정하게 응시하는 사카야나기와 눈을 마주치고 있기 힘들었는지 시선을 다른 쪽으로 돌렸다.

"그런데…… 나한테 할 이야기라는 게 뭐야?"

이 화제를 계속 이어가면 마음이 불편해질 것 같았는지 이치노세가 본론으로 들어가길 재촉했다.

"그럼 희망에 따라 본론으로 들어가겠는데, 이치노세 씨한테는 본론 쪽이 더 마음 불편할지도 모른답니다."

그렇게 미리 전제를 깔자 이치노세가 조금만 살살, 하고 중얼거렸다.

"솔직히 말씀드려서 이대로는 A반은커녕 B반으로 다시 올라가는 것조차도 위태롭다고 생각해요. 이에 대해 어떻게 생각하는지 들려주시겠어요?"

사카야나기는 봐주지 않고 바로 이치노세가 처한 현실을 지적했다.

"아하하…… 정말 솔직하네."

이치노세는 당황하면서도 씁쓸하게 웃으며 손으로 부채질을 했다.

사카야나기는 일부러 미소만 지으며 대답을 기다렸다.

"물론 지금 상황을 좋다고 할 수는 없겠지."

5월 1일 시점에 이치노세가 뒤쫓는 류엔의 B반과의 반 포인트 차이는 고작 26포인트였다. 매달 지각 결석 등에도 좌우되기 때문에 특별시험이 없었다면 추월할 가능성도 있었다. 실제로 지난 일 년 동안 있었던 반 포인트의 추이를 보면 그러한 평소 행실에 따른 미세한 포인트의 축적이 컸기 때문이다.

그런데 반의 위치가 바뀌어 류엔이 B반으로 올라간 후로는 조금의 빈틈도 보이지 않게 되었다. 6월을 맞이해 근소하게나마 거리를 좁히긴 했지만, 고작 2포인트뿐. 절대 추월을 허락하지 않겠다는 류엔의 강한 의지를 엿볼 수 있었다.

이런 이야기는 굳이 말로 하지 않아도 류엔의 추격을 받는 사카야나기 역시 파악했을 터다.

"만만치 않은 상대라는 건 잘 알고 있어."

"알고 있지만, 속수무책인 것 아닌가요? 시끄러운 류엔 군의 반이라고는 생각할 수 없을 만큼 최근 들어서는 문제 행동을 일으키지 않고 있죠. 사생활 면에서 따라잡을 수 없다면 이제는 특별시험에서 분발하는 것 말고는 방법이 없어요."

작게 고개를 끄덕이는 이치노세. 그런 그녀에게 사카야 나기는 결코 달콤한 말을 속삭이지 않았다.

"그는 보통이 아니니까요. 정공법으로 싸우는 이치노세 씨에게는 어떤 의미로 제일 힘겨운 상태라고 말해도 과언 이 아니죠."

그 점에 대해서는 학년말 시험에서 류엔과 직접 대결한 이치노세도 잘 알고 있었다.

강제적이면서 변칙적이고, 반칙도 서슴지 않는 류엔.

웬만하면 그와 싸우고 싶지 않다는 것이 이치노세의 진 심이리라.

"하지만 위로 올라가기 위해서는 피할 수 없는 길이야. 게다가 류엔이 버거운 상대인 건 사실이지만 그렇다고 사 카야나기를 쉽게 쓰러트릴 수도 없을 테니까."

같은 A반의 카츠라기와 한때 갈등이 있었다고는 하나 A 반은 류엔의 B반과 더블 스코어에 가까운 차이가 나는, 틀 림없는 독주 태세. 한두 번 정도 지도록 한다 해도 1위 자 리에서 끌어내리기란 어렵다.

"200포인트 이상의 차이가 난다지만 지금 기세가 좋은 D반은 어떤가요? 추월당하지 않을 자신은?"

"호리키타네 반도 급속도로 힘을 키우고 있지. 개개인의 실력으로 따지자면 어느 반에도 지지 않을 사람들이 모여 있고……. 이렇게 보니까 정말 여유가 없네."

"과연 D반은 흥미로운 인재가 몇 명 있죠. 히라타 군과 쿠시다 씨처럼 소통 능력이 뛰어나면서도 성적도 골고루 좋은 두 사람을 필두로, 신체 능력에서 혼자 A+를 받은 스도 군. 어려운 문제가 출제된 수학에서 만점을 받아 복병으로 부상한 아야노코지 군. 실력이 어디까지인지 알 수 없는 코엔지 군도 위험인물이에요."

군이 말로 내뱉음으로써, 새삼스럽게 2학년 D반의 탄탄한 층을 강조했다.

"그리고 그런 그들을 잘 통합하는 리더 호리키타 씨. 그녀는 학력도 신체 능력도 우수한데다가 얼마 전에는 학생회에도 들어갔다더군요."

이치노세가 처한 상황을 다시금 확인시켜주는 사카야나기.

"엄한 말만 계속 드려서 죄송하지만, 이치노세 씨의 반이 D반으로 떨어지는 것은 시간문제라고 저는 생각한답니다."

"지금은 그런 평가를 받아도 어쩔 수 없다고 생각해. 하지만——"

"노력과 우정으로 어떻게든 해내 보이겠다, 하고 추상적인 말씀이라도 하시려고요?"

선수 친 사카야나기의 정확한 말에, 내뱉으려던 말을 도로 삼키는 이치노세.

"그런 태도로는 절대 이길 수 없어요. 다른 반 모두 지난 일 년 동안 명확하게 힘을 키워왔는데 이치노세 씨의 반에서는 이렇다 할 성장을 느끼지 못했어요."

"그건…… 그렇지 않아. 다들 분명 성장하고 있어."

"성장하지 않았다는 말씀을 드리는 게 아니랍니다. 그 폭이 문제라는 것이죠."

"사카야나기는 이해 못 할지도 모르겠지만, 나는 지지 않았다고 생각해."

희미하게 웃은 사카야나기가 천천히 고개를 가로저었다.

"OAA를 보면 일목요연. 1학년 때의 종합 능력과 2학년인 지금을 비교하면 네 반 중에 제일 느리게 성장한 건 틀림없이 이치노세 씨의 반입니다. 이 정도 체크는 이치노세 씨도 하셨다고 생각했는데…… 알면서도 모르는 척하는 건가요, 아니면 알아보기 무서워서 확인을 못 한 건가요?"

이치노세는 예전 사카야나기와 둘이 있었을 때의 기억이 갑자기 엄습했다.

마치 어른과 아이.

말에서 밀리는 것은 당연했고, 점점 구석으로 내몰리는 듯한 느낌을 받았었다.

적확하게 약점을 찌르는 사카야나기의 말을 맞받아칠

수 없었다.

"당신은 영리한 학생이에요. 대등하고 정당한 위치에서 하는 대화라면 절대 저에게 밀리지 않겠죠. 하지만 열세일 때는 그 실력을 조금도 발휘하지 못하고 있어요. 지난번도 그렇고 이번에도 약점을 건드니까 더 말도 못 하고. 하지만 당신이 앞으로 상대할 류엔 군과 저는 열세인 환경에서도 엄니를 드러낸답니다?"

"그래…… 그렇지."

그 두 사람은 어떠한 상황에서도 자신이 강자라는 사실을 의심하지 않으리라.

"지금의 이치노세 씨에게는 승산이 전혀 없다고 단언해도 되는 상황이랄까요."

"그 말 하려고 나를 부른 거야?"

"단순히 괴롭히고 싶은 게 다라면 그거야 어디서든 가능한 일, 굳이 아까운 휴일을 낭비하진 않아요."

여기서 사카야나기는, 오늘 이치노세를 부른 진짜 목적을 밝혔다.

"저와 손잡지 않겠어요? 이치노세 씨."

"뭐……?"

너무나 예상하지 못한 의외인 제안에 이치노세는 어떻게 대응해야 할지 몰라 말을 머뭇거렸다.

"당신이 우리 A반을 따라잡기 위한 유일한 방법은 그것뿐이랍니다."

"아니, 하지만 그건——"

"반끼리 협력관계를 맺는 건 나쁘지 않답니다. 실제로 이치노세 씨는 1학년 때, D반의 호리키타 씨와 비슷한 관계였지 않았나요?"

협력관계였다는 사실이 사카야나기의 귀에 들어갔어도 이상하지 않다.

"이건 제가 마음대로 해보는 추측입니다만, 이미 호리키타 씨의 D반과는 협력관계가 끝났겠지요. 최하위라지만, 지난 일 년 동안 그 어느 반보다도 반 포인트를 많이 모으며 지금 한창 기세를 올리고 있는 상태. 그에 비해 이치노세 씨네 반은 한 걸음 후퇴해서 C반으로 떨어졌죠. 호리키타 씨의 시선으로 본다면 이치노세 씨와 계속 손을 잡고 가는 것에 이익만 있지는 않을 거예요."

마치 직접 이치노세와 호리키타의 대화를 보기라도 한 듯한 사카야나기의 완벽한 지적.

이치노세는 차마 부정하지 못하고 반쯤 인정하는 식으로 대답했다.

"그래……. 협력관계는 영원히 이어갈 수 있는 게 아니니까."

"네. 협력관계를 계속 유지하려면 『어떠한 조건』이 필요하죠. 이치노세 씨와 호리키타 씨의 반은 작년에 그것을 만족시켰기에 무익한 갈등 없이 좋은 관계를 구축할 수 있었어요."

이치노세가 동의한다는 듯 고개를 살짝 끄덕였다.

"그 어떠한 조건이란…… 바로 반 포인트의 차이."

실제로 이치노세와 호리키타의 반이 적대를 그만둔 것도 바로 반 포인트에서 차이가 났기 때문이다.

"본의는 아니지만, 저희 A반과 이치노세 씨의 C반도 충분히 차이가 벌어져 있어요. 그러니까 손잡는 것도 불가능하지 않다고 생각한답니다."

"기쁜 제안이라며 받아들일 수 없는 게 슬프네. 우리 반은 사카야나기가 보기에 경계할 가치가 없는, 하찮은 존재라는 것을 넌지시 알려주는 말이니까."

"솔직히 말씀드리면 그래요."

사카야나기가 이치노세에게 가차 없이 현실을 들이밀었다.

하지만 이치노세의 미소는 무너지지 않았다. 감정적으로 부정할 수도 있지만, 실제로 반이 궁지로 내몰리고 있는 현실로부터 눈을 돌릴 수는 없다.

"우리 반과 손잡아서 사카야나기가 얻을 이익이 없을 것 같은데."

"아뇨, 그렇지는 않아요. 그야 전력만 놓고 본다면 부족한 것이 사실이에요. 하지만 다른 어느 반도 갖추지 못한 강력한 무기가 있어요."

그렇게 말한 사카야나기가 미소 지었다.

"바로——『신뢰』입니다. 이치노세 씨네 반은 협력관계

에 있을 때만큼은 무슨 일이 있어도 절대 배신하지 않을 거라 확신해요. 이건 같은 편으로서 무척 중요한 요소죠."

안심하고 등을 맡길 수 있는 상대. 그것만으로도 손잡을 가치가 있다고 사카야나기가 말했다.

"그렇게 평가해주는 건 기쁘지만, 우리도 지금 물불 가릴 수 없는 상황인걸?"

"그래도. 지금까지 쌓아온 신뢰라는 이름의 무기를 이치노세 씨가 놓을 것 같지는 않아요. 만약 손을 놓고 배신한다면, 그건 잘못 생각한 제 책임입니다."

이것이 사카야나기가 놓은 덫이라고 하더라도, 이치노세는 믿어주는 것이 나쁘게 느껴지지 않았다.

하지만 사카야나기가 방심할 수 없는 상대라는 것은 이미 알고 있다.

"조금만 더 구체적으로 얘기해줄 수 있어?"

"그 말은 협력관계를 긍정적으로 받아들이겠다는 뜻인가요?"

"……응."

"그럼 말씀드리죠."

사카야나기는 이치노세가 이끄는 2학년 C반을 손에 넣기 위한 행동을 시작했다.

"이번에 치를 무인도 서바이벌 시험은 규칙이 조금 성가셔요. 같은 학년끼리만 그룹을 만들 수 있고, 보수는 평등하게 분배되죠. 즉, 각 반에서 정예 멤버를 끌어모았다고 해도 반 포인트로 인해 차이가 벌어지는 일은 절대 일어나지 않아요."

"그렇지. 그러니까 필연적으로 자기 반에서 끝까지 남을 그룹을 만들게 되지 않을까?"

"하지만 그래서는 정예 그룹이라고 부를 수가 없죠. 아무리 해도 자기 반만으로는 다 해결할 수 없는 부분도 나올 거고……. 그런데 두 반이 되면 어떨까요? 총 79명 중에서 자유롭게 선택할 수 있게 된다면 이야기는 달라지겠죠?"

"사카야나기의 반과 우리 반이 손을 잡는다……."

"저희 A반과의 차이는 좁혀지지 않겠지만, 류엔 군의 반을 추월하고 또 D반과도 차이도 벌릴 수 있죠."

"하지만—— 사카야나기의 반을 따라잡을 기회를 한 번 잃는다는 의미기도 하지."

"2학기, 3학기를 위해 일단은 안정적인 위치로 돌아오는 것이 최우선 아닐까요? 만약 여기서 저와 손잡는 걸 거절한다고 꼭 이길 수 있는 것도 아니고요. 아닌가요?"

"그건……."

"반대로 다른 반에 진다면 이치노세 씨는 D반으로 떨어지게 됩니다. 반 포인트도 크게 잃고, 무척 힘든 상황에 빠지게 되죠. 그럼 A반을 목표로 하는 것은 불가능에 가까워지겠죠."

사카야나기의 말에 이치노세는 돌려줄 말을 찾지 못하고 침묵했다.

"저를 의심하는 마음이 아직 있으리라 생각해요. 하지만 다른 반끼리 손잡을 기회는 그리 많지 않답니다. D반도 B반도, A반을 따라잡기 위해서 절대로 저와 손잡지 않을 겁니다. 있다면 세 반이 한패가 되어 A반에 승부를 걸어오는 선택지뿐. 그렇게 하면 강력한 그룹을 만들 수 있으니까요."

아무리 강한 A반이라도 B반부터 D반까지 연대하면 승산은 희박해진다.

"그걸 생각해보지 않았다고 말한다면 거짓말이겠지."

"그야 그럴 테죠. 하지만 세 반이 힘을 합하는 전략은 비현실적이에요. 그룹을 짤 수 있게 된 지 며칠이 지났는데도 이치노세 씨 쪽에 제안이 온 게 있나요?"

이치노세는 시선을 내리깔고 천천히 고개를 가로저었다.

"세 반이 손잡으면 보수로 받을 반 포인트가 나뉘고 말아요. 필사적으로 1위를 차지했어도 좁힐 수 있는 차이는 고작 100포인트에 불과하죠. 2위라면 67포인트, 3위였을 경우에는 33포인트."

표창대를 2학년 BCD반이 독점해도 그 차이가 좁혀지는 건 불과 200포인트.

그것도 작지는 않지만, 애당초 표창대를 독점하기 어려운 특별시험이다.

"단독으로 300포인트, 400포인트로 차이를 좁히고 싶어지는 게 자연스러워요."

"하지만 나랑 사카야나기가 손잡으면 호리키타와 류엔

도 손잡을지 모르는걸……. 그리고 우리 반까지 포함해서 이미 속속 그룹이 만들어지고 있는데?"

"네. 오히려 그룹이 만들어지기 시작하는 걸 기다렸어요. 어디든 반 단위로는 서로 협력하지 않으려고 하는 흐름 속에서, 주력끼리만 손잡자고 제안하는 겁니다."

"그 주력이라는 건?"

"저는 작년과 마찬가지로, 이 다리로는 무인도에서 마음대로 활동할 수 없어요. 하지만 참가하는 건 허락받았지요. 조금 특수한 처지가 되고 말았지만."

"특수?"

"시험 시작 시점에서 컨디션 난조 등으로 참가하기 어려워진 학생은 처음부터 기권으로 간주하잖아요? 저는 『반기권』이라는 형태로 참가하게 되었답니다."

"반기권?"

"다리가 불편해서 섬을 자유로이 다닐 수는 없지만, 시작 시점에 머물러 여러분과 똑같은 규칙 안에서 싸울 수 있는 권리예요. 그러니까 의견을 물어오면 대답해줄 수 있고, 어려운 문제가 생기면 함께 머리를 맞대는 것도 가능하다는 뜻입니다. 단 제가 그룹에서 최후의 일인이 되어버리면 그 시점에서 그룹의 패배로 끝나지만요."

"사카야나기는 그 특수 유형으로 참가할 수 있다는 거네."

연락을 주고받을 수단이 필요하겠지만, 사카야나기가 두뇌로 참전하는 것은 큰 요소라는 사실을 이치노세도 금

방 이해했다.

"저희 쪽에서는 저를 포함해 하시모토 군, 키토 군, 마스미 씨까지 네 명 중에서 자유롭게 선택하시면 돼요. A반이 자랑하는 틀림없는 주력입니다. B반에는 이치노세 씨, 칸자키 군 그리고 시바타 군 등이 있을까요."

현시점에서 방금 열거한 멤버는 아직 아무와도 그룹을 짜지 않고 상황을 지켜보는 상태.

양쪽에게 지장이 생기기 전 단계였다.

"그러네. 무인도에서는 체력도 필요하다는 걸 고려하면 과연 옳은 말이라고 생각해. 하지만 특별시험이 시작되어도 원하는 대로 그룹에 합류할 수 있다는 보장은 아무 데도 없지 않아?"

"어렵지만 불가능하지는 않아요."

미소 짓는 사카야나기. 아무리 어려운 문제가 생겨도 반드시 합류하게 할 수 있다는 자신감이 드러났다.

"사카야나기. 지금 드는 생각을 솔직하게 얘기해도 돼?"

"물론이지요."

"내 생각보다도 더, 사카야나기는 세 반이 힘을 합하는 걸 원하지 않는 것 같아. 아니, 그렇게 되는 게 두려운 거 아니야?"

"그 말씀은?"

"신뢰할 수 있는 상대라고 말한 건 진심이라고 생각해. 하지만 제일 중요한 건 B반부터 D반까지 동맹을 맺고 A반을 추격하는 전개를 피하는 것. 그야 물론 표창대에서 얻을 수 있는 반 포인트는 줄어들겠지만, 이 세 반이 협력하는 전개가 앞으로도 계속되지 않는다는 보장은 없으니까."

지금까지 사카야나기의 말을 잠자코 듣고 있던 이치노세가, 솔직하게 받은 느낌을 말했다.

"세 반이 협공해 A반을 궁지로 내몬다. 이게 성공하면 앞으로 사카야나기는 고전을 면치 못하게 되겠지. ……내 생각이 틀렸을까?"

방어만 하던 이치노세의 반격에 사카야나기가 살짝 놀라는 모습을 보였다.

"아무래도 제가 이치노세 씨를 조금 얕보고 있었던 모양이네요."

이 특별시험에서 가령 B반부터 D반 중 어느 반이 단독으로 300포인트 이상의 반 포인트를 획득한다고 하더라도 사카야나기는 상관없다고만 생각했었다. A반으로 독주하고 있는 사카야나기가 이 시험에서 제일 피해야 할 것은 바로 하위 세 반의 연대. 앞으로도 이런 류의 시험이 늘어날 것을 예상하고 친 선수. 만약 세 반을 하나로 똘똘 뭉치게 할 인재가 있다면 그건 바로 이치노세 호나미일 가능성이 컸다. 그렇기에 제일 먼저 이치노세를 자신의 수중에 두려고 했다.

"저랑 손잡자는 제안. 받아들여 주시겠어요? 거절하시겠어요?"

그것을 인정하고, 사카야나기는 이치노세에게 협력을 요청했다.

"만약 저랑 손잡게 된다면 세 명분의 보증금을 드릴 수 있어요. 퇴학의 위험이 큰 학생에게 총 300만 포인트를 빌려 드리죠. 만에 하나 페널티를 받았을 경우, 그걸 구제 조치 비용으로 쓰시면 됩니다. 어느 반보다도 퇴학자가 나오길 바라지 않는 이치노세 씨에게는 무척 귀가 솔깃한 제안일 듯한데."

거절당할 것을 염려한 사카야나기가 손을 내밀었다.

"다섯 명분을 주면 안 될까? 그러면 나도 안심할 수 있겠는데."

"욕심이 많군요. 조만간 그 비슷한 금액이 나갈 예정인데, 특별히 융자받도록 하죠."

A반은 1년이 넘는 동안 어느 반보다도 많은 프라이빗 포인트를 받아오고 있었다. 그래서 학생 하나하나가 모아둔 금액 역시 다른 반과 비교할 바가 못 되었다.

"그럼 계약 성립. 하지만 난 보증금 이야기가 나오지 않았더라도 사카야나기와 협력하는 쪽을 택했을 거야. 최종 목표는 당연히 A반. 하지만 사카야나기의 말처럼 난 C반까지 떨어져 더는 물러설 데가 없어. 여기서 D반까지 떨어지면 분명 우리 반은 기가 확 꺾일 테니까. 그것만큼은 피해야겠지."

이치노세가 사카야나기에게 악수를 청했다.

"2학년 C반과 2학년 A반 연합── 그 제안을 받아들일 게."

서로 악수함으로써 두 반의 동맹이 결성되었다.

"이제 저도 안심하고 싸울 수 있겠네요. 말이 나온 김에 한 가지 부탁이."

"최대한 승률을 높이기 위해, A반의 주력에 『증원』 카드를 넘겨주는 것부터 시작할 필요가 있다…… 그 말을 하려는 거지?"

이미 동맹을 맺고 싸우는 최선의 길을 걷기 시작한 이치노세.

학년에서 딱 한 장 존재하는 『증원』 카드를 쓰면 일곱 명 그룹을 만들 수 있다.

사카야나기가 이치노세와 함께 싸우기로 한 이유 중 하나이기도 했다.

"이야기가 빨라서 좋네요."

"하지만 류엔도 호리키타도 만만치 않은 상대야."

사카야나기도 결코 두 사람을 낮잡아보는 것은 아니었다.

호리키타의 뒤에 있는 아야노코지라는 그림자를 생각하면 절대 편한 싸움이 아니다.

하지만 반드시 이긴다고 확신하고 이치노세와의 동맹을 선택했다.

"1위를 차지하는 건 우리입니다. 그러기 위해 노력을 아끼지 않을 생각이에요."

주력을 굳혀, 류엔과 호리키타의 반 그리고 1학년, 3학년과 싸울 것이다.

○1학년, 3학년들의 싸움

입학한 지 세 달 가까이 지나고 신입생들도 고도 육성 고등학교의 방식을 차츰 이해하기 시작한 무렵.

1학년들도 다음 대규모 특별시험에 대비해 한창 그룹 짜는 데 열을 올리고 있었다.

하지만 원활하게 돌아가지 않는 사태가 발생한 것은 그룹 형성이 시작된 지 얼마 지나지 않아서였다.

호우센 카즈오미가 이끄는 1학년 D반 학생들의 완강한 그룹 참가 거부 그리고 카드 교환을 거절하는 움직임. 그룹을 만들고 싶으면 돈을 내라고 세 반에 요구해온 것이다.

그리하여 자유롭게 그룹을 만들 수 없는 상황에 봉착하고 말았다.

6월에는 호우센의 마음이 바뀔 것을 기대했던 각 반 대표들이었지만, 7월로 접어든 오늘에 이르러서도 상황에 변화는 찾아오지 않았다.

1학년 나머지 반에서 D반을 무시하자는 목소리도 많이 나왔지만, 1학년 B반 야가미 타쿠야가 제동을 걸었다. 그는 D반을 무시하고 세 반만으로 그룹을 짜는 것이야 간단하지만, 이 특별시험의 중요한 부분인 『다른 학년』과의 경쟁. 이 점을 최우선으로 했을 경우, 최적의 그룹을 만들기 위해서는 모든 반에서 인재를 선출해야 할 필요가 있다고

243

주장했다. 그리고 거의 같은 시기에 야가미와 생각이 같은 학생들의 찬성 의견도 나오면서 7월까지는 상황을 지켜보는 것으로 세 반이 합의됐다.

그런데 호우센이 계속 무시하는 태도로 일관하자, 그러한 담합도 별 의미 없이 끝났다.

그리고 기일을 맞이한 오늘, 상황을 타개하기 위해 각 반 대표가 모이기로 약속되어 있었다.

회의는 일부러 기밀성을 높이지 않기 위해 간단한 형태로 모이자고 야가미가 제안. 반의 리더 또는 그에 가까운 인물이 나오는 것으로 합의했으나 중요한 D반으로부터는 대답을 받지 못한 채 방과 후에 접어들었다.

아무도 없는 1학년 교실이 늘어서 있는 복도, 그곳에 제일 먼저 모습을 드러낸 사람은 1학년 B반 야가미였다. 발안자로 누구보다도 먼저 모습을 드러내야 할 필요가 있다고 판단했기 때문이다.

그리고 잠시 후 1학년 C반의 우토미야 리쿠가 나타났다.

"아직 야가미밖에 없는 건가."

"아, 우토미야. 왠지 네가 나올 것 같았어."

"나는 리더가 아니지만 다른 애들은 이런 데 나오기 싫어해서. 발언할 때는 자기들 마음대로 떠들어대면서 꼭 이런 성가신 일은 꺼린다니까, 우리 반 애들은."

"네가 그만큼 믿음이 가서 그러겠지. 이번 달에 갱신된 OAA를 보니까 사회 공헌도가 B까지 올라갔던데."

그렇게 말하며 야가미가 생긋 웃었다.

우토미야는 칭찬받는 상황인데도 인상을 찌푸렸다.

눈앞의 야가미는 신체 능력은 C지만 학력은 A. 게다가 거듭되는 B반에 대한 공헌 등으로 기지 사고력과 사회 공헌도까지 A로 상승. 종합 능력이 우토미야보다 월등히 앞서 있었다. 더구나 우토미야의 C반은 그런 걸로 기뻐할 만한 상황이 아니었다.

"우린 반 친구를 잃었어. 솔직히 적지 않은 손실이라고 생각해."

"나도 하타노가 퇴학당할 줄은 몰랐어. 정말 유감이야."

"……응."

하타노는 1학년 C반 남학생으로 학력 A인 귀중한 존재였다.

그런데 어기면 즉시 퇴학인 페널티 행위를 저질렀고, 그것이 치명상이 되었다.

어딘지 느슨했던 1학년들은 다시금 이 학교의 가혹함을 깨닫는 계기가 되었다.

그렇지만 하타노가 퇴학당한 지 벌써 한 달.

우토미야는 이제 아쉬워할 시간조차 아까웠다.

우수한 학생을 잃어버린 지금, 다음 특별시험에서 확실한 성과를 남겨야 한다.

"하타노와 친했었지?"

"그래, 같이 학생회에 들어가서 학교를 발전시키자고 약

245

속했었는데."

우토미야는 가볍게 고개를 끄덕인 후 1학년 D반 교실 쪽을 바라보았다.

"호우센은 올 것 같아?"

이 회의가 열리게 된 원흉에 대해 우토미야가 물었다.

"반반 아닐까?"

"반반? 호우센을 꽤 믿는 것 같네. 난 안 올 거 같은데."

"이 자리에 안 나타나면 세 반에서만 그룹을 짜게 돼. 그렇게 되면 비싸게 굴던 D반만 남게 되지. 1학년 D반은 승산이 사라지는 거야."

"우리한테서 프라이빗 포인트를 뜯어낼 생각으로 이러는 거면 진짜 오만방자한 거야. 이번엔 원활하게 그룹을 만드는 데 의의가 있어. 2학년, 3학년이랑 대결해야 하니까 꼭 그렇게 해야 해. 그런데 호우센은 그걸 거부했어."

같은 1학년끼리, 싸우지 않아도 될 부분을 두고 싸우려 하고 있다.

"표면상으로는 그렇지. 하지만 호우센이 그걸 진심으로 바라고 있다고는 생각하지 않아."

"밀당이라는 건 나도 알아. 하지만 승산 없는 밀당이라고."

"진심으로 밀당하려는 거면 오히려 고마운 일 아닐까? 다른 반 입장에서 호우센이 그 정도로 위협적이지 않다는 얘기가 되니까."

"……그러네."

호우센이 무슨 생각을 하는지 알아보기 위한 자리이기도 하다고 야가미가 설명했다.

두 사람이 의논하는 사이에 세 번째로 모습을 드러낸 사람은——

"오! 리쿠, 타쿠야. 역시 너희구나."

큰 목소리로 두 사람에게 손을 흔들며 가까이 온 사람은 1학년 A반 타카하시 오사무였다.

학력은 C+로 다소 낮지만, 누구와도 쉽게 친해지는 장점이 있어 대화의 장에 불려올 때가 많았다. 다른 반 다른 학년에 많은 친구가 있었다.

"오사무 군이 오다니, 또 성가신 일을 떠맡게 된 건가요."

"우리 리더는 성가신 일을 싫어하는 타입이라서. 이런 자리에는 내가 참석하지."

"뭐, 오사무가 와야 대화가 더 잘 풀리니까."

우토미야가 그러하듯이 이 대화의 장에 오는 사람은 꼭 리더가 아니어도 된다.

오히려 말 잘하는 학생이 와주는 편이 다른 반 입장에서도 고마웠다.

"남은 사람은 카즈오미 녀석뿐인가."

집합 시간까지 이제 3분 정도 남았다. 그때까지 모습을 드러내지 않는다면 세 사람은 망설이지 않고 대화를 시작할 것이다.

"그냥 바로 그룹을 짜는 게 낫지 않아? D반을 고립시켜서 빨리 눌러버리고 싶은 게 솔직한 심정이야."

"무인도 시험은 학력 이외의 요소도 요구된다고 해요. D반은 학력 부분만 놓고 보면 학년 최하위지만, 신체 능력이라는 점에 있어서는 1위와 근소한 차이인 2위. 그룹에 중요한 역할을 맡을 가능성이 있어요."

"리쿠가 하고 싶은 말이 뭔지는 잘 알겠어, 우리 반도 지금 상황에 너무 화가 나. 그래도 포기하기에는 아직 이르지 않을까? 이번처럼 학년끼리 서로 협력할 시험이 앞으로도 또 있을지 모르는데?"

우토미야의 D반을 배제하자는 제안에 야가미는 시종일관 D반을 감싸는 태도를 보였다. 그리고 타카하시는 그 중간에 위치하는 상황이었다.

"협력할 필요가 있으면 세 반이 하면 되지. 그야 D반에도 쓸 만한 전력이 있다는 건 인정하지만, 호우센의 비위를 맞춰주면서까지 요청할 일은 아니야. 이제 슬슬 약속 시간이 다 됐네. 세 반이 짜는 방향으로 갔으면 좋겠어."

"그렇게는 안 될 것 같네, 리쿠."

그런 회의의 방향을 다 내다보고 있었다는 듯이, 그 남자가 느긋하게 모습을 드러냈다.

"역시 왔네, 호우센 군."

야가미가 미소 지으며 반기자, 호우센은 늘 그러하듯 꺼림칙하게 하얀 이를 드러내며 걸어왔다. 우토미야는 그를 한 번 흘긋 쳐다본 후 창밖으로 시선을 돌렸다.

"좋은 타이밍에 등장했잖아, 카즈오미."

타카하시가 호우센을 보고도 겁먹지 않고 친근하게 말을 걸었다.

그는 어디까지나 모두와 친하게 지내자는 주의였다.

"친한 척 이름 부르지 마라, 죽고 싶지 않으면."

그런 타카하시를 위협한 호우센은 다시 야가미와 우토미야를 쳐다보았다.

"돈을 낼 생각이 들었나?"

"웃기지도 않은 농담 하지 마. 너한테 줄 돈 따위 1포인트도 없으니."

"자자, 다들 진정해요. 처음부터 싸움조로 나오면 회의가 되지 않으니까요."

"그럼 다 모였으니까 회의를 시작해볼까. 그룹의──"

"멋대로 시작하지 말라고."

호우센이 어깨로 쳐서, 타카하시가 엉덩방아를 찧었다.

그 행동이 마음에 들지 않은 우토미야가 호우센을 무섭게 노려보았다.

"호우센, 여기서 폭력 쓰는 건 그만두지?"

"뭐? 날 방해할 셈인가?"

"필요하면 그렇게 하지."

"핫, 재밌네. 어디 할 수 있으면 해봐라."

왼손을 들어 올리자, 바닥에 넘어져 있던 타카하시가 당황하며 소리쳤다.

"잠깐, 잠깐, 기다려! 내가 미끄러져서 넘어진 것뿐이니까 진정해, 리쿠."

"그렇다는데?"

"미안하지만 난 타카하시처럼 착하지 않아서."

"그럼 어디 한번 보여줘 보실까?"

호우센이 주먹을 움켜쥠과 동시에 그의 팔을 우토미야가 붙잡았다.

"호오……?"

붙잡힌 팔에서 강한 악력을 느끼고 호우센이 기쁘다는 듯 웃었다. 우토미야의 시선은 그냥 겉보기만이 아니라 필요하다면 정말로 이 자리에서 싸우겠다는 결의까지 보이고 있었다.

호우센은 지금 여기서 주먹다짐을 해도 재미있겠다고 생각하다가 마음을 고쳐먹었다.

방식은 달라도 다른 학년과 싸우는 것을 호우센은 누구보다도 갈망하고 있었다.

"너와는 재미있게 놀 수 있을 것 같군. 기대감을 잘 간직하고 있겠어."

"폭력을 놀이로 생각하는 건가."

"그래, 놀이지."

"시답잖군. 하지만 네가 그걸 원한다면 나중을 기약할 게 아니라 지금 당장이라도 응해줄 수 있어. 단, 두 번 다시 우리 반 애들한테 손대지 않는다는 조건을 받아들일 때

얘기지만."

일촉즉발의 상황 속에서 두 사람이 한 치의 양보 없이 서로를 쏘아보았다.

"어이, 그게 무슨 의미야."

"난 네가 하타노를 퇴학당하게 만들었다고 보고 있어. 그 녀석은 쉽사리 부정을 저지르는 애가 아니니까."

"피라미 새끼가 퇴학당할까 봐 쫄다가 자폭한 것뿐인데."

"난 퇴학이 결정된 순간 하타노의 얼굴을 똑똑히 기억해. 녀석은 누군가가 놓은 덫에 걸린 거야."

"그게 나라고?"

"너 말고 누가 또 있겠어?"

한 번은 호우센이 먼저 물러나려고 했었는데, 다시 불이 붙기 시작했다.

"둘 다 진정해. 리쿠도 괜히 시비조로 나오면 카즈오미가 원하는 대로 해주는 거라고."

"타카하시 군의 말이 맞아요. 지금 중요한 건 무인도 서바이벌에 주력하는 겁니다."

"그래, 그러고 보니 다음 특별시험에서 다른 반이랑 그룹을 짜야 한댔지."

꼭 지금까지 생각조차 하지 않았다는 듯한 호우센의 말.

"그게 뭐. 넌 반끼리 협력하는 걸 거부했어. 그러니 너랑은 상관없는 얘기잖아."

"꼭 원한다면 너랑 그룹을 짤 수도 있는데?"

"웃기고 있네. 마지막에 남은 한 사람이 너라고 하더라도 너랑 그룹 하는 일은 없어."

"차갑기는."

우토미야가 호우센의 팔을 천천히 놓았다.

그 모습을 지켜보던 야가미가 기다렸다는 듯이 나섰다.

"시간 아까우니까 이만 시작할까요?"

"누가 회의에 참여한다고 했냐? 시작은 무슨 시작."

"그럼 여기 온 이유는 뭐죠? 단순히 시간을 보내려고 왔나요?"

"그렇다면?"

"믿을 수 없어요. 그 정도로 바보도 아니잖아요?"

호우센을 상대로 야가미는 겁먹지 않고 미소 지으며 대답했다.

"무인도 서바이벌이라니 엉뚱하기 짝이 없는 시험이지만 2학년이랑 3학년은 각자 한 번씩 경험했지. 우리 1학년이 압도적으로 불리한 상황에서 시험에 임해야 하는 상황이야."

"하지만 우리한테는 핸디캡이 있잖아?"

낙관적인 타카하시에게 야가미가 부드러운 태도를 일관하며 설명을 이어갔다.

"학력도 신체 능력도 우리보다 많이 경험한 2, 3학년이 유리한 건 틀림없어. 연대하지 못하면 일방적으로 상급생들의 먹잇감이 될지도 모르는걸?"

그렇기에 네 반의 협력이 필요하다고 야가미가 강조했다.

"미적지근한 소리 지껄이지 마라, 야가미. 난 2학년이고 3학년이고 밟아줄 자신 있으니까."

"물론 개개인의 능력이야 그보다 뛰어난 학생도 있지. 하지만 종합 능력으로 봤을 때 1학년이 뒤처져 있다는 건 숨길 수 없는 사실이야. 모두가 호우센 군 같지는 않으니까."

변함없이 부드러운 태도 그리고 호우센을 치켜세우는 자세를 보여주며 회의가 파탄 나지 않게 잘 유지해나갔다.

"그래서—— 우리 1학년끼리 힘을 합해서 강력한 『4인 그룹』을 적어도 하나 정도는 만들 필요가 있다고 생각했어. 호우센 군이 말했듯이 2학년과 3학년을 상대해도 절대 지지 않는다고 단언할 수 있는 학생들을 모아서 말이야."

"그러니까 우리는 이 특별시험에서 반 포인트를 두고 경합을 벌이지 않는다는 이야기인가."

"학년끼리 협력하는 걸 어렵게 만드는 규칙이니까 남은 시간이 별로 없는 2학년과 3학년은 이 특별시험의 기회손실을 받아들이기 힘들어. 하지만 우리한테는 아직 2년 넘는 시간이 남아 있지. 그러니까 반 포인트는 일단 제쳐둬야 해."

아직 A반에서 D반까지 벌어진 반 포인트는 최대 300 정도. 야가미가 급하게 굴 필요는 없다고 주장하자, 우토미야는 생각이 다른지 미간을 찌푸렸다.

"다른 반이랑 그룹 해서 얻을 이익이 별로 없어. 반 포인트를 버리는 허튼 행위야."

"상급생의 제물이 되어버리면 그걸 따질 상황이 아니게
되지."

"하지만 1학년 내에서 우열이 가려지지 않아."

싸운 결과 제물이 되는 거라면 어쩔 수 없는 일이라고
우토미야가 강조했다.

"아, 잠깐만. 타쿠야가 그렇게 말하니까 갑자기 궁금해
졌는데 그룹을 왜 하나만 만들어? 상위 세 반까지가 반 포
인트 대상이잖아? 시험에서 그룹이 합류하는 것까지 생각
하면 강한 그룹을 더 많이 만드는 게 낫지 않아?"

그런 타카하시의 의문에 야가미가 바로 대답했다.

"물론 그렇지. 하지만 처음부터 강한 그룹을 많이 만들
려고 모색하면 그 그룹 사이에서 또 균형을 잡으려고만 하
겠지. 상대는 상급생. 쉽게 이길 수 있는 상대가 아니야.
그러니 확실하게 1위를 차지할 최강 4인 그룹을 의식적으
로 만드는 게 중요하다고 봐. 시험에 들어가면 자유롭게
그룹을 짜는 게 어려울 것 같고, 상급생은 열심히 연대한
다 해도 세 명씩 세 반밖에 서로 협력할 수 없으니까."

야가미의 이야기를 들은 타카하시가 그 의도를 알아차
렸다.

"1위만 차지하면 최악의 경우 나머지는 다 버려도 된다
는 거네."

"호우센 군을 무시하고 세 반끼리 협력해도 강한 그룹이

야 충분히 만들 수 있어. 하지만 그럼 다른 학년과 똑같은 방식이 되지. 네 반의 협력을 강하게 바라는 이유는 전력을 뽑아내기 위해서만이 아니야. 학년끼리 완전히 단결해서 싸우겠다는 의사 통일이 빠지면 안 된다고 생각했기 때문이야. 우리 1학년에게만 주어진 『네 명까지 들어갈 수 있는 소그룹』이라는 규칙. 이 부분을 버릴 필요는 없으니까. 귀중한 핸디캡을 버리면 너무 아깝잖아."

D반만 따돌리면 당연히 1위를 방해받는 전개로 발전할 수 있다.

그렇게 되면 물불 가리지 않고 승리를 저지해올 게 명백하니까.

네 반이 완전 협력 체제를 만들 수 있는 이상 그 이상형을 목표로 삼아야 한다고 야가미가 주장했다.

그리고 다시 호우센과 마주 보았다.

"너 혼자서라도 충분히 선배들과 싸울 수 있다는 거 알지만 도와줬으면 해."

야가미는 어디까지나 네 반이 필요하다고 호소했지만, 우토미야는 호우센을 미심쩍다는 듯 쳐다보았다.

지금까지 보름 넘게 회의조차 거부해온 남자가 지금 와서 받아들일 거라는 생각은 들지 않았기 때문이다.

"좋아, 협력해줘도."

그런데 호우센이 야가미의 제안을 바로 승낙했다.

"……무슨 꿍꿍이야, 호우센."

"무슨 꿍꿍이? 도와달라는 귀여운 부탁을 들어주려는 것뿐인데."

"그럼 조건을 들어볼까요?"

호우센이 돌변하자 야가미가 시간 아깝다는 듯 재촉했다.

"비어 있는 나머지 두 자리에 D반 학생을 넣을 것. 이게 절대 조건이다."

"뭐?"

D반만 이득을 볼 가능성이 있는 제안에, 우토미야가 불쾌감을 드러냈다.

"하지만 임의로 그룹을 짤 수 없는 경우에는 어떻게 하죠?"

"말했잖아. D반 학생을 넣는 게 절대 조건이라고."

"그렇군요. D반의 두 명을 받을 수 없는 경우에는 넷이 알아서 하라는 거네요."

"최강 네 명으로 구성될 거니까 승패와는 상관없겠지?"

"장난하지 마라, 호우센."

"장난하는 거 아닌데. 마음에 안 들면 네놈이 빠지던지."

"이 자식이……."

호우센의 횡포 같은 요구에 우토미야가 덤비려고 했다.

그런 우토미야의 앞을 야가미가 비집고 들어갔다.

"진정해요, 우토미야 군. 저는 그 조건이라도 좋다고 생각합니다."

"D반한테 유리하게 가자고?"

"제일 우선해야 할 건 우리 1학년이 단결하는 것. 절대로 다른 학년에 지지 않는 것입니다."

"하지만 이걸 허용하면 앞으로도 호우센은 이렇게 기어오를 거라고."

"그렇다고 지금 여기서 호우센 군의 D반을 배제한다고 해서 뭐가 달라지나요?"

"그건……."

"이번 시험은 1학년이 이기는 게 제일 중요합니다. 그 이외는 잃어도 손해가 아니에요."

"나도 찬성이야, 리쿠. 마음은 알겠지만, 일단은 1학년끼리 서로 협력해야 해."

우토미야는 노골적으로 혀를 찼지만 야가미와 타카하시의 설득을 받아들이고 단념했다.

"그 이상의 요구는 없는 거다. 알겠어? 호우센."

호우센은 우토미야의 요구를 한 귀로 흘리고 등을 돌렸다.

회의가 다 끝났다고 말하기라도 하듯이.

"마지막으로 하나 더, 우리 1학년이 단합해야 할 것이 있습니다. 보수 아이템을 두고 다투지 않도록 학년 전체가 조금씩 조정해서 최대 효과를 발휘할 수 있게 통일시키는 겁니다. 하위로 떨어질 것 같은 그룹에 능력이 부족한 학생을 모아서 반감 카드를 할당하는 것도 중요하죠. 그것도 받아들여 주시는 거죠? 호우센 군."

"좋을 대로 해라."

호우센은 아쉬워하는 투도 없이 바로 자리를 떴다.

그 뒷모습을 세 사람이 지켜보는 가운데, 타카하시가 야가미에게 말했다.

"그런데 타쿠야, B반은 누굴 고를 생각이야?"

"적어도 이 자리에 나온 사람들은 전부 최강 그룹에 들어갈 수 있는 인재라고 생각하는데, 물론 호우센 군까지 포함해서. 내가 잘못 생각하는 걸까?"

야가미는 부드러우면서도 예리한 시선으로 타카하시와 우토미야 그리고 호우센의 뒷모습을 보았다.

"호우센의 능력은 인정하지만, 동료로 끌어들이는 건 잘못 생각하는 것 같아. 놈은——."

"뭐, 그건 다시 찬찬히 결정하자고요. 여기서는 일단 방향성을 통일시킨 것만으로 충분하지 않을까요?"

"……알았어."

"우리가 힘을 합하면 1위를 차지할 수 있어요. 일단 그걸 목표로 합시다."

시큰둥하기는 했지만, 우토미야도 납득하면서 회의가 끝났다.

1

다음 날 방과 후, 케야키 몰의 카페.

"그 손목시계, 똑딱거리는 초침이 거슬려서 뭔가 싫네."

아마사와가 앞에 앉은 호우센이 왼팔에 찬 손목시계를 쳐다보며 밉살맞게 말했다.

"시끄러워. 네가 이 시계의 가치를 알기나 하냐?"

"가치? 프리미엄이라도 붙었니? 싫어하는 걸 기억할 만큼 한가하지 않아서."

"핫, 이래서 여자란 시시하다니까."

호우센은 웃으며 손목시계를 한 번 만졌다.

"너 말이야…… 뭐, 됐어. 그래서 용건이 뭔데?"

"널 불러낸 건 이번 무인도 시험 일로. 나랑 짜라, 아마사와."

"뭐?"

미간을 찌푸린 아마사와를 노려보았지만, 그녀는 전혀 겁먹지 않고 악마 같은 미소를 지었다.

그리고 꼬고 있던 다리를 천천히 내리더니 두 다리를 조용히 벌렸다.

"팬티 보고 싶니? 테이블 밑에서 들여다봐도 되는데?"

납죽 엎드리는 자세를 취하면 쩍 벌린 두 다리 사이를 볼 수 있다.

그러자 호우센은 테이블에 오른쪽 팔꿈치를 올리더니 앞으로 몸을 쑥 기울였다.

"내가 여자한테는 손을 안 댈 줄 아냐?"

"아니, 전혀. 아무렇지 않게 때리는 애라고 생각하니까 안심해."

"그럼 시답잖은 소리 하지 마라. 시간 낭비니까."

"시간 낭비구나. 그럼 일단 물어볼까. 네 계획. 왜 나한테 그런 제안을 하는 거야?"

"네가 '아야노코지 퇴학시키기'에 주저하지 않는 담력을 가졌으니까."

"뭐, 하긴? 상금에 대해 알면서 아무것도 안 하는 애나, 노릴 생각은 있어도 어중간한 수작밖에 못 거는 애밖에 없긴 했지. 2,000만이라는 거금이 걸려 있는데 전력을 다해야 하지 않나, 보통은?"

주눅 들지 않고 그렇게 말하는 아마사와.

"그래서? 나한테 돌아오는 건? 나 비싼데."

뭘 해줄 건지 묻는 아마사와의 등 뒤로 냉정한 목소리가 날아들었다.

"우리는 대등한 입장일 텐데요. 예전에 그렇게 말했었죠."

조금 늦게 합류한 나나세였다.

"대등~? 귀여운 얼굴로 아주 똑 부러지게 말하네. 너의 그런 겁 없는 구석을 호우센 군이 평가해주는 걸까?"

테이블에 도착해 세 명이 다 모였다.

"그렇구나. 호우센 군이 생각하는 그룹이 이 셋이란 말이지? 나머지 한 명은?"

"필요 없어. 이번 무인도 시험에서 이기는 건 2학년도 3학년도 아니다. 우리 세 명이지."

"꽤 세게 나가네. 하지만 상급생들은 1학년과 달리 만만치 않은 인물이 많은 것 같던데?"

"상관없어, 전부 밟아준다."

"뭐, 설령 호우센 군의 실력이 최고라고 해도…… 우리 1학년은 네 반이 모두 협력해서 싸우기로 한 거 아니었어? D반의 주력이라면 틀림없이 내 눈앞에 있는 두 사람이 들어갈 줄 알았는데?"

"그걸 판단하는 건 D반을 책임지고 있는 나다. 무슨 뜻인지 알겠지?"

"태연하게 조무래기들을 주력 대표로 보내겠다는 거네. 전방위로 싸움을 걸어보시겠다?"

"무엇을 주력으로 여기느냐에 따라 다른 거죠. 적어도 학력 또는 신체 능력이 뛰어난 학생을 내보내면 큰 반발은 사지 않을 겁니다. 그리고 호우센 군이 최강 그룹에 들어가면 어차피 문제일 테니."

"하긴, 연대 플레이는 안 할 테니까. 그런 의미에서는 빠지는 편이 무난할지도. 그럼 본론으로 돌아와서, 얼마 줄 거야?"

"줄 돈은 없어요. 아까도 말했지만 우리는 대등합니다. 물론 D반이 많이 얻을 프라이빗 포인트는 균등하게 나눌 거고요."

그것으로 만족할 수 없겠느냐고 나나세가 물었다.

"하지만 말이야, 공헌도 면에서 대등할 수가 없지 않아?

난 무인도고 뭐고 그 누구보다 공헌할 자신 있는데. 체력이 꽤 필요한 모양이던데, 요 귀여운 나나세 짱이 날 따라올 수 있겠어?"

"시험해볼까요?"

도발에 도발로 응수하는 나나세. 아마사와는 호우센에게로 시선을 옮겼다가 아무런 예고도 없이 나나세의 얼굴로 손을 뻗었다. 불시에 공격해 동요시킬 목적으로.

하지만 빠르게 뻗은 그 팔을 나나세가 망설임 없이 붙잡았다.

"대담하군요, 여기서 시험하다니."

"우와. 뭐야, 그쪽으로도 꽤 강한 거? 나 강한 여자애 너무 좋아."

"그러는 그쪽도 보통은 아니네요."

"글쎄? 더 시험해봐도 되는데?"

한쪽은 웃고 한쪽은 무표정이었다.

서로의 힘을 탐색하는 시간이 흘렀다.

"나랑 나나세, 그리고 너까지 셋이서 그룹을 만드는 거다. 알았어?"

"나나세 짱이 나름대로 몸을 잘 쓴다는 건 이제 알겠는데, 그래도 역시 난 대등하다는 생각이 들지 않네."

"왜죠? 이 그룹 셋 중에 두 명이 D반이어서인가요?"

"그딴 건 신경 안 써. 개인이 받을 수 있는 프라이빗 포인트는 균등하게 나눠 줄 거라고 했으니. 다만…… 내 협력이 필요하면 추가로 돈을 좀 더 줘야지."

그렇게 말하며 아마사와가 왼손을 주먹 쥔 다음 엄지와 검지 끝을 비비며 팁을 요구하는 제스처를 취했다.

"나를 사고 싶다고 나온 이상, 조금이라도 더 비싸게 나를 팔고 싶은 거야 당연하잖아?"

"아주 대범하게 나오는군. 나나세도 그렇고 너도 그렇고, 야가미와 타카하시보다도 여자들이 훨씬 배짱이 두둑하다니."

"몰랐어? 요즘 시대는 여자가 더 강해."

"그럼 물어보자. 그룹 보수 이외에 또 뭘 원하지?"

"1위는 당연하고. 하지만 중요한 건 그게 다가 아니야."

아마사와는 왼손으로 취하던 제스처를 그만두고 엄지만 세워 자기 목으로 가져갔다.

그러더니 오른쪽에서 왼쪽으로 천천히 당겼다.

"아야노코지 선배를 퇴학시키고 얻는 포인트는 전부 내 거. 그게 조건이야."

"핫, 터무니없게 나오는군. 쉽게 받아들이기 힘든 조건인데."

"그럼 거절할까나. 그런데 나한테 거절당하면 어떻게 해? 나나세 짱 말고 믿을 사람이 없으면 특별시험 때 고생 좀 하는 거 아니야?"

호우센은 조금 전에 아마사와가 말했듯이 전방위로 싸움을 걸고 있다.

게다가 네 반이 협력하려는 상황 속에서 멋대로 만드는 그룹이라면, 다른 학생이 쉽게 도와줄 리도 없다. 괴짜 아마사와 정도 되어야 할 수 있는 행동이다.

"나도 호우센 군이랑 그룹이 되면 A반에서 더 고립될 거라고. 그에 상응하는 대가가 없으면 예스라고 대답할 수 없는 것도 당연하지 않겠어?"

호우센과 아마사와의 시선이 충돌했다.

"그야 퇴학시킨 그 상금을 나한테 줘버리면 특별한 돈은 가질 수 없지. 하지만 아야노코지 선배를 퇴학시켰다는 명예는 호우센 군한테 전부 넘길게. 그거면 충분하지 않아?"

"받아들일 필요 없어요. 1학년 A반에 2,000만 포인트나 되는 거액이 넘어가는 건, 앞을 생각했을 때——"

"입 다물어, 나나세."

나나세의 충고를 도중에 끊고, 호우센이 아마사와의 눈을 계속 응시했다.

"상금을 주지."

"고마워. 쪼잔하지 않은 남자, 멋있다고 생각해."

그렇게 말한 아마사와가 가볍게 의자에서 일어났다.

"본 시험 때 잘 부탁해."

교섭이 마무리된 이상 오래 머물러 봐야 쓸데없다며 아마사와는 망설임 없이 사라졌다.

"괜찮겠어요, 정말로?"

"괜찮아."

"알겠습니다, 결정하는 사람은 당신이니까. 하지만 아마사와 씨를 믿어도 괜찮을까요? 그녀는 아무렇지 않게 같은 편을 배신하는 타입이라고 생각하는데요."

"믿어? 내가 믿는다고 멋대로 단정 짓지 마라. 난 아마사와도, 너도 안 믿으니까."

"그럼 왜 그녀와 그룹이 되려고 한 거죠?"

"다른 쓰레기들이랑은 다르니까. 너처럼 속을 알 수 없는 구석이 있어."

"그렇군요, 과연 그럴지도 모르겠습니다. 하지만 그래도 2,000만 엔은 너무 파격적인 조건이에요."

"말로 뭔 약속을 못 해. 내가 퇴학시켰다는 사실만 확실해지면 입금되는 곳도 당연히 나지. 그 녀석이 나중에 질질 짜도 나랑은 상관없고."

애초에 지킬 생각도 없는 약속이었다고 호우센이 말했다.

"지독한 사람이군요."

"아야노코지도 류엔도, 다른 어중이떠중이들도, 나한테 덤비는 놈은 싹 다 밟아버릴 거야. 이 학교의 미친 규칙에 점점 빠질 것 같아서 견딜 수가 없군."

즐거워 죽겠다며 호우센은 웃음을 참지 못했다.

2

여름방학도 가까워진 7월 6일. 동아리에 가는 아키토를 제외한 전원이 교실 입구와 가까운 내 자리 주변에 모였다. 지금부터 케세이의 방에 가기로 약속했기 때문이다.

"아야노코지, 잠깐 시간 있어?"

다 함께 교실을 나가려는데, 뒤따라온 쿠시다가 내게 말을 걸었다.

"왜?"

최근 들어 쿠시다가 나에게 말을 거는 횟수도 줄어들었기 때문에 조금 흔치 않은 일이었다.

한 달에 한 번 있는 송금도 기본적으로 돈을 주고받는 것밖에 하지 않는다. 매달 입금되는 프라이빗 포인트는 반 전원 공통이어서 일일이 서로 확인할 필요성도 없었다.

"실은 아야노코지를 만나고 싶어 하는 1학년이 있는데…… 지금은 좀 어려울까?"

쿠시다가 하루카를 비롯한 그룹 아이들에게 미안한 눈빛을 보내며 말을 이었다.

"아마 한 시간 정도면 끝날 것 같은데. 자리를 마련해줬으면 좋겠다고 부탁받아 버려서."

"뭐야 뭐야, 키요뽕, 설마 여자 후배한테 고백이라도 받는다거나?"

그런 하루카의 추궁에 아이리가 당황했다.

"으, 으아앗?! 그, 그런 거야?!"

"만약 그런 거라면 허락해줄 수 없겠는데."

혼자 말하고 혼자 허락 안 하고.

"……그런 거야?"

일단 혹시 몰라서 쿠시다에게 확인해보기로 했다.

"응? 아, 그게…… 만나고 싶다는 사람은 남자인데…….
미안해."

곤란한 표정으로 사과했다.

아니, 전혀 사과할 일이 아니다.

그런 일은 아닐 줄 알면서도 좀 마음이 놓였다.

"보내줘도 괜찮지 않아? 1학년이랑 조금이라도 교류해
두는 편이 좋으니까."

"그래. 우리 그룹은 특히 인간관계를 어려워하는 편이니
까, 키요타카가 1학년에 아는 얼굴을 늘려둬서 손해 볼 건
없지."

1학년의 목적은 제쳐두고, 조금은 얼굴을 내미는 편이
좋겠다고 두 사람이 말했다. 아이리도 고백이 아니라는 이
야기에 안도하면서 흔쾌히 보내주는 태도를 보였다. 그렇
다면 나로서도 거절할 이유가 딱히 없다.

"알았어. 어떻게 하면 되는데?"

"고마워! 음, 그럼 아야노코지가 받아들였다고 말 전할게."

쿠시다가 스마트폰을 꺼내 어딘가로 전화를 걸었다.

"그러면 우리는 먼저 가 있을 테니까 나중에 합류해."

가볍게 그런 대화를 나눈 후 아야노코지 그룹은 기숙사
로 먼저 돌아갔다.

"미안해."

아직 전화가 연결되지 않는지, 스마트폰을 귀에 댄 상태로 다시 사과해왔다.

"괜찮아. 애들도 그런 일로 뭐라고 하지 않으니까."

잠시 후 1학년 남학생인 듯한 상대와 전화가 연결되었다.

"아, 여보세요? 아야노코지가 지금 만날 수 있대. 응, 응. 아, 그래? 그럼, 여기서 기다릴게."

10초도 채 되지 않아 통화를 마친 쿠시다.

"이미 이쪽으로 오고 있대. 엇갈리면 안 되니까 여기서 기다리자."

나를 만나고 싶어 하는 1학년이 벌써 2학년 교실로 오고 있다고 했다.

"그나저나 넌 1학년이랑 벌써 많이 친해진 모양이네."

"뭐라고? 벌써 7월인걸? 그럴 시간이 아주 많았던 것 같은데……."

"……듣고 보니."

1학년이 학교에 들어온 지도 벌써 석 달이 넘었다. 복도 창문으로 밖을 보니, 높이 떠오른 태양이 땅을 뜨겁게 비추고 있었다.

이제 곧 매미들의 첫 울음소리, 대합창이 시작될 시기가 찾아온다. 소통에 어려움을 느끼는 나에게는 고작 3개월이지만, 쿠시다의 입장에서는 차고 넘칠 정도의 기간이었다는 건가.

"아야노코지도 1학년에 친구는 생겼지?"

그 정도는 당연한 거 아니야? 하는 식으로 물었지만, 전혀 아니다.

"친구라고 부를 수 있는 상대는 아직 0이야."

"그, 그렇구나. 뭐…… 그렇다고 당황할 필요는 없어. 이제부터 만들면 되니까."

배려하듯 감싸주는데, 왠지 마음이 허무하다. 말을 섞게 된 1학년이야 몇 명 있다. 하지만 개인적으로 연락하는 사이까지는 조금도 발전하지 않았다.

분위기가 미묘해지면서 대화가 일단 끊겼다.

사람들이 오가는 복도에서 쿠시다와 이제 무슨 이야기를 나눌지 고민하고 있는데 1학년이 모습을 드러냈다.

"쿠시다 선배."

모퉁이에서 모습을 드러낸 것은 호리키타, 쿠시다와 같은 중학교 출신이라는 야가미 타쿠야였다. 야가미가 나타나자 어색한 분위기를 날려버릴 기회라는 듯 쿠시다가 미소를 지었다.

"아야노코지를 만나고 싶다고 한 야가미야."

"안녕하세요, 아야노코지 선배. 시간 내주셔서 감사합니다."

쿠시다를 통해 말을 걸어오는 1학년이라고 할 때부터 어느 정도 예상은 했다.

"기억하기로—— 1학년 B반이었지?"

"네. 1학년 B반 야가미 타쿠야입니다."

야가미는 예전에 소동이 있었을 때 구경꾼 중 하나였는데 대화를 나누지 않고 끝났던 인물이다. 여름을 코앞에 두고 처음으로 말을 섞었다.

1학년 B반에서 리더로 대두되고 있는 모양인데, 실제로 그 세력이 어디까지 뻗어 있을까. 붙임성 좋고 귀여운 외모. 게다가 높은 학력까지 더해서 인기가 꽤 높을 것 같았다.

"장소 말인데요, 아무래도 서서 얘기하는 것도 그런데 제 방은 어떠세요? 마침 구하기 힘든 홍차를 예약 주문으로 구해뒀거든요. 끓이는 데 시간이 좀 걸리긴 하지만, 정말 맛있답니다."

괜찮으시다면 꼭, 하고 야가미가 권해왔다.

홍차는 평소에 별로 마시지 않아서 좀 흥미가 생겼다.

다만 한 시간 이내에 끝날 수 있을지는 좀 미묘할지도 모르겠군.

"아, 미안해, 야가미. 실은 이후에 아야노코지가 친구랑 만나기로 되어 있어. 가능하다면 한 시간 이내로 끝내줬으면 좋겠는데……."

시간이 걸릴지도 모른다는 것을 알아차린 쿠시다가 재빨리 도와주었다.

"그렇군요, 괜찮습니다. 그럼 케야키 몰의 카페에서 얘기 나누기로 할까요?"

조금 아쉬워하면서도 내 사정을 안 야가미가 흔쾌히 받아들였다.

"그럼 가볼까, 아야노코지."

살짝 고개를 끄덕인 나는 쿠시다, 야가미와 함께 케야키 몰로 향했다.

"그나저나 이제 곧 무인도에서 특별시험이 시작되네요. 쿠시다 선배는 작년에도 같은 특별시험을 경험하셨다고."

"응. 그땐 정말 힘들었어."

"어떤 규칙이 있었는지, 무슨 일이 있었는지 알려주시지 않겠어요? 저희 1학년은 경험이 없어서, 적어도 정보만이라도 모으고 싶어요."

"그거야 상관없지만…… 도움이 안 될 수도 있는데? 작년이랑은 규칙이 완전히 다른 것 같고."

"그건 이해하고 있어요. 3학년도 쿠시다 선배 쪽과는 다른 무인도 시험을 치렀다고 하고."

"그러고 보니 3학년도 무인도 시험을 쳤구나."

"선배들처럼 1학년 때 쳤다고 해요. 원래 무인도 시험은 재학 중에 한 번만 치는 모양인데── 올해만 특별한 건지 아니면 올해부터 바뀐 건지."

아무래도 야가미는 우리보다 훨씬 많은 정보를 가진 듯하다.

"이상한가요? 제가 3학년 정보를 가지고 있어서?"

묵묵히 듣고 있던 내게 야가미가 그런 식으로 물었다.

"학생회에 들어갔거든요. 그런 흐름으로 나구모 학생회장에게 물어보니 재작년 무인도 서바이벌 시험에 대해 친

절하게 알려 주셨어요. 그때는 반 내에서 네 명씩 그룹을 만들어 총 열두 그룹끼리 경쟁했다고 해요."

우리가 경험한 무인도 서바이벌 특별시험과는 다른 규칙.

같은 특별시험을 치르는 것은 일부 예외를 제외하고 기본적으로 없다고 봐도 되리라.

"2학년은 무인도에서 어떻게 보냈는지, 거기에 힌트가 있을지도 모른다고 생각합니다."

여기서 나와 쿠시다가 야가미에게 내용을 숨겨봐야 다른 누군가가 알려줄 게 불 보듯 뻔하다. 괜히 숨길 필요는 없으리라. 아니, 그보다도 쿠시다가 대답해주지 않을 리가 없다.

아니나 다를까, 작년 무인도 서바이벌에 대해 친절하게 설명해주기 시작했다.

나는 그 말을 잠자코 들으면서 두 사람보다 약간 뒤에서 따라 걸었다.

3

2학년이 친 무인도 서바이벌 시험의 내용을 다 들려주었을 무렵에는 케야키 몰의 카페가 바로 코앞까지 와 있었다.

순조롭게 들어갈 예정이었던 카페였는데, 뜻밖의 사태가 닥쳤다.

"꽤 많네요."

자리가 꽉 찬 카페. 입구 부근에는 대기자들의 모습도
보였다.

"어쩌지. 2층에 자리 있는지 볼까?"

"잠깐만요."

야가미가 스마트폰을 꺼내 왼손에 쥐고 뭔가를 누르기
시작했다.

"지금 친구한테 확인해봤는데, 2층 카페도 똑같이 만석
인 모양이에요. 어딜 가나 기다려야 한다면, 여기 대기자
가 두 팀밖에 없으니 여기로 하지 않으실래요?"

아무래도 카페에서 차 마시고 있는 친구에게 채팅으로
연락해 본 모양이었다.

군더더기 없이 빠른 판단. 우리가 동의함과 동시에 야가
미는 뒤에서 가까이 오고 있는 학생을 알아차렸다. 느긋하
게 굴다가는 또 한 팀 뒤로 순서가 밀릴 것 같았는지, 스마
트폰을 쥔 채 나머지 손으로 펜을 잡고 카페 입구의 보드에
자신의 성과 인원수를 멋진 글씨로 기입했다. 위에 적힌
다른 학생들의 갈겨 쓴 글씨와 비교되어 더욱 도드라졌다.

"와, 야가미 글씨 잘 쓴다~."

그 모습을 보던 쿠시다가 칭찬하는 것도 무리가 아니었다.

야가미가 기쁜 듯이 웃었다.

그리고 순서를 기다리기 위해 근처에 놓여 있는 의자로
셋이서 이동했다.

"공부는 잘하지 못해도 글씨만큼은 잘 써야 한다면서 할아버지가 가르쳐 주셨어요."

"할아버지께서?"

"네. 저희 할아버지가 서예 선생님이셔서."

"멋지다. 난 글씨를 잘 못 쓰거든."

그렇게 겸손 떠는 쿠시다였지만, 몇 번인가 본 기억으로는 딱히 못 쓰는 것도 아니었다. 야가미처럼 세련되게 잘 쓰는 것은 아니지만 여자애답게 동글동글한 글씨체랄까, 예쁘게 글씨를 썼던 것을 기억한다.

그나저나 야가미라는 학생은 자신의 높은 능력을 과시하지 않는군. 공부는 잘하지 못해도, 라고 말했지만 OAA 상의 학력은 현재 A로 무척 높은 평가를 받고 있다. 믿지 않은 우등생, 그런 느낌이 요스케와 어딘가 겹쳐진다.

얼마 뒤 4인용 테이블 석이 비어서, 우리는 주문을 마치고 그곳에 자리 잡았다.

"사실은── 지금 와서 뭐냐고 생각하실지도 모르지만, 아야노코지 선배에게 알려드려야 할 사실이 있어요. 1학년들 사이에, 극히 한정된 학생에게만 고지된 특별시험이 있다는 건 이미 알고 계시죠?"

쿠시다는 아무런 사전 설명도 듣지 못했는지, 이상하다는 얼굴로 야가미의 이야기를 듣고 있었다. 한정된 특별시험이란 물론 나를 퇴학시킨 사람에게 2,000만 포인트를 지급한다는 특별시험을 말하겠지. 야가미의 말투로 봐서는 그냥 소문을 들은 정도가 아니라 확실하게 알고 있는 듯했다. 하지만 혹시 몰라 어떻게 나오는지 살피기로 했다. 긍정도 부정도 하지 않고 야가미의 말이 이어지기를 기다리고 있자, 그에 대답하듯 야가미가 고개를 끄덕였다.

"저는 이미 4월에 그 이야기를 들었습니다. 다만, 누군가를 함정에 빠트리려며 얻는 보수에는 흥미가 없었기 때문에 참가할 마음은 전혀 없었어요."

실제로 야가미는 나에게 어떠한 접근도 시도하지 않았었다. 조금이라도 마음에 담고 있었다면 시선 한두 번 정도는 마주쳤어도 이상하지 않다. 하지만 내 존재를 의식하는 모습은 지금까지 단 한 번도 보지 못했다.

"왜 그걸 지금 나에게 말하려고 생각한 거지?"

"호우센 군이 선수 쳤다가 실패로 끝났다는 이야기를 최근에 들었습니다. 그리고 아야노코지 선배의 왼손에 상처를 만든 원인이라는 것도. 그러면 비인도적인 행동을 해도 이상하지 않기야 하지만, 제 상상을 훨씬 넘어서는 수단을 썼더군요."

"뭐, 아니라고는 안 할게."

쿠시다는 나와 야가미를 번갈아 쳐다보며 잘 모르는 이야기를 이해해보려고 귀를 기울였다. 이대로라면 야가미가 다 말해버릴 것 같았다.

"그리고 또 한 가지…… 선배에게 말씀드리기로 생각한 이유가 있습니다."

하지만 그 한 가지를, 야가미는 바로 얘기하려 하지 않았다.

"1학년을 지킨다는 의미에서도 저는 방관자로 일관할 생각이었습니다. 하지만 이대로 내버려 두면 아야노코지 선배…… 경우에 따라서는 같은 반인 쿠시다 선배한테까지 피해가 미칠 가능성이 있다고 판단했어요. 그래서 제가 알고 있는 걸 전부 말씀드리려고 이 자리를 마련해주십사 부탁드린 겁니다."

이야기를 듣던 쿠시다가 미안하다는 듯 왼손을 들고 질문했다.

"이게 다 무슨 소리인지 하나도 모르겠는데……."

"이대로 다 말씀드려도 괜찮습니까?"

"나한테 막을 권리는 없지."

야가미가 쿠시다를 동석하게 한 것은 쿠시다를 걱정하기 때문인 듯하니. 여기서 내가 안 된다고 말해봐야 내가 모르는 데서 말해버리면 어차피 똑같다.

"그럼 아야노코지 선배도 전부 아셔야 하니까 처음부터 설명해 드리겠습니다. 발단은 나구모 학생회장에게서 온 연락이었어요. 각 반 대표 한 명 또는 두 명을 정해서 학생회실에 몰래 모이라는 지시를 받았어요. 실제로 불려간 건 입학하고 얼마 지나지 않아서입니다."

야가미의 입에서 나온 『학생회』라는 키워드.

"그곳에 모인 1학년으로는 A반의 타카하시 오사무 군과 이시가미 쿄 군, B반은 저. C반에서는 우토미야 리쿠 군. 그리고 D반의 호우센 카즈오미 군과 나나세 츠바사 씨. 참가한 사람은 이렇게 총 여섯 명입니다."

정말 사실이라면 이건 귀중한 정보다. 1학년 C반의 그 두 사람은 단순한 우연으로 내게 말을 건 게 아니었다. 하지만 제일 마음에 걸리는 부분은 아마사와의 이름이 나오지 않았다는 부분이다.

"특별시험의 내용은 2학년인 아야노코지 선배를 퇴학시키는 것."

"뭐?! 아야노코지를 퇴학시킨다고?!"

목소리는 작았지만, 쿠시다가 깜짝 놀라 소리쳤다. 야가미는 고개를 끄덕인 후 말을 이었다.

쿠시다의 모습에서 사전에 알고 있었다는 수상한 낌새는 보이지 않았다.

"수단은 상관없고, 기한은 2학기가 시작할 때까지. 그리고 이 특별시험 내용은 그 자리에 있던 여섯 명 이외에는 발설하지 말라는 충고를 들었습니다. 저와 우토미야 군은 혼자 참석했기 때문에 공평을 위해서 반 친구 한 명을 골라 얘기하는 게 인정되었지만 저는 아무에게도 말하지 않았어요. 우토미야 군이 누군가에게 말했을 가능성은 있습니다."

요컨대 현시점에서 1학년의 6~7명이 이 특별시험에 대해 알고 있다는 이야기가 된다.

"저희 여섯 명에게 학생회장인 나구모 선배가 말했어요. 아야노코지 선배를 퇴학시킨 학생에게 2,000만 포인트를 주겠다고."

"어, 엄청난 액수……. 그, 그럴 수가 있어??"

누구나 들으면 깜짝 놀랄 내용이니까. 야가미를 어디까지 믿어도 되느냐는 문제는 앞으로도 따라오겠지만, 현재까지 봐서 거짓말은 아닌 듯하다. 오히려 거짓말이었을 경우 나중에 들통나면 야가미와 내 관계는 최악으로 바뀔 것이다. 2학년 D반이 불이익을 받는다면 쿠시다에게도 피해가 미치겠지.

"쿠시다 선배가 놀라는 것도 무리는 아니에요. 4월 시점에서는 저희도 이 학교에 대해 깊이 인식하지 못했었지만, 지금은 잘 이해하고 있어요. 이건 이상한 특별시험이라는 걸. 그렇게 판단했기 때문에 이렇게 자리를 마련하게 된 겁니다."

어느 정도 설명이 끝났는지, 야가미가 한숨 돌리듯 컵을 입으로 가져갔다.

내 퇴학에 2,000만 포인트나 걸려 있다는 사실을 알고 쿠시다가 야가미에게 질문했다.

"학생회장이 독자적으로 특별시험을 내다니, 좀 이상하지 않아……?"

"그렇죠. 그건 표현의 문제라고 받아들이는 편이 좋을 거예요. 알기 쉽게 특별시험이라는 이름을 붙였지만, 요는 나구모 학생회장이 독자적으로 과제를 만들어 1학년에게 내준 거라고 받아들이는 게 이해가 빠를지도 몰라요."

나구모가 이 일과 관련 있을 가능성을 호리키타를 통해 알아내고 있지만, 그래도 쉽게 꼬리를 밟히리라고는 생각하지 않았는데 의외의 인물로부터 새어 나왔군.

"어, 어째서 아야노코지인 걸까? 또 이런 학생은 없어?"

"제가 들은 한으로는 아야노코지 선배밖에 없어요. 왜 아야노코지 선배인지, 딱히 깊은 이유는 없다고 생각합니다. 나구모 학생회장이 2학년 중에서 완전히 랜덤으로 골랐다고 말했으니. 단순히 157분의 1의 확률로 뽑혔다는 거죠."

나구모의 백그라운드를 모르는 야가미야 알 수가 없는 이야기인가.

랜덤으로 정했다는 이야기를 의심조차 하지 않는 듯하다. 물론 제비뽑기 같은 걸 일부러 준비했고 우연히 내가 걸렸을 가능성도 전혀 없지는 않지만, 상황을 보건대 그건 아니겠지.

다만 나구모가 군이 나 때문에 2,000만이나 되는 거금을 과연 준비할까? 지금까지 접해본 바로는 그렇게까지 할 남자는 아닌 것 같은데. 아니, 정확하게 말하자면 하겠다고 마음먹으면 뭐든 하겠지만, 나에 대한 평가가 그 정도로 높지 않을 터다.

"학생회장 개인이 만든 특별시험이라고 치고, 2,000만 포인트를 용케 마련했군."

나는 그 너머에 숨어 있을 가능성을 찾기 위해 야가미에게 그 부분을 지적해 보았다.

"맞아, 이렇게 말하면 좀 그렇지만…… 거짓말이라거나 농담하는 건 아닐까? 그런 이상한 시험에 2,000만 포인트라니 믿기지 않아."

천하의 쿠시다도 2,000만이라는 지나치게 큰 포인트가 걸리는 모양이었다.

갑자기 그런 거금을 주겠다고 학생회장에게 들어도, 보통은 의심하기 마련이다.

"물론 아주 큰 액수죠. 그렇게 많은 프라이빗 포인트를 모으는 것이 얼마나 힘든 일인지 지금은 잘 알아요. 하지만 그때 저희 1학년은 입학 직후라 3학년이면서 학생회장이고 A반이기까지 한 사람이라면 일반 학생보다 당연히 신뢰할 수밖에 없었어요. 무엇보다 그 정도 포인트는 당연히 가지고 있지 않겠느냐는 안이한 인식이 있었습니다."

올해는 금액이 다소 내려갔다고는 하나, 입학 때 8만 엔이나 되는 돈이 1학년 모두에게 분배되었다. 심지어 매달 입금되었다. 깨끗하고 좋은 시설을 갖춘 기숙사에 거의 학생 전용이나 마찬가지인 케야키 몰. 물건이 잘 갖춰져 있는 가게들. 상식에서 벗어난 세계로 내던져진 것이나 마찬가지. 금전 감각이 단번에 무너지는 체험은 작년에 우리도 몸소 한 경험한 바 있다.

"실제로 2,000만 포인트를 가지고 있는 건 제 두 눈으로 직접 확인했습니다."

나구모 정도 되는 남자라면 거액을 모으고 있어도 이상하지 않다.

"하지만 학교 공인이 아닌 특별시험에 참여하라니, 좀 이상하다는 생각은 안 들었어?"

"특별시험 내용에 대한 혐오감을 별개로 한다면 그런 감정은 전혀 들지 않았어요. 저 말고 다른 학생은 모두 환영했을 겁니다. 이건 정당한 특별시험이라면서."

"학생회장이 내는 특별시험이라니 들어본 적도 없어."

"아니요, 저희는 나구모 학생회장을 보고 특별시험을 받은 게 아닙니다."

"뭐라고……?"

"학생회장한테 그 이야기를 들었을 때, 그 자리에 입회인으로 이사장 대행이 동석했었어요."

연루되어 있을 가능성이 가장 컸던 츠키시로의 존재가 여기서 분명히 드러났다.

2,000만 포인트의 뒤에 츠키시로와 나구모가 얽혀 있다는 사실이 이제 확정되었다.

"의심하지 않고 특별시험을 받아들이는 것도 무리가 없는 상황이죠?"

"이사장 대행이 있었다면…… 응, 그건 그렇겠어."

학생을 퇴학시키는 특별시험. 그것만 들으면 말도 안 되는 일이라며 여러 가지로 의심하는 학생도 있으리라. 하지만 이사장 대행이라는 존재가 그 의심을 지워버렸다.

"여기까지가 이 일에 대해 제가 알고 있는 정보입니다."

"말해줘서 고마운데, 나한테 말해서 네가 위험해지는 거 아니야?"

이 고마운 조언으로 야가미가 얻을 이익이 없다.

"야가미, 괜찮겠어? 혹시라도 이번 일이 들키면……."

"괜찮아요, 쿠시다 선배. 발설했을 경우 받는 페널티에 관해서는 듣지 못했고."

걱정에도 개의치 않고 야가미가 미소 지었다.

"그리고 1학년에게 미움받는 건 각오하고 있어요. 늦든 빠르든 어차피 다른 반 학생과는 언젠가 부딪칠 운명이니까."

반격할 각오는 충분히 되어 있는 모양이다. 1학년 B반 야가미 타쿠야는 전수방위를 기본으로 하면서도, 상황에 따라 선제적 자위권을 행사하는 타입이리라.

하지만 야가미의 눈에 상황이 어디까지 보이는지는 불분명하다. 카페 한 귀퉁이, 많은 학생에게 뒤섞여 한 여학생이 수시로 우리를 지켜보고 있었다. 야가미의 뒤쪽에 있어서 야가미는 그녀의 존재를 알아채지 못했으리라.

1학년 C반 츠바키 사쿠라코. 우리가 이야기를 시작하고 얼마 지나지 않아 카페에 모습을 드러내더니, 혼잡한 실내에서 절묘한 위치 선정에 성공하고 자리에 앉아 우리를 감시했다.

그리고 스마트폰을 손에 쥐고 누군가에게 얘기하는 모

습이었다.

내가 목적…… 또는 눈앞에서 이야기를 늘어놓으며 여유를 보여주는 야가미가 목적인가. 어찌 됐건 나와 야가미가 접촉했다는 사실을 츠바키도 알게 되었다. 우연인지 필연인지 몰라도, 야가미의 입장에서는 좋은 상황이 아니리라. 학교라는 좁은 공간 안에서는 아무리 해도 감시의 눈에서 벗어나기란 어렵다. 한 사람의 힘으로는 다 추적할 수 없더라도 반이 하나로 똘똘 뭉치게 되면 넓은 범위를 망라할 수 있다. 1학년에게는 1학년들의 싸움이 계속 펼쳐지고 있다는 증거이기도 하다.

"조심하세요, 아야노코지 선배. 저처럼 남에게 발설하지 말라는 규칙을 깨고 누구한테 이번 특별시험 이야기를 했을 가능성은 충분히 있다고 봅니다."

"그걸 생각할 때 야가미가 주의해야 할 인물은 누구라고 생각해?"

"글쎄요. 평범하게 생각하면 1학년 D반 호우센 군은 경계해야 할 존재죠. 규칙을 도외시한 방식으로 싸우는 상대는 성가시니까."

역시 호우센은 같은 1학년 사이에서도 위험인물로 강하게 인식되고 있었다.

"하지만 굳이 상대를 딱 한 명만 지목해야 한다면──"

그렇게 말을 꺼낸 야가미가 뒷말을 망설였다.

"아니요, 그만두겠습니다."

"엥, 왜? 나 궁금한데."

살짝 씁쓸하게 웃은 후 야가미가 말했다.

"아야노코지 선배와 쿠시다 선배를 비롯한 2학년에게 말씀드릴 일이 아니라는 생각이 들어요. 여기서 제가 경계하는 인물의 이름을 말씀드리면 당연히 선배들도 마크하겠죠. 그건 중요한 일이라고 생각하지만 정정당당하지 못한 것 같아서. 호우센 군에게는 이미 미안한 짓을 해버렸지만 말입니다."

과연 어느 반에 누구누구가 위험하다고 이야기를 들으면 나와 쿠시다는 경계할 것이다.

반에도 그 이야기를 전달해 대비할 수도 있겠지.

"그리고 아직 확신이 없어요. 그냥 위험한 인물 같다고 예상했을 뿐입니다."

야가미는 라이벌이라도 정정당당하게 싸워야 한다고 생각하는 것이다.

"일단 다음 특별시험에서 제가 깊이 파보겠습니다. 그렇게 해서 정말로 위험한 인물이라는 생각이 든다면 그때 아야노코지 선배에게 말씀드릴게요."

자기 눈으로 확인한 다음에 경고하겠다고 약속하는 야가미.

"조심해, 야가미."

"네. 그리고…… 저기, 무인도 시험이 끝난 후여도 괜찮으니까 우리 둘만 만날 수 있을까요? 쿠시다 선배. 선배에게 할 이야기가 있어요."

"으, 으응. 알았어, 그게 뭘까……."

그런 식으로 쿠시다는 얼버무렸지만, 그런 쪽으로 둔감한 나조차 대충 짐작이 갔다.

야가미가 쿠시다를 바라보는 눈은 단순히 선배를 대하는 것과는 다르다.

"여하튼 야가미의 정보가 무척 도움이 되었어. 고맙다."

"아닙니다. 아야노코지 선배만 손해 보는 건 이상하다고 생각하니까요."

"나도 인사할게, 야가미. 정말 고마워."

"그렇게 말씀해주시는 것만으로도 충분해요. 아야노코지 선배가 퇴학당해버리면 쿠시다 선배의 반이 큰 타격을 받는 건 피할 수 없어요. 쿠시다 선배도 A반으로 졸업하시기를 진심으로 바라거든요."

내가 이렇게 긴 시간을 들여 대화를 나눈 1학년은 그리 많지 않다.

그중에서도 야가미는 특히, 평범한 우등생으로밖에 보이지 않았다.

늘 화이트 룸생일지도 모른다고 생각하면서 다른 학생들을 접하고 있는데, 지금까지 만난 1학년 중 제일 자연스럽다. 지금까지도 내게 특별히 뭔가를 하지 않았고, 그러기는커녕 돕기 위해 정보를 아낌없이 제공해주었다.

물론 그렇다고 해서 의심을 아예 거둘 수는 없다. 다만 만약 야가미가 화이트 룸생이라면 오히려 상대하고 싶지 않다는 생각마저 든다.

그 시설에서 자란 인간이 단기간에 이 정도로 자연스러워질 수 있는가, 하는 의심.

어쨌든 지금은 야가미에게 받은 정보를 고맙게 잘 활용하기로 하자.

"사람이 더 많아졌네요. 할 이야기도 끝났으니 저는 먼저 가보겠습니다."

"다른 무슨 일 있어?"

"아뇨, 쓸데없이 다른 1학년 눈에 띄는 건 피하고 싶어서요."

이미 늦었지만, 그렇게 해야 하겠지. 나는 다시 한번 고맙다고 말하고 야가미와 헤어졌다.

그 후, 카페에는 나와 쿠시다만 남겨졌다.

"좋은 후배를 뒀구나, 쿠시다."

"응, 나한테는 아까울 정도야. ……하지만 내가 바라던 전개는 아니네."

그렇게 말하며 컵 테두리를 손가락으로 훑었다.

내가 먼저 언급하지는 않겠지만, 쿠시다의 속내는 굳이 생각해 볼 것까지도 없다.

같은 중학교 출신이라면 쿠시다의 과거를 알 가능성이 있다는 뜻.

"알아, 야가미도."

궁금하던 대답을 쿠시다가 내게 간단히 알려주었다.

"괜찮아? 나한테 그런 걸 알려줘도."

"설령 몰라도 결과는 똑같을 테니."

"그 말은……."

"조만간 제거해야지, 야가미는."

그렇게 중얼거리며 나를 쳐다보는 쿠시다의 눈에 확고한 결의가 비쳤다.

야가미는 분명 쿠시다를 좋아하는 것 같은데, 그래도 적으로 인식하는 건가.

자신의 과거를 아는 인간은 절대 호의적으로 받아들이지 않는 모습.

"후배를 제거하는 건 호리키타나 나를 제거하기보다 더 어려울걸."

"그거야 하기 나름 아닐까?"

마치 이미 전략을 짜둔 듯한 말투.

"자기가 우수하다고 우쭐대는 인간일수록 사실은 멍청할 수 있지. 호리키타나 아야노코지도 예외가 아니고."

"나와는 정전 협정을 맺은 게 아니었나?"

"지금은."

원래도 마음 놓고 있을 생각은 없었지만, 쿠시다는 의욕이 넘쳤다.

"하지만 난 계속 지기만 했으니까『지금은』죽은 듯이 있는 거야."

그렇게 말하고 의자를 끌며 일어난 쿠시다도 돌아가려고 했다.

"그럼 또 봐, 아야노코지."

"그래."

딱히 잡을 이유도 없어서 나는 그대로 쿠시다를 보냈다.

새로 알게 된 사실은 쿠시다가 수면 아래에서 어떠한 전략을 펼치고 있다는 점이었다.

4

쿠시다, 야가미와 헤어진 나는 편의점에 들렀다.

케세이 일행과 합류할 때 먹을 것이라도 사 가려고 생각했기 때문이다.

그리고 또 한 가지 이유는 뒤에서 거리를 유지하는 한 존재에게 접촉할 기회를 주기 위해서였다.

나는 과자 몇 개와 음료수를 적당히 사기로 했다.

"저기~~~."

길게 끄는 목소리.

편의점에서 계산하고 있던 내 등 뒤로, 1학년 C반 츠바키가 말을 걸었다. 손에는 물건을 사러 왔음을 어필하기 위해서인지 작은 막대 사탕 하나가 들려 있었다.

"츠바키로군. 나한테 무슨 볼일 있어?"

카페에 봤던 것은 말하지 않고 그렇게 물었다.

"좀 하고 싶은 얘기가 있어서 그런데, 밖에서 기다려 주실래요?"

어딘지 맥 빠진 모습으로 사탕을 계산하는 츠바키.

하긴 계산대 앞에서 대화를 나눌 수야 없는 일이기에, 얌전히 편의점 밖에서 기다리기로 했다.

잠시 기다렸지만, 밖으로 나올 기미가 보이지 않았다. 뒤돌아보니 츠바키가 시선만 내게 둔 채 누군가와 통화하고 있었다.

사람을 기다리게 하고 아주 대담하군.

"오래 기다리셨죠."

가느다란 손가락으로 사탕 봉지를 벗기면서 걷기 시작하는 츠바키.

방향은 기숙사 쪽이었다.

"그래서 할 이야기란 게?"

"이번에 아야노코지 선배를 만나면 전하고 싶은 말이 있었어요."

그 전하고 싶은 이야기가 뭘까.

바로 말을 꺼낼 줄 알았는데, 츠바키는 사탕을 핥기만 할 뿐 입을 열려고 하지 않았다.

나를 신경 쓰기보다는 앞쪽을 강하게 의식하고 있었다.

"우토미야인가?"

지금 내가 예상해볼 수 있는 학생의 이름을 꺼내자, 츠바키가 사탕을 핥던 혀를 멈추었다.

"정답인 모양이네."

"지금 바로, 여기 오겠다고 했어요."

아까 카페에서 연락하던 상대는 역시 같은 반 우토미야
였나.

잠시 후 츠바키의 말대로 우토미야가 이쪽으로 걸어왔다.

가볍게 고개 숙여 인사하고 합류했다.

"죄송해요. 이런 식으로 말을 걸어서."

"도대체 무슨 이야기를 하려고?"

야가미에 관해서일까, 아니면 예의 특별시험에 관해서
일까.

"호우센 카즈오미에 관해서입니다."

하지만 여기서 튀어나온 것은 생각지도 못한 학생의 이
름이었다.

"아야노코지 선배. 4월 말 시험 때 호우센이랑 파트너
하셨죠?"

2학년 파트너를 찾아다녔던 츠바키.

나와 팀이 되고 싶다고 말을 걸어왔지만 사양했었다.

"설마 그 선약이 호우센인 줄은 몰랐습니다."

"그렇게 의외인가?"

"D반이 쉽게 협력하지 않는다는 건 이미 알고 계시죠?
이번 무인도 서바이벌 시험의 그룹 결정도 끝까지 비협조
적으로 나오고 있어요."

혼자 틀어박히면 불리하다는 것 정도는 잘 알 텐데.

호우센은 여전히 강한 태도로 일관하고 있는 듯했다.

"그래서?"

"저희는 무인도 서바이벌에서 호우센에게 한 방 먹일 생각이에요."

정중했던 어조가 거칠어지더니, 입을 굳게 다물었다.

"하지만 구체적인 시험 내용을 아직 몰라. 어떤 규칙인지도 명확하지 않고."

"뭐…… 그야 다른 그룹에 어떤 식으로 수작을 걸 수 있다는 보장은 없죠. 하지만 경합이 확정된 이상, 어떻게든 관여할 수는 있을 겁니다."

그렇게 파악하는 것은 틀림없이 옳다.

그룹 대 그룹이라는 도식은 확정되었으니까.

"호우센은 지금 프라이빗 포인트가 많이 없어요. 즉, 만약 조기에 기권하게 된다면 아무리 페널티가 가벼운 1학년이라도 호우센은 그걸 다 낼 수 없죠."

그렇게 되면 1학년 D반 호우센 카즈오미는 틀림없이 퇴학당하게 된다.

"호우센을 퇴학으로 내몰고 싶다는 건가?"

"그래…… 네, 그렇습니다."

우토미야는 존댓말은 오락가락했지만, 주저 없이 대답했다.

"일단 이유를 들어볼까."

"1학년 C반에서 하타노라는 남학생이 퇴학당했습니다. 저는 이 일에 호우센이 연루되어 있다고 짐작합니다."

지목할 정도니 그 나름대로 단서를 모았겠지.

"그래서 복수하려는 건가?"

"물론 원한이 없다면 거짓말이지…… 거짓말이 되죠. 하지만 중요한 건 더 이상 부주의하게 퇴학자를 내지 않는 겁니다."

"그렇지. 그 바람에 반 포인트가 마이너스 100이고."

입에 사탕을 넣으며 츠바키가 시시하다는 듯 중얼거렸다.

"이유는 알겠는데, 그 이야기를 왜 나에게 하지?"

"호우센은 외부인이라면 기본적으로 그 누구와도 행동을 함께하지 않아요. 하지만 아야노코지 선배와 파트너가 되었죠."

거기에, 뭔가 호우센에게 파고들 틈이 있다고 판단해서 접촉했다는 건가.

우토미야의 태도를 보건대, 진심으로 호우센을 쓰러트릴 생각인 모양이었다.

츠바키 쪽은 그런 태도가 보이지 않지만 우토미야에게 협력하겠지.

그렇지 않다면 나와 우토미야를 만나게 하는 다리 역할을 하지 않을 터다.

"힘을 실어 주세요."

"시험 내용도 모르는 상태에서 알겠다고 받아들이긴 어

려운 이야기인데."

"하지만 협력하는 쪽으로 생각은 해주실 수 없을까요. 만약 호우센을 조기에 탈락하게 만들어서 퇴학시키는 데 성공한다면…… 그때는 그에 상응하는 보수를 드리겠습니다."

나를 높이 사주는 것 같지만, 아무래도 받아들이기 어려운 부분 역시 적지 않다.

"내가 호우센과 한편일 가능성은 고려하지 않는 건가? 파트너를 한 적 있으니 그런 사이일 수도 있잖아. 지금 우토미야가 한 이야기를 내가 호우센에게 전달할 걱정은 전혀 안 하는 거야?"

아무리 그래도 이건 너무 무방비하게 전부 이야기했다.

"그건――"

이때 우토미야가 처음으로 츠바키 쪽에 시선을 보냈다.

나도 뒤따라 츠바키를 보았다.

사탕이 점점 작아지자, 어딘지 쓸쓸한 표정을 짓는 츠바키.

두 사람의 시선이 집중되었음을 아는지 모르는지 사탕을 바라보았다.

그리고 잠시 후 입을 열었다.

"그 왼손 상처는 호우센 군이랑 한바탕했을 때 입은 게 아닌가요?"

그렇게 말한 후 혀끝으로 사탕을 핥았다.

"왜 그렇게 생각해?"

"2,000만 포인트라는 상금, 저희도 노렸으니까요."

츠바키가 주눅 들지도 않고 인정하듯 말했다.

"그렇구나. 너희도 특별시험 참가자였군. 그래서 파트너를 찾는 척하면서 나한테 접근했던 건가."

이미 야가미로부터 입수한 정보지만, 모르는 척 대꾸했다.

한편 츠바키도 나와 야가미가 접촉한 것에 대해 일절 언급하지 않았다.

"그런 거예요."

"하지만 나랑 츠바키가 파트너가 되었으면 억지로 나를 퇴학시킬 방법이 없었을 텐데."

시험을 내팽개치면 나를 퇴학시킬 수 있지만, 그러면 츠바키도 동시에 퇴학당하게 된다.

"그건 대답 못 드리겠네요."

지금까지, 이 두 사람 중에서는 우토미야가 브레인 담당이라고 여겼었다.

하지만 아무래도 상황을 보건대 그게 아닌 듯하다.

"그 점은 사과드리겠습니다. 하지만 저희도 이제 손 뗐어요."

"왜?"

"만약 아야노코지 선배를 퇴학시키는 데 성공한다고 하더라도 그 소문이 순식간에 학교에 퍼지겠죠. 그럼 틀림없이 2학년 D반을 적으로 돌리게 됩니다. 같은 반 학생을 퇴학으로 내몰았으니 당연히 원망이 날아오겠죠."

자기 동료가 호우센의 손에 퇴학당하게 되면서 깨닫게 되었다고 우토미야가 말했다.

"그럼 호우센을 퇴학시키는 것 역시 똑같지 않나?"

"그건 아니죠. 1학년 D반은 호우센을 무서워하니까. 오히려 사라져주길 바라는 애들이 더 많을지도 모릅니다."

원한을 살 염려가 없으니 거침없이 할 수 있다는 건가.

"아무튼 기억해주라, 주세요. 저희는 호우센을 쓰러트리고 싶을 뿐이라는 걸."

그 부분을 재차 강조한 후 우토미야와 츠바키는 1학년 기숙사로 가버렸다.

이번에도 그렇고 저번에도 그렇고 접촉은 해왔으면서 아무것도 확실하게 하지 않는 1학년 C반.

하지만 화이트 룸생과의 관련성은 여전히 불투명하다.

일단 경계하면서 호우센 일은 기억해두기로 하자.

5

호리키타가 학생회에 들어갔지만, 그 후 내게 새로운 정보가 들어오는 일은 없었다.

나구모의 생각은 둘째치더라도, 학생회의 운영 자체는 건전한 듯했다.

상황이 움직이기 시작한 것은 주말, 이제 일주일 뒤면 그룹 구성도 종료될 시점이었다.

부회장인 키리야마의 호출로 그 막이 올라갔다.

원래는 졸업한 작년 학생회장 호리키타 마나부를 지지하며 나구모의 폭주를 저지하려고 했던 키리야마지만, 결국 상황이 나아지지 않은 채 시간이 흘러가고 있었다.

아마 키리야마도 포기하지 않았을까.

그렇게 생각했는데, 지금 와서 나를 만나고 싶다며 약속을 잡을 줄이야.

다만 평일 방과 후, 대낮에 당당히 불러내는 건 무슨 생각인가.

만약 나구모 몰래 만나려는 거라면 늦은 밤이나 이른 아침을 골랐어야 했다.

신중하게 행동할 생각이면 그렇게 할 터다.

다만 내가 굳이 지적할 일도 아니었기 때문에 그대로 받아들였다.

방과 후, 나는 케야키 몰에서 키리야마를 만났다.

"왔군."

"부회장이 저한테 무슨 용건이죠."

"너무 서두르지 마. 오늘은 좀 길게 얘기하기로 하지."

그렇게 말한 키리야마가 걸음을 유도해서 나 역시 그를 따라 걷기 시작했다.

"월말이 되면 대규모 무인도 서바이벌 특별시험이 시작

될 텐데 준비는 끝났나?"

학생회에 관한 이야기를 할 줄 알았는데, 나온 것은 특별시험 화제였다.

"할 수 있는 건 하고 있죠. 키리야마 부회장은요?"

"A반을 제외하고 3인 그룹을 만들었어."

즉 A반과의 차이를 좁히기 위한 힘든 싸움은 피했다는 뜻인가.

3학년의 경우 A반과의 반 포인트 차이는 2학년보다 더 크다. 역전할 가능성을 남기려면 단독 반이 상위를 차지하는 것이 절대적인 조건이다.

"네가 무슨 생각을 하는지는 잘 알아. 지금부터 우리 3학년 B반이 만회를 노린다면 반 단독으로 1위를 차지하는 게 필수 조건이지. 그리고 그 후의 특별시험을, 압도적인 차이로 계속 이기는 것밖에 길이 없겠지. 하지만 그건 너무나 비현실적이야."

기적이 그리 쉽게 일어날 상황 같으면 처음부터 곤경에 빠지지도 않았겠지.

"난 이번 특별시험에서 나구모에게 개인적인 싸움을 걸 생각이야."

"개인적인 싸움이요?"

"나구모와의 싸움에서 져서 우리는 B반으로 떨어진 지 오래야. 그리고 그 녀석은 학생회장이 되어 3학년 전체를 그리고 학교 전체를 장악하고 있어. 이제 반 대결은 끝났다고 해도 되겠지."

"그렇죠. 저도 그렇게 생각합니다."

3학년 대다수가 나구모를 따르는 것은 A반 졸업을 포기한 것이나 다름없다.

"하지만 나 개인으로는 나구모에게 뒤진다고 생각하지 않아."

이 키리야마라는 3학년 B반 학생은 높은 OAA 성적을 남기고 있다. 전체가 B+ 이상으로 빈틈이 없다. 자신에게 자신감이 있는 것도 수긍이 간다. 하지만 나구모 미야비는 종합 능력이 그보다 더 높다. 지금까지 강하게 굴던 태도도 실력에 걸맞은 것이라고 말해도 되리라.

하지만 OAA가 전부가 아니라는 것도 분명하다. 실력을 최대한으로 발휘하지 않은 학생도 있거니와 기지와 번뜩이는 재치 같은 것은 수치로 나타내기 어렵고 OAA에는 반영되기 어려운 특별한 재능을 지닌 학생도 있다.

키리야마가 개인적으로 나구모를 이길 수 있다고 생각한다면 승부를 걸어볼 수 있는 뭔가가 있어서겠지.

"반을 불문하고 최대 여섯 명의 그룹을 짤 수 있어. 이기는 데 필요한 인재를 골라내는 안목과 실제로 그 인재를 끌어들이는 수완—— 나구모한테 진다고 생각하지 않아."

학년별 대결이지만 같은 학년끼리 싸울 수도 있는 양면성을 지닌 특별시험.

이 무인도 서바이벌은 키리야마에게 남은 몇 안 되는 기회라는 듯하다.

"이야기의 흐름은 이해했습니다. 그런데 굳이 저한테 알릴 일은 아니지 않나요?"

나한테 말해서 이득이 있다는 생각은 들지 않는다.

"방해받고 싶지 않아."

"학생회장과 부회장이 무인도에서 싸우든 말든 별로 관심 없는데요."

"그건 나도 알아. 내가 말하고 싶은 건 장외에서 쓸데없이 찬물 끼얹지 말아줬으면 한다는 거다."

"장외?"

"학생회에 들어온 호리키타 스즈네를 말하는 거야."

"그렇군요. 그녀를 방해꾼으로 여기는 모양인데, 일단은 전 학생회장의 의사에 따라 여동생 호리키타 스즈네를 학생회에 보낸 건데요."

이제 키리야마의 마음속에서 그런 건 아무래도 상관없게 된 건지도 모른다.

그걸 확인하기 위해서라도 직접 물어보기로 했다.

"이제 무의미해. 학생회장 임기도 몇 개월밖에 남지 않았고. 지금부터라도 뭔가 할 수 있다면 그건 학생회장 자리에서 끌어내리는 일이 아니라 개인 대 개인으로 승부를 결정짓는 것뿐이다."

"키리야마 부회장이 그걸 바란다면 그렇게 하면 되잖아요."

개인끼리 제대로 결착 짓기를 바라는 건 이상한 일이 아니다.

　문제는 이 이야기와 내가 무슨 상관인가 하는 것이다.

　"호리키타 선배의 여동생을 학생회에 넣은 건 나구모를 감시하기 위해서지?"

　"그럴 의도가 전혀 없다고 말한다면 거짓말이지만, 주된 이유는 다릅니다. 호리키타가 나구모 학생회장 앞에서 말했듯이 오빠가 걸어간 길을 걷기 위해서예요."

　"그럼 나구모를 이제 방해하지 않겠다는 거지?"

　"호리키타가 나구모를 장애물로 여기지 않는 한은요."

　"그럼 안 돼. 나구모를 어떻게 해보겠다는 생각은 버려라. 이제는 쓸데없는 싸움만 될 뿐이야."

　앞서 한 말을 취소하고 백지로 돌리라는 뜻인 듯하다.

　어차피 나로서는 아무래도 상관없는 일이었지만, 지금은 그냥 나구모가 하는 짓을 가까이에서 보고 싶은 마음도 싹트기 시작했을 뿐. 행실이 잘못되었다고 호리키타가 판단한다면 아마 그 녀석은 그의 앞을 가로막을 것이다. 그런데 여기서 내가 과연 쓸데없는 짓 같으니 그만두겠다고 못 박는 것은 이상한 짓이다.

　"키리야마 부회장의 말은 잘 기억해두죠."

　충고를 받아들였다는 정도로 대답하고 마무리 지으려고 했다.

　그런 어중간한 대응이 마음에 들지 않았는지 키리야마가 살짝 불만스러운 눈빛으로 쳐다보았다.

"나는 아무것도 하지 말라고, 에둘러 친절하게 말한 것 같은데."

"저 역시 에둘러 말한 걸 잘 이해했다고 전한 것 같은데요?"

"그렇다면 아무것도 하지 않겠다고 이 자리에서 맹세하겠다, 그런 식으로 해석해도 되겠지?"

"해석이야 자유지만 저는 아무 말도 하지 않았습니다."

아무리 찔러도 반응이 돌아오지 않는 상황이 이어지자 늘 냉정한 키리야마의 목소리가 살짝 거칠어졌다.

"내가 호리키타 선배와 이어져 있었다는 걸 나구모도 대충 알고 있어. 하지만 내가 나구모가 하라는 대로 하고 있으니까 조용히 지켜보기만 하는 거야. 가뜩이나 호리키타 선배의 여동생이 학생회에 들어와서 일이 성가셔진 상황인데, 쓸데없는 짓까지 해버리면——"

"키리야마 부회장이 위험하다, 그 말인가요?"

"⋯⋯그래."

이렇게 해서 나를 불러내 굳이 못 박으려 하는 이유가 밝혀졌다.

겉으로는 우리를 걱정해서.

하지만 사실은 자기 몸을 지키기 위함이었다.

물론 그게 꼭 나쁘다고는 할 수 없다.

이미 승자와 패자가 결정된 나구모와 키리야마의 관계에 불복할 생각도 없다.

"나구모가 제창하는, 누구나 A반으로 졸업할 기회를 잡고 싶어졌습니까?"

"윽……."

반의 승리를 전제로 했던 전 학생회장 호리키타 마나부의 방침.

아니, 작년까지 학교의 방침. 이것으로는 나구모가 이끄는 3학년 A반을 이기기란 불가능하다.

사실상 키리야마는 B반으로 졸업하는 것이 결정된 것이나 다름없다.

하지만 나구모의 뜻에 따라 개인의 실력을 중심으로 승리한다면 상황은 달라진다.

나름대로 우수한 키리야마 개인이라면 A반으로 올라갈 가능성이 있겠지.

무인도 서바이벌에서 나구모와 개인적으로 승부를 겨루고 싶다고 말했지만, 결국 프라이빗 포인트를 긁어모으기 위해 상위를 노리고 싶을 뿐.

나와 호리키타가 방해되지 않게, 우회적으로 표면상의 구실을 댄 것에 불과하다.

실제로 나구모에게 도전장을 내미는 짓은 하지 않으리라.

"이상한가……. A반으로 졸업하고 싶은 마음이?"

하나도 이상하지 않은데.

키리야마의 말이 계속 이어졌다.

자신의 자존심을 지키기 위해.

"이 학교에 들어와 놓고 A반이 아닌 다른 반으로 졸업하는 것에 무슨 의미가 있지? 나는 재능을 가지고도 싸움을 내팽개친 녀석들과 같은 말로를 맞이하고 싶지 않아. 지금의, 무능아와 괴짜들이 모여 있는 B반이랑 같이 침몰하는 건 절대 사양이라고."

마나부가 들으면 실망할 이야기인데.

아니면 키리야마의 이런 약한 부분을 처음부터 알고 있었다고 담담하게 말하려나.

"아무튼 내 말뜻은 잘 알아들었겠지."

"네, 이해했습니다. 호리키타가 학생회에 들어갈 때 다른 학생회 멤버는 나중에 소개했으면서 키리야마 부회장만 동석했던 이유도."

나와 호리키타가 뭔가 괜한 소리를 하지 않을까 하는 불안감에 말이 아니었다는 이야기다.

"뭐라고——"

"키리야마."

그때 가까운 곳에서 어떤 목소리가 끼어들었다.

키리야마는 이름을 불렀음에도 불구하고 바로 반응하려고 하지 않았다.

"키리야마. 안 들려?"

다시 한번, 아까보다 성량이 조금 더 커졌다.

"호랑이도 제 말하면 온다더니……."

그렇게 혼잣말하듯 중얼거리고 왠지 싫어하면서 목소리

가 난 방향으로 돌아보았다.

벤치에 3학년 여학생이 앉아 있었다.

다리를 꼬고 양팔을 펼쳐 벤치 등에 올린 채 편안하게.

OAA에서 본 얼굴과 이름 그리고 능력을 맞춰 보았다.

3학년 B반 키류인——이었나.

"나한테 무슨 용건이지?"

같은 반일 텐데도 키리야마는 불만스러운 표정을 바꾸지 않았다.

아무래도 두 사람의 사이가 그다지 좋아 보이지 않는다.

"후후. 흥미로운 후배와 같이 있는 것 같아서, 말 걸어 봤지."

키류인은 그렇게 말한 후 나를 쳐다보았다.

"아야노코지 키요타카지? 난해한 수학 시험에서 만점을 받아 유명해진 것 같던데."

"너랑 상관없잖아, 키류인."

내가 대답하기도 전에 키리야마가 거칠게 말했다.

키리야마는 키류인으로부터 거리를 두려는지 억지로 걷기 시작했다.

"뭐해, 아야노코지. 가자."

가만히 서 있는 나에게 그렇게 말하는 키리야마.

"그런 남자랑 시간 보내봐야 얻을 거 하나 없단다?"

3학년 둘 사이에 끼어 난처하게 되었다.

둘 중 누구의 의견에 귀를 기울여야 정답일까.

솔직히 말하면 두 의견 모두 귀 기울이고 싶지 않지만…….

"너랑 있는 것보다야 의미 있지."

"그걸 결정할 사람은 아야노코지잖아. 키리야마, 넌 빨리 가줄래?"

키류인은 코웃음 치며 그 자세를 무너뜨리지 않고 말을 이었다.

"나랑 둘이서 의미 있는 이야기를 나눠볼까?"

"……!"

가볍게 다뤄진 것보다도 중간에 끼어든 게 더 마음에 들지 않는 듯한 키리야마.

"쟤는 무시해도 돼."

강한 어투로 내게 경고했다.

"키리야마 부회장이랑 같은 3학년인데 그럴 수도 없죠."

"……저 녀석은 키류인, 나랑 같은 B반이다."

"OAA에서 봤습니다. 높은 평가를 받는 학생이던데요."

"성적만 보면 그렇지. 하지만 키류인한테는 나구모 같은 뒷배가 하나도 없어. 만족스러운 친구 하나 없는 인간이다."

그러니까 무시해도 곤란할 것 하나 없다고 키리야마가 말했다.

"그렇게 칭찬하지 마. 쑥스럽잖아?"

전혀 칭찬이 아닌데 키류인이 기분 나쁘게 웃었다.

"너희 학년에서 예를 들자면 코엔지랑 비슷해. 말하는 투도 하는 행동도, 진지하게 대할수록 시간만 버리는 거다."

설마, 하는 생각이 들 만큼 너무 의외인 인물의 이름이 예시로 등장했다.

코엔지 로쿠스케는 어떤 의미에서 유일무이하다고도 할 수 있는 독특한 성격의 소유자인데, 그와 비슷하다니. 하지만 과연 독특한 성격이긴 한 것 같다.

흥미가 생김과 동시에 얽히지 않는 게 좋겠다는 생각도 들었다.

하지만 키류인의 성적은 학력, 신체 능력 전부 A+.

전 학년 통틀어 이 두 가지 평가가 전부 A+인 사람은 남녀 모두 합해도 키류인이 유일하다.

사회 공헌도도 C+로 낮지 않고, 유일한 결점은 기지 사고력이 D인 것뿐.

심플한 성적만 보면 학교 1등이라고 할 수 있다.

"왜 그래. 이리로 안 올 거야?"

"부르는데?"

"안 오면 내가 갈 건데, 그래도 괜찮아? 키리야마."

"……저런 거 때문에 내가 우리 반을 낮잡아보는 거야."

키리야마가 작게 말했다.

"반에 우수한 사람이 있었으면 나구모 학생회장한테 대항할 수도 있지 않았나요?"

"내가 코엔지 같다고 말했을 텐데. 인간으로서 끝났어. 3년 동안 자기 성적 이외에는 반에 하나도 공헌하는 게 없고, 단독 행동만 하고. 그런 주제에 또 자기 마음대로 말참

견은 엄청나게 해대지. 반의 이물질이라고."

과연 OAA만 봐서는 뛰어난 성적을 보유하고 있지만, 지금까지 제삼자에게서 그 이름을 들어본 적은 없었다. 나구모나 졸업한 호리키타 마나부가 주시하는 인물이었다면 이름을 들었어도 이상하지 않은데 말이다.

"칭찬 고마워, 키리야마."

"윽?!"

벤치에서 일어난 키류인이 키리야마에게 속삭였다.

생각한 것보다 장신. 170cm가 넘나.

타고난 몸에서 뛰어난 신체 능력도 엿볼 수 있었다.

이런 분위기를 지닌 학생이 3학년에 있었군.

조금 전 키리야마와 나눴던 대화를 떠올렸다.

무능아와 괴짜들이 모여 있는 B반이랑 같이 침몰하는 건 절대 사양이라고 했던 말.

이 키류인이 그 괴짜에 해당하는 인물이리라.

"할 말 있으면 빨리 말해."

"물론 그렇게 할 거야. 하지만 너는 방해돼, 키리야마."

"……마음대로 해라. 난 간다."

키류인과 같이 있을 생각은 없는지, 키리야마가 이야기를 마무리 짓기로 한 듯 보였다.

"아까 내가 한 말은 잊어라, 아야노코지. 경우에 따라서는 나도 너희의 적이 될 수 있어."

부회장의 고마운 말을 받아들였다.

원래라면 이제 돌아갈 시간이지만, 이번에는 같은 3학년 B반의 키류인을 상대해야 한다.

"서서 말하기도 좀 그러니까. 벤치에라도 앉을까?"

"휴……."

그렇게 말하며 키류인이 내게 벤치에 앉을 것을 권했다.

가능하다면 빨리 벗어나고 싶은데.

"그래서 저랑 무슨 이야기를?"

"별거 아니야. 네가 어떤 인간인지 탐구할 수 있으면 그걸로 충분해."

"탐구라고요. 키류인 선배는 반에 공헌하지 않는다고 키리야마 부회장이 말했죠. 그건 같은 반 아이가 어떻게 되든 관심 없기 때문이겠죠?"

"흥미를 느끼는 거랑 협력하는 건 아무 상관이 없잖아? 반 애들 중에는 재미있는 인간도 있고 때로는 지금처럼 친근하게 말을 걸 때도 있고."

그렇군.

"난 이 학교의 A반을 노리는 시스템에 별로 흥미 없어. A반으로 졸업하면 어디든 진학 또는 취직할 수 있다는 게 최대 강점이지만 난 내 실력으로 어떻게든 된다고 확신하고 있으니까. 이 학교를 선택한 건 단순히 그 순간의 기분 때문이었어."

과연, 말투 곳곳에서 코엔지와 비슷한 느낌을 받을 수밖에 없었다.

압도적인 자기 평가.

그리고 마치 그걸 뒷받침하는 듯한 학력, 신체 능력 A+
이라는 평가.

"협력해야 한다는 게 전제인 구조라는 걸 미리 알았다면
이 학교를 선택하지 않았을 겁니까?"

"그렇진 않아. 난 이 학교가 마음에 들어. 지금까지 학교
생활에서 불만을 느낀 적이 단 한 번도 없으니까. 포인트
제도도 아주 좋아."

코엔지도 이 학교 자체는 마음에 드는지 만끽하는 모습
이었고.

졸업 후 자기 힘으로 어떻게든 할 수 있는 학생이야 굳
이 A반에 집착할 필요가 없다.

"미움받는 건 아무렇지 않은 모양이네요."

"남이 하는 채점 따위 나한테 아무 의미 없어."

당당하게 대답한 키류인이 이상하다는 듯 웃었다.

"내가 질문하려고 했는데 도리어 너한테 질문을 왕창 받
아버렸네."

이번에는 공수 교대라는 듯, 키류인으로부터 질문이 날
아들었다.

"슬슬 너에 대해 알려줘 보실까?"

"왜 저죠? 학력이 우수한 학생이야 널렸는데요."

"감이야. 내 감이, 눈앞을 지나가던 네가 예사 인물이 아
니라고 말해줬지."

근거 따위 하나도 없는 자신의 감.

비슷할지도 모르겠다고 여겼던 코엔지와 완전히 겹쳐진다.

"이번 무인도 서바이벌에서 1위를 노릴 계획인가?"

"1위 하기 싫은 학생은 없겠죠. 키류인 선배 같은 사람을 빼고."

"1위는 모르겠지만 나 역시 상위를 노리는 한 사람이야. 상위에 들면 프라이빗 포인트가 손에 들어오지. 들어오는 돈은 족족 써버리는 타입이라서 말이야, 항상 돈이 부족해."

반 포인트나 프로텍트 포인트는 나중 문제.

어디까지나 키류인은 당장 쓸 프라이빗 포인트를 얻기 위해 참가하려는 듯하다.

"나구모나 키리야마는 당연히 1위를 노리지. 후배 중에도 나름 유능한 녀석들이 모여 있겠지? 이번 특별시험은 학교 1위를 가리는 싸움이기도 해."

"과연 그럴지도 모르겠군요."

필요한 능력은 학력과 신체 능력만이 아닐 수 있다.

종합 능력을 겨루는 싸움이라면 그야말로 그 말대로라고 할 수 있겠지.

"너에 대한 내 흥미가 빗겨나갈지 아닐지는 무인도에서의 활약에 달렸어."

"굳이 말하자면 선배의 흥미에서 빗겨나가기를 바랍니다만."

"그렇군, 흥미로운 말을 하는 후배구나. 너랑 붙게 되는 날을 기대하고 있을게, 아야노코지."

그렇게 말한 키류인은 소동물을 쫓아내듯이 가볍게 손을 휘둘러 이만 가보라는 신호를 보냈다.

"그럼 실례합니다."

기묘한 3학년과의 만남이었는데, 딱 한 가지 확실한 사실이 있다.

다음 특별시험에서 상위를 노리게 된다면 이 키류인도 반드시 쓰러뜨려야 한다는 것.

그리고 그건 나구모, 키리야마와 같거나 혹은 그 이상으로 성가실 거란 사실이었다.

6

아야노코지가 떠난 후에도 키류인은 그 자리에 계속 머물렀다.

그저 느긋하고 자유롭게 하루를 보내는 것이 그녀의 일과였다.

그런 그녀의 시야 속으로 낯익은 금발이 흔들거리며 들어왔다.

그 옆에는 조금 전에 갔던 학생회 부회장 키리야마의 모습도 있었다.

"어라라, 충견이 주인을 데리고 돌아왔네."

"뭐라고……?"

"화나는 건 몸이 기억해서지, 키리야마. 상황적으로 어느 쪽이 충견이고 어느 쪽이 주인인지, 난 말한 기억이 없어. 그냥 아무것도 모르는 제삼자의 눈으로 보면 그렇다는 거지. 왜냐고? 갔다가 다시 돌아온 건 키리야마고, 거기에 해당하는 건 충견이니까."

키류인은 가까이 다가온 키리야마 그리고 그 옆에 서 있는 나구모를 향해 그렇게 말했다.

"열 받는 여자야……."

"정말 추접스럽게 말하네, 키리야마. 성실한 부회장답지 않게."

"나구모, 이 애를 상대하는 건 시간 낭비야. 너도 잘 알잖아?"

"같은 의견이야. 지금 당장 둘 다 내 시야에서 사라져줄래? 모처럼 가진 시간이 아까우니까."

"뭐 하자는 거야. 도대체 너는——"

"키류인, 내 소중한 학생회 동료를 상처 주지 마라."

나구모가 키리야마의 어깨를 두드리며 말을 막았다. 그리고 키리야마를 강제로 뒤로 물리고 키류인 앞에 섰다.

"소중한 동료라. 감정이 하나도 담겨 있지 않았지만."

"네가 그렇게 느꼈을 뿐이야."

"그래. 학생회장이 나한테 무슨 용무이실까? 더는 이렇게 볼 일 없을 줄 알았는데?"

"가능하면 나도 오래 있고 싶진 않아."

그렇게 말한 나구모는 억지로 키류인 바로 옆에 앉았다.

"넌 미인이지만 귀여운 구석이 없어. 난 귀염성 없는 여자한텐 흥미가 없지."

"나도 귀여운 구석 정도는 있어. 그걸 끌어내 줄 남자를 못 만났을 뿐."

"너한테서 귀여움을 끌어내 줄 남자가 있다면 꼭 한번 만나고 싶군."

"그건 나도 마찬가지야. 그런데 네 취향은 그렇다고 치고 난 왜 인기가 없는 걸까?"

"너무 유능한 여자는 다루기 어려우니까. 공교롭게도 나역시 그런 여자는 좋아하지 않아."

"그렇군. 그럼 네 마음에 들 일은 평생 없겠어. 너무 우수하다는 이유로 이 나이가 되도록 남자친구 하나 없는 거라면 실로 납득이 가네."

키류인과 무의미한 말장난을 조금 즐긴 후, 나구모가 본론을 꺼냈다.

"키리야마한테 이야기는 들었다. 나한테도 호리키타 선배한테도 관심을 드러내지 않던 네가 아야노코지에게 관심을 가질 줄은 몰랐어. 듣고 놀랐다."

"굳이 그 이유를 들으러 왔어? 학생회장이 꽤나 한가한가 봐."

"통치는 다 끝났으니, 지금은 시간이 남아돌지."

"너도 뭔가 착각하는 것 같은데, 난 남에게 무관심한 인간이 아니야, 나구모. 흥미를 느끼는 사람에게는 반드시 한 번은 말을 걸지. 너도 호리키타 마나부도 한 번은 관심을 가졌어."

그렇게 말한 키류인은 나구모의 앞머리를 살짝 만졌다.

"머리 손질을 빼먹지 않는 모양이네, 여자인 나보다 더 신경 쓴다는 걸 잘 알겠어. 인기가 너무 많아 주체가 안 되는 학생회장. 연애 쪽도 3년 동안 발전했을까?"

"남자랑 사귀어 본 적도 없는 네가 연애의 연 자라도 알기는 하나?"

"물론 난 연애 경험은 없지만, 그건 창피한 일이 아니야. 오히려 내 가치를 높이는 일이라고도 말할 수 있지 않을까?"

"여전히 희한한 사고방식을 가졌군."

두 사람의 기괴한 대화가 다시 펼쳐졌지만, 나구모는 금세 본론으로 돌아왔다.

"그래서 아야노코지는 어땠지? 관심을 계속 가질 만한 가치가 있는 사람이었나?"

"귀여운 후배니까 말이야, 립서비스는 해뒀지. 하지만 그걸로 끝."

"끝? 관심이 사라졌다는 뜻인가?"

"일단은 보류야. 나를 똑바로 보고 말하긴 했지만, 실태를 붙잡으려고 하진 않았어. 그것도 능력이라면 능력이지만. 일단 관심을 잃은 학생회장보다는 즐겼어."

"3년 내내 나를 이렇게 얕보는 말투를 쓰는 건 너뿐이야."

나구모는 키류인의 귓가로 입을 가까이 가져가 속삭였다.

"나보다 위라고 생각한다면 그 우쭐한 태도를 바로잡아 줄 수도 있는데?"

다음 무인도 서바이벌에서 도발에 응해주겠다며 나구모가 도전장을 던졌다.

"졌을 때 네가 잃는 건 이루 헤아릴 수 없을걸, 학생회장. 뭔가 착각하나 본데, 너를 과소평가해서가 아니야. 난 너나 호리키타 마나부같이 뛰어난 통솔력도 없고, 내 편을 만드는 재능도 전혀 갖추지 못했으니까 말이야. 실제로 난 지금까지 진심으로 친구라고 부를 수 있는 존재조차 가져본 적이 없어. 안 그래?"

어딘지 시시하다는 듯 귓가에서 얼굴을 떼는 나구모.

"하지만 그 이외의 요소는 또 별개지."

떨어졌다고는 하나 서로의 얼굴과 얼굴의 거리는 불과 40cm도 되지 않았다.

키류인이 날카로운 눈빛으로 나구모를 바라보았다.

"너보다 못한 부분이 있다는 말인가?"

"어라, 그럼 못한 부분이 절대 없다고 단언할 수 있는 거야?"

"그걸 시험할 기회를 몇 번인가 줬는데 넌 아무것도 하지 않았어. 그 결과가 B다."

지금까지 나구모는 수도 없이 키리야마의 반과 특별시

험에서 거뤘다.

하지만 키류인은 한 번도 반에 협력하지 않았고, A반은 깨지고 B반으로 떨어졌다.

"하긴 결과만 놓고 보면 참패했지."

키리야마는 유쾌하다는 식으로 말하는 키류인을 노려보면서도 두 사람의 대화를 방해하지 않았다.

"뭐, 지금 와서 네가 A, B 같은 것에 구애받을 인간이 아니라는 건 잘 알지만."

이걸로 할 이야기는 끝났다며 나구모가 벤치에서 일어섰다.

"내가 방해했군, 키류인. 남은 학교생활을 실컷 즐겨라."

그 말을 남기고 사라지려는 나구모.

"아까 아야노코지 키요타카의 평가를 보류라고 말했지만, 재미있는 학생이라는 생각은 해."

"뭐?"

"이게 네가 바라던 아야노코지에 대한 대답이겠지?"

키류인을 만난 것은 아야노코지에 대한 감상을 듣기 위해. 그게 한 가지 이유였다.

"재미있다고? 재미와는 거리가 먼 성격이라고 생각하는데?"

이것 봐, 덥석 물었잖아, 하고 말하기라도 하듯이 키류인이 웃었다.

"능력 있는 매는 발톱을 숨긴다잖아? 고난도 시험에서

만점을 받았다고 하니까."

"조금이라도 튀는 게 싫어서 재능을 감추는 녀석들은 있지. 난 그런 녀석을 닥치는 대로 몽땅 쓰러트렸고. 재미있어할 가치가 있다고는 생각하지 않아."

그렇게 말한 나구모는 떨어진 위치에서 기다리고 있는 키리야마를 한 번 쳐다보았다.

"말하자면 공기야. 그 애는 너나 호리키타 마나부와는 다른 공기를 가지고 있는 것 같았어."

"추상적이군."

"그럼 시험해보면 되잖아."

"물론 그럴 생각이야. 이번 무인도 서바이벌에서 놈이 가진 실력도 볼 수 있을지 모르니까."

"호리키타 마나부가 졸업하고 지루해 보였는데, 너한테 후배는 좋은 놀잇감이려나. 진지하게 임하면 무인도 시험의 1위는 분명히 너야, 나구모."

"그래, 난 당연히 1위를 가질 거다. 아니면 나에게 대항심을 불태우고 있는 키리야마가. 하지만 다 휩쓸어버리려면 한 팀이 더 필요하잖아? 네가 그 역할을 맡아라, 키류인. 필요하면 쓸 수 있는 동료를 붙여 줄 테니."

여기서 나구모는 키류인과 접촉한 제일 큰 이유를 밝혔다.

납득했다는 듯 키류인이 웃었다.

"그렇구나. 나를 만나러 온 목적은 협력을 요청하기 위해서였네."

"3위 정도는 후배에게 양보하라고 생각하겠지만, 난 그리 친절하지 않아서."

"너한테는 움직일 장기 말이 수두룩하잖아? 굳이 나한테 부탁할 필요는 없을 텐데."

"할 마음이 없다는 뜻인가?"

"현재까진 상위 50%로 충분해서. 헛걸음하게 해서 미안하네."

그렇게 대답할 줄 알았다는 듯이 나구모가 몸을 돌렸다.

"넌 그런 녀석이었지. 같은 3학년으로서 말 걸어 본 건데, 시간 낭비였다."

취소할 뜻을 내비친 나구모가 키리야마 쪽을 향해 걸었다.

"몸소 여기까지 온 너한테 딱 하나 조언해줄게."

"네가 나한테? 미안하지만 나보다 수준 낮은 녀석의 조언은 필요 없는데."

"그 이론으로 가자면 너는 아무한테도 조언 못 할 텐데."

코웃음 치는 나구모의 등에 대고 키류인이 말을 이었다.

"그럼 혼잣말이라고 생각하고 들어. 넌 후배 따위 상대하지 않고 앞만 보는 게 좋을 거야. 괜히 뒤에 있는 후배한테 시선을 돌렸다간 뼈아픈 기억을 갖게 될걸."

"시답잖은 혼잣말이로군."

걸음을 멈춘 게 손해였다고 말하기라도 하듯 나구모는 다시 걷기 시작했다.

○권유

 여기저기서 나날이 과열되고 있는 무인도 특별시험의 전초전. 그것도 이제 조금밖에 남지 않았다. 이제 일주일 뒤면 끝나는 그룹 짜기는 가경에 접어들었고, 전교생의 90% 이상이 2인 이상 그룹에 속하는 상황이 되면서 일련탁생 하는 관계가 되었다. 이시자키, 마츠시타와 같이 내게 제안했던 학생들도 이윽고 시간이 없어지자 동시에 모습을 감추었다. 그룹을 짜는 것이 늦으면 늦어질수록 자신이 위험해지니 당연한 일이었다.

 나머지 10%도 채 되지 않는 학생들은 다음 주 금요일까지 어떤 결단을 내릴까. 그런 생각을 하고 있는데 내게 한 통의 메일이 날아왔다. 시각은 토요일 아침 9시 30분을 막 지나고 있었고, 보낸 사람은 2학년 B반 이시자키. 최근 들어 진짜 많이 연락한다고 생각했지만, 그 내용은 평소와 달랐다. 류엔이 부르니까 카페로 와 달라는 연락이었다. 가능하다면, 이라는 말이 덧붙여 있지 않은 걸 보니 강제 소집 같은 것이리라.

 물론 거절할 수도 있지만, 그렇게 되면 이시자키가 책임져야 할 것이다. 오늘은 아야노코지 그룹과 만나기로 되어 있지만, 다행히 약속 시각은 오후 1시로 점심시간 이후니까 겹치지는 않으리라. 준비를 마치고 케야키 몰로 출발한 것은 그로부터 15분 뒤였다.

15분이면 충분히 갈 수 있는 거리다. 그룹 짜기도 드디어 막바지로 접어든 가운데, 지금까지 침묵으로 일관하던 류엔도 슬슬 움직이기 시작한 건가.

현재까지 류엔은 아직 아무와도 그룹을 짜지 않았다. 일단은 내게 제안해 올 가능성도 없지는 않은데, 그 가능성은 작게 보고 있다. 그 선도 남기면서, 밖에서 어떤 이야기를 들려줄지가 궁금했다.

케야키 몰로 향하는 도중, 편의점에 들렀다가 돌아오는 듯한 칸자키와 맞닥뜨렸다.

비닐봉지 안에 2L 크기의 페트병 음료 2개가 언뜻 엿보였다.

"이런 시간부터 케야키 몰에?"

"무인도 시험이 시작되면 느긋하게 보낼 시간도 없으니까."

시간에 조금 여유가 있어서 잠시 서서 이야기를 나누기로 했다.

"D반 쪽도 그룹이 속속 만들어지는 것 같던데 넌 아직이냐?"

"난 다른 애들과 달리 친구가 많지 않아서."

그렇게 농담으로 흘려 넘기려고 말해봤는데 칸자키의 표정은 굳어 있었다.

"너랑 호리키타는 D반의 약점을 메워주는 백업 요원 아니냐? 인재는 어느 그룹에 들어가든 결과를 남길 수 있으니까."

얼마 전부터 나에 대한 평가를 높이고 경계 중인 칸자키의 눈에는 그렇게밖에 보이지 않겠지.

"적어도 지금 시점에서 혼자인 칸자키는 그 역할을 맡고 있다는 소리로군."

그러는 C반 칸자키 역시 현재 단독으로 아무와도 그룹이 되지 않았다.

"아야노코지, 이치노세한테 꽤 신뢰받고 있는 모양이던데, 정말로 믿어도 되냐?"

"내가 믿어도 된다고 말하면 믿을 거고?"

"적어도 참고 정도는 할 수 있지."

페트병 주변의 공기가 식으면서 물방울이 맺히기 시작했다.

30도를 거뜬히 넘기는 한여름의 열기가 이 공간을 무섭게 덮쳤다.

"동맹이야 끝났지만, 이치노세를 적으로 생각하지 않아."

거짓말이 아니라 진심으로 칸자키에게 대답했다.

"받아들이기 나름인 대답이네. C반을 적으로조차 인식하지 않는다는 뜻인가."

잘 넘어갈 수 있을 줄 알았는데, 칸자키의 경계심은 상상보다 훨씬 더 높았다.

"칸자키, 나한테서 무슨 말을 끌어내고 싶은 거야?"

평소와 달리 꼭 뭔가를 서두르는 듯한 인상을 받았다.

유도하려는 방향성을 미리 읽는다면 조금이나마 그 의도가 보일 것이다.

"나한테서 어떤 언질을 끌어내 그걸 이치노세에게 전하려고?"

"……너는 이치노세가…… 아니, 우리가 생각한 것보다도 훨씬 예리한 남자였다는 건가. 처음 만났을 때부터 뭔가 잡히지 않는 이상한 느낌을 받았었는데, 이제야 겨우보이네. D반의 도약 뒤에는 너라는 존재가 있었다는 걸."

"글쎄다."

"그렇다면 더욱 협력해주길 부탁한다. 이치노세는 너를무척 신뢰하고 있어. 그러니까 지금의 이치노세로는 안 된다는 걸 네 입으로 전해줬으면 해."

내게 한 발짝 가까이 다가서자 비닐봉지에서 물방울이뚝 떨어져 땅을 적셨다.

"그렇게 하면 이치노세의 생각이 바뀔 거라고 기대하는거야?"

"그래."

"미안하지만 협력하긴 힘들겠다. 난 이치노세가 어떤 방식으로 나오는지 보고 싶으니까."

"그 말은 적인 우리가 몰락하는 모습을 보고 싶다는 뜻인가?"

"그렇게 너무 깊이 파고드는 견해도 꼭 틀린 것은 아니지만……."

나는 잠시 고민했다. 앞으로 기다리고 있을 이치노세의 운명이 어떻게 될지, 물론 지금 단계에서는 아무도 모른다. 하지만 최종적으로 떨어질 때까지 떨어졌을 때…….

칸자키에게 내 생각을 말할지 말지, 순간 망설여졌다. 하지만 금세 마음을 돌렸다. 지금은 계산에 없는 쓸데없는 짓을 해봐야 상황이 호전되지 않는다.

오히려 괜히 이물질을 섞는 것밖에 되지 않으리라.

"근본적인 이야기를 하자면 자기 반은 자기들이 알아서 하는 수밖에 없어. 안 그래?"

"……그렇지. 듣고 보니 내가 너무 안이하게 군 건지도 모르겠군."

칸자키가 자신의 행동을 반성하기라도 하듯 내게 고개를 숙였다.

"사실 난 혼자 한 가지 답을 도출했었지. 하지만 그걸 실행하지 않고 끝날 수 있다면, 쉬운 길이 있다면, 하고 나도 모르게 편한 쪽으로 키를 돌리고 말았어."

칸자키는 그렇게 대답하더니 기숙사 쪽으로 걷기 시작했다.

여유가 없어져서 마음이 급해지기 시작한 거겠지만, 쥐도 궁지에 몰리면 고양이를 문다고 하지.

다음 특별시험에서는 칸자키도 강적으로 우리 앞을 가로막을 수 있을 것 같다.

1

약속 시간 조금 전에 케야키 몰의 카페에 도착했다. 음료 계산을 끝내고 안에 들어가자 평소에는 엮일 일 없는 의외의 두 남자가 같이 있었다.

한 사람은 나를 불러낸 장본인인 류엔, 그리고 또 한 사람은──

"한 명 더 온다더니 그게 아야노코지였나."

2학년 A반 카츠라기 코헤이가 경직된 얼굴로 나를 쳐다보았다.

물과 기름까지는 아니더라도 이 두 사람은 절대 사이가 좋은 편이 아니다.

"이게 도대체 무슨 모임이지?"

"서서 얘기할 셈이야? 앉아."

이상하다는 듯 웃는 류엔의 말에 따라 빈자리에 앉았다.

지금까지 경험해 본 적 없는 독특한 공기가 감돌았다.

"왠지 평범한 학생과는 다른 분위기라고 생각했는데 상상 이상으로 이빨을 감추고 있었군, 아야노코지. 그 시험에서 만점을 다 받고."

2학년이 된 후로는 한 번도 말해본 적 없는 카츠라기가 수학 이야기를 꺼냈다.

"크큭, 그런 옛날 옛적 일에 일일이 감탄하지 마라, 카츠라기."

"옛날? 생각지도 못한 강적이 나타났는데 꽤나 느긋하네. 이치노세를 쓰러트리고 B반으로 올라가서 마음이 들뜨기라도 했나?"

"웃기고 있네. 멋대로 자폭하고 있는 이치노세 따위, 애초에 안중에도 없었다."

역시 의외의 조합인 만큼 벌써 험악한 분위기가 조성되기 시작했다.

"……그래서? 무슨 용건으로 부른 건지 들어보도록 하지."

그 한마디에 이번 만남의 주최자가 류엔이라는 사실이 확정되었고, 나는 카츠라기와 함께 류엔의 말을 기다렸다.

"뭘 그리 서둘러. 좀 편안히 있으라고."

"편안히 있을 수 있겠냐. 너랑 있는 걸 누가 보기라도 하면 귀찮아진다고."

카츠라기가 자꾸만 주위를 신경 쓰며 이야기를 재촉하는 것도 이상한 일이 아니었다.

아무리 휴일 아침이라지만 당연히 학생들의 눈은 적지 않다.

우리를 본 같은 학년이라면 충격을 감출 수 없겠지.

"이번 특별시험에서 A반은 뭘 노릴 생각이지?"

"뭘? 모두의 목적은 하나일 텐데."

"단독으로 반 포인트를 노리는 건지 아니면 다른 목적이 있는지를 묻는 기야. OAA로 그룹을 확인한 것만 봐서는 C반과 D반을 중심으로 그룹을 짜는 모양이던데, 키토는 아직 단독인 것 같고. 그리고 이치노세와 시바타가 사카야나기와 같은 그룹인 건 아무래도 심상치 않아. 손을 잡은 건가?"

나도 그 점이 궁금했었다. 지금 류엔이 이름을 말한 셋 이외에도 A반의 카무로와 하시모토가 C반의 수재인 니노미야와 그룹을 맺었다. 게다가 특수 카드인 『증원』을 가진 사람은 아사쿠라였는데 지금은 A반의 하시모토가 가지고 있었다. 이게 다 단순한 우연이라고 볼 수는 없다.

"어떻게 해석하든 자유지만 단정 짓지는 마라."

"이 자리에서 내가 원하는 건 신경전이 아니야. 필요한 건 정답뿐이다."

"그럼 이해하기 쉽게 대답해주지. 네놈한테는 하나도 알려주지 않을 거야."

카츠라기가 그렇게 딱 잘라 말했다. 아무리 카츠라기와 사카야나기가 적대 관계라고는 하나, 적인 류엔에게 반의 속사정을 말해줄 리 있겠느냐는 당연한 태도였다.

"사카야나기가 어떻게 싸울지, 그걸 알 수 있는 건 그날 뿐이야. 그 애가 직접 말할 때까지는 아무도 몰라. 꼭 알고 싶으면 직접 물어보든가."

"모른다는 건 단순히 신뢰받지 못해서가 아니고?"

"글쎄, 그럴지도 모르지."

류엔이 말했듯, 단순히 카츠라기에게 정보가 오지 않았을 수 있다. 조금 전에 적대한다고 말했지만, A반 내에서도 카츠라기는 유일하다고 표현해도 될 만큼 사카야나기 파가 아닌 사람이었다.

그건 굳이 말로 확인할 것도 없이 이미 다 아는 사실이다.

어쨌든 이 이야기는 어디까지나 서두에 지나지 않겠지.

"답답하네, 카츠라기. 작년 이맘때는 그래도 내 놀이 상대가 됐었는데. 지금은 너무 초라하게 됐군. 다른 쓰레기들이랑 동급의 존재감이야. 파벌 싸움에서 진 인간의 말로인가."

"그러는 네놈도 이시자키한테 한 번 깨진 적 있다던데."

폭언에 폭언으로 응수. 입씨름을 주고받으면서도 류엔은 시종일관 즐거운 듯 웃고 있었다.

"너도 처음부터 다시 기어오를 생각은 없나? 거치적거리던 토츠카가 제거됐잖아?"

갑자기 오른쪽 주먹으로 테이블을 치는 카츠라기. 자신을 따르던 야히코의 이름이 나오자 지금까지 차분하던 카츠라기가 분노를 드러냈다.

"나를 화나게 하는 게 목적이었으면 성공했다, 류엔. 이제 만족하나?"

"뭐야, 아직도 그런 감정이 있다니. 좀 마음이 놓이네."

세 번 정도 박수 친 류엔이 카츠라기에게 이렇게 말을 이었다.

"다음 특별시험에서 사카야나기를 퇴학시키면 전개가 재미있어질 것 같지 않아?"

"……뭐라고?"

"녀석이 사라지면 A반 리더 자리도 당연히 비게 되지. 그럼 네가 다시 리더 자리에 앉을 수 있다는 얘기야."

"무슨 속셈이 있는 건지는 몰라도 불가능해. 설령 무인도에서 지게 만든다고 해도 구제를 위한 프라이빗 포인트를 넉넉히 가지고 있어. 그리고 여차하면 프로텍트 포인트를 행사할 수도 있고."

지금과 프로텍트 포인트를 가진 사카야나기를 퇴학시키기란 앞으로도 몹시 어렵다.

"하긴 녀석을 퇴학시키려고 마음먹는다면 적어도 두 번은 찌를 필요가 있으니까. 뭐, 이번 특별시험에서라는 건 농담이다. 무인도 서바이벌은 적을 제치는 게 아니라 자기 힘으로 기어 올라가야 하는 거니까."

조금씩이지만, 류엔이 이 자리를 마련한 본론에 가까워지고 있음을 알았다.

"1위에서 3위까지 받는 보수는 A반을 사정권 내에 들어오게 하는 데 충분한 포인트지만, 규칙이 좀 귀찮아서. 미리 손 써두려고 생각한 거지."

"그래서 나와 아야노코지를 불렀다고?"

"그렇지."

어떤 전략이든 류엔의 말을 쉽게 받아들일 카츠라기가

아니리라. 카츠라기는 사카야나기에게 남다른 감정이 있겠지만, 그녀를 적으로 돌리는 행동은 자신이 몸담은 A반에 활을 겨누는 것이기도 하다. 패권 다툼을 하던 초반이라면 모를까, 지금은 그렇게 해봐야 자기만 손해다.

"그나저나 이치노세는 잘도 그 여자랑 손잡을 생각을 했군. 잘 회유 당했거나 무능아 나름대로 머리를 굴린 게 있거나. 안 그러냐?"

"내가 알아? 그리고 그 말을 사카야나기가 들으면 그대로 돌려줄걸. 너와 손잡는 별종은 그리 많지 않잖아. 문제 아니까."

카츠라기는 적대하는 사카야나기를 배신하려 하지 않고 오히려 편을 들며 대답했다.

"그러면 여기 있는 사람은 모두 똑같은 문제란 소리지."

셋 다 아직 누구와도 그룹을 맺지 않고 단독으로 행동하고 있다.

그런데 왜 굳이 카츠라기를 부추기는 걸까. 아무리 적대심을 건든다고 해도 카츠라기가 쉽게 배신하지 않는다는 것은 지금까지의 흐름을 보면 쉽게 알 수 있는데.

아니면…… 혹시 몰라서 사카야나기를 배신하지 않는 자세를 확인하려는 건가?

"좋네, 카츠라기. 네 그 아무짝에도 쓸모없는 올곧음, 나쁘지 않아."

"아무리 날 부추겨도 네가 얻는 건 없을 거다, 류엔."

이제야 류엔은 본론으로 들어가기를 결심했는지, 몸을 곧추세우고 바로 앉았다.

"이번 특별시험에서 중요한 것 중 하나는 2학년이 가진 반 포인트를 빼앗기지 않는 거야. 1학년과 3학년의 사욕을 채워주는 건 절대 사양하고 싶으니까. 그러려면 최소한의 자기 편을 만들어 둘 필요가 있잖아? 자기 반만 가지고 싸우기에는 전력이 너무 빈약하니까."

그룹 구성도 다 끝나가는 이 타이밍에 연대 제안.

"B반 잔챙이들을 그룹에 넣어 싸울 바에야 나 혼자 싸우는 게 낫겠다고 생각했는데, 그 이외에서 전력을 끌어올 수 있다면 또 이야기가 달라지지."

어딘지 기분 나쁜 미소와 시선이 카츠라기를 붙잡았다.

"설마 지금 나더러 협력하라고 말하는 건가?"

"너뿐만이 아니야. 거기서 멍청하게 이야기를 듣고 있는 너도다, 아야노코지."

그 시선이 나에게도 향했다.

"……나도냐."

"아무 이유도 없이 불러냈을 리가 없잖아."

그럴 가능성은 작다고 보고 있었는데 설마 진짜로 협력을 요청할 줄이야.

"거절할게. 보수가 A반에도 들어온다지만 너 같은 인간이랑 그룹 할 마음은 없어서."

"빨리도 결정하는군. 사람 말은 끝까지 들어야지."

"그럴 필요 없어. 그런데—— 왜 아야노코지도 불렀는지 그 이유는 들어보지."

"왜냐고?"

"4월 말 특별시험 때 아야노코지가 수학에서 만점을 받은 건 놀라운 게 사실이야. 과연 비범한 능력이 있다는 건 인정해. 하지만 이기기 위해 고른 적임자라고 과연 말할 수 있을까?"

협력하는 것은 곧바로 거부한 카츠라기가 류엔의 전략에 불만을 가진 듯했다.

그 전략에 내가 들어 있는 게 이해되지 않는 것이다.

"내가 어중간한 전략을 세웠다고 생각하는 건가?"

"그래. 아야노코지를 넣으면 받게 될 반 포인트도 3분의 1까지 줄어들어. A반인 나한테 제안했으면 키토를 그룹에 넣는 게 더 현명한 선택이라고 할 수 있겠지. 세 반이어야 할 필요가 있다면 C반의 칸자키도 아직 혼자고. 적어도 우선도는 아야노코지보다 위야."

마치 참모인 양 옳은 멤버 후보를 언급하는 카츠라기.

"아무것도 모르면 그렇게 말하는 것도 무리가 아니지만, 내 선택은 틀리지 않았다. 안 그래? 아야노코지."

"무슨 뜻인지 모르겠는데."

카츠라기에게 동조하듯, 제안한 이유를 모르겠다며 어깨를 움츠렸다.

"발연기는 이제 그만해라. 넌 나를 한 번 쓰러트리고 입막음 한 남자 아니냐."

내 입장 따위 상관없다는 듯 류엔이 말했다.

농담으로도 들릴 수 있겠지만 카츠라기는 이 자리에서 쉽게 결론을 도출하지는 않을 것이다.

"입막음했다고? ……그게 사실이냐?"

나와 류엔, 모두에게 진실을 확인했다.

"그래, 아주 호되게 당했지. 덕분에 나는 한 번 퇴학 결심까지 했었으니."

여기까지 들으면 카츠라기도 여러 가지로 연결되는 부분이 나올 것이다.

한때 공식적인 무대에서 모습을 감췄던 것과 연결 지으면 상상하기 그리 어렵지 않다.

"인정해라, 아야노코지. 여기서 카츠라기를 계속 속여 봐야 내가 다 말하면 되니까?"

오히려 필요 이상으로 말해버리겠다고, 반쯤 협박했다.

"인정하면 내가 협력할 것 같고?"

"뭐, 카츠라기처럼 쉽게는 하지 않겠지만."

우리의 대화에 귀를 기울이던 카츠라기가 한숨을 내쉬었다.

"역시 방금 들은 이야기는 이해가 안 가는군. 아야노코지가 네놈을 쓰러트렸다니 믿을 수 없다고. 그리고 애당초 아까도 말했지만 세 반이 협력하게 되면 1위가 되어봐야 반 포인트가 각각 100밖에 들어오지 않아. 네가 따라잡으려고 하는 A반과의 차도 진혀 좁혀지지 않게 되지."

이 그룹의 존재 의미에 대해 강한 의문을 느끼는 카츠라기.

"그렇게 말하면 그렇지, 완전히 잊고 있었네. 참모로 합격점을 줄게."

류엔은 히죽 웃으며 그렇게 말한 후 다시 카츠라기에게 시선을 옮겼다.

이런 상황에서도 류엔은 어딘지 장난스러운 태도를 누그러뜨리려고 하지 않았다.

"그렇군…… 효율 나쁜 세 반이라는 제안에, 아야노코지 한테 당했다는 엉뚱한 소리를 하는 이유가 뭔가 했더니 아무래도 진지한 대화는 처음부터 할 생각이 없었던 거군."

류엔이 처음부터 끝까지 장난치고 있다고 받아들였는지 자리에서 일어나 돌아가려고 하는 카츠라기.

"진지한 대화인데? 그딴 거, 처음부터 당할 리 없다는 건 너도 알았을 거 아냐. 그런데도 넌 여기 왔지. A반을 위해 스파이 활동이라도 하고 오라고 부탁받았나?"

무시할 수도 있었던 호출에 응한 카츠라기.

분명 거기에는 어떠한 이유가 있었던 것이 틀림없다.

"네놈은 죽은 척하면서 어딘가에서 살아날 기회를 모색하고 있는 거야. 그렇지?"

토츠카 야히코라는, 카츠라기를 따르던 학생을 퇴학으로 내몬 사카야나기.

그런 그녀를 진심으로 용서했는지 아닌지, 그것을 류엔은 확인하고 있었다.

"내가 생각하는 게 있든 없든 네놈이랑은 아무 상관 없어."

"어차피 여기까지 왔잖아. 이야기를 끝까지 들어라."

"다 들어도 절대 협력하지 않을 거다. 물론 난 사카야나기와 반쯤 대립 관계에 있지. 하지만 반에 피해를 주는 건 원하지 않아. 할 수 있을 리가 없어."

그런 카츠라기의 말을 듣고 류엔은 유쾌하다는 듯 반복해서 손뼉을 쳤다.

카츠라기를 바보로 여기는 것이 아니라 그 말을 기다리기라도 했다는 듯이.

"피해를 주는 걸 원치 않아? 작년에 무인도 시험 이후로 너희 A반은 나와 맺은 계약 때문에 매달 열심히 거금을 보냈던 거 벌써 잊었냐?"

카츠라기는 선 채로 딴 곳을 향했던 시선을 류엔에게 돌렸다.

"그건 대등한 계약이었어. 너희 반으로부터 200포인트를 받았고 그걸 A반이 대신 낸 것뿐이야. A반의 독주에 한몫한 거라고."

"그야 숫자만 놓고 보면 그렇지. 하지만 너희는 매달 정신적 타격을 입었잖아? 왜 자기들 프라이빗 포인트를 나눠줘야 하느냐며."

사람은 의외로 욕심 많은 동물이다. 원래는 그럴 계획으로 시작했다고 하더라도 점점 불만을 느끼기 시작하는 것이다. 매달 한 사람당 2만 엔이라는 금액을 류엔이 착취하는 것. 한 명이 빠졌다고는 하나 반 전체로 치면 78만 엔. 연간 936만 엔이 류엔의 호주머니로 들어간다. 좋아하는 상대라면 또 모를까, A반과 대치하는 적의 리더에게 계속 헌납하는 행위는 결코 기분 좋은 일이 아니다. 하물며 그 계약을 맺은 사람이 반의 리더 사카야나기가 아니라 지금은 그늘 같은 존재가 된 카츠라기니까 말이다.

"당연히 가시방석에 앉은 기분이겠지, 카츠라기. 그런데 빚이 있어서 복수도 하지 못하고."

"그래서…… 그래서 뭐 어쩌라고."

다시 분노의 감정을 드러낸 카츠라기가 당장이라도 류엔에게 덤벼들 듯한 눈으로 쳐다보았다.

"B반으로 와라, 카츠라기."

너무나 대담한 류엔의 제안.

화난 것도 잊어버릴 정도로, 카츠라기의 사고가 일시 정지되었을 것이다.

"무슨 말도 안 되는 소리야. 나더러 B반에 가라고?"

"부족한 돈은 당연히 내줄게."

"네놈이 필요한 돈을 갖고 있다고 해도, 왜 내가 B반에 가야 하지? 내 손으로 A반이라는 지위를 버리라는 거냐?"

"사카야나기는 머지않아 내가 끌어내릴 거야. 그렇게 되면 어차피 그 반은 떨어진다. 즉 지금의 A반에는 아무런 가치도 없다는 소리지. 안 그래?"

사카야나기라는 리더가 빠지고 만다면 최전선에서 싸우기란 과연 힘들어진다.

"네가 가진 포인트는?"

"……180만 포인트 정도."

"뭐야, 나름 꽤 모았잖아? 썩어도 A반이군."

하지만 당연히 2,000만 포인트까지는 한없이 부족하다.

또 류엔은 매달 학교에서 입금되는 돈과 A반으로부터 뜯어내는 돈을 다 합해도 매달 80만 조금 더 되는 돈만 지갑에 들어올 뿐이다. 지금 가진 것이 1,000만이 되느냐고 묻는다면 미묘한 부분이리라.

지적당하리라는 것을 알았던 류엔은 종이 한 장을 꺼내 테이블 위에 올렸다.

"이거 본 기억 있지? 너랑 작년에 맺은 그 계약서야."

"……그래."

"사카야나기와 교섭해서 이걸 500만에 넘기기로 했어."

꽤 큰 금액이기는 했지만, 앞으로 졸업 때까지 지불할 금액을 단순히 계산한다면 대략 1,000만 가까이 깎인 금액이다. 게다가 류엔에게 돈을 지불해야 한다는 정신적 부담이 사라지게 된다면 정신적으로 리셋할 수도 있다. 아무리 생각해봐도 류엔이 손해인 제안이었다.

물론 많은 프라이빗 포인트를 한 번에 내면 류엔이 그 돈을 써서 뭔가 하리라는 것은 사카야나기도 예상할 수 있겠지. 이번 시험으로 말하자면 최적의 그룹을 만들기 위해 또는 강력한 카드를 사 모으기 위한 시금석이라고 생각할 수 있다.

하지만 그럴 위험을 알고도 사카야나기는 압도적으로 우위에 서는 교섭에 응했다고 볼 수 있다.

내가 사카야나기라도 류엔의 제안을 받아들였으리라.

"그 돈을 써서 나를 빼낼 거라고는 말하지 않았나?"

"설마 너, 말하면 이 제안을 사카야나기가 거절한다고 생각하는 거냐?"

"……아니, 사카야나기라면 받아들이겠지."

자신들에게 이익밖에 없는 제안을, 사카야나기가 거부할 리 없다며 카츠라기가 인정했다.

"이런 기회는 두 번 다시 찾아오지 않아, 카츠라기."

카츠라기가 계속 묶여 있던 계약을 무효로 만들고, 그 돈을 써서 카츠라기를 얻겠다는 이야기.

이는 바꿔 말하면 카츠라기 코헤이라는 인간에게 거금 2,000만 포인트를 쓰겠다는 뜻이었다.

그리고 카츠라기는 당당하게 사카야나기와 대결할 수 있게 된다는 뜻이기도 했다.

"왜…… 나 같은 인간한테 이렇게까지 하지?"

"크큭, 자기 평가가 꽤 낮군, 카츠라기. 뭐, 그야 값싸진 않았지만."

어디까지나 류엔이 해야 할 일은 A반을 쓰러트리는 것.

설령 사카야나기를 쓰러트려 퇴학으로 내몰았다고 해도, 카츠라기가 남는 것은 썩 좋은 일이 아니다. 방어를 중시하는 카츠라기가 다시 리더가 되면 A반이 강고한 성채가 되는 것은 피할 수 없겠지.

하지만 먼저 카츠라기를 잡고 그 후에 사카야나기를 무너뜨리면 A반은 한 방에 무너진다.

그러는 데 필요한 돈은 아낄 생각이 없다는 것이겠지.

그리고 카츠라기 개인의 높은 능력도 충분히 평가하고 있을 터다. OAA의 종합 능력도 높아서 지금의 B반에 들어온다면 카츠라기가 1위가 된다.

"계약서를 무효로 하는 500만에 네가 가진 포인트. 나머지 부족한 포인트는 반 애들한테 받아놨지. 너를 맞이하기 위해 궁핍한 생활을 강요했거든."

5월부터 7월까지만 해도 39명이 저축하면 650만에 가까운 프라이빗 포인트가 모인다. 나머지는 부족한 액수를 한 사람당 20만 조금 안 되게 회수하기만 하면 끝. 물론 일시적으로 B반의 자금이 고갈되겠지만, 탑클래스 학생을 영입하는 일이니 결코 비싼 대가가 아니었다. 류엔은 미리 준비해 둔 또 한 장의 계약서를 꺼냈다. 거기에는 제공한 돈을 써서 카츠라기가 류엔의 B반으로 옮기기 위한 약정이 적혀 있었다.

"얼른 사인해. 2,000만을 써서 반을 이동하게 하려면 몇 가지 조건이 있으니까. 남이 강제로 특정 인물이 반을 옮기게 명령하는 건 불가능하거든. 어디까지나 본인이 자발적으로, 그리고 자기 자금으로 임의의 반에 이동하겠다고 선언할 필요가 있어."

이 계약서는 카츠라기에게 거금을 줬는데 그냥 가지고 도망간다거나 다른 용도로 쓰지 않게 하기 위한 것.

뭐, 어차피 이렇게 큰돈을 자기 마음대로 쓴다면 카츠라기에게 사기죄가 적용되겠지만.

요컨대 이 계약서의 목적은 카츠라기의 부정을 막는 것이 아니었다.

변심을 막으려는 계약서였다.

"진심인가 보군."

"다행이네, 카츠라기. 네가 오늘까지 혼자여서 나도 제안할 생각이 들었던 거니까."

만약 카츠라기가 누군가와 그룹을 맺었다면 이 이야기는 꺼내지 않았을 거라고 류엔이 말했다.

"이것도 운명이라고 생각하고 받아들여라."

의자에서 일어나 있던 카츠라기가 잠시 아무 말 없이 서 있더니 마치 체념하기라도 한 듯 다시 의자에 앉았다.

카츠라기의 내면에 숨어 있던 사카야나기에 대한 복수심.

그것을 류엔이 훌륭히 끌어내 자기 편으로 끌어들이는 데 성공했다. 이제 카츠라기는 류엔의 밑에 들어갔다. 한 가지 확실한 사실은 이 계약이 류엔의 반에는 분명 커다란 플러스로 작용하리라는 것. A반과의 차이가 분명히 좁혀지게 되었다.

카츠라기가 천천히 계약서에 사인했다.

"나를 끌어들이는 건 좋은데 원하는 게 뭐야. 내 마음대로 의견을 말해도 상관없는 건가?"

"마음대로 해. 네 딱딱한 의견도 가끔은 도움이 될 때가 있으니."

다 된 계약서를 받아든 류엔이 그렇게 대답했다. 이 학교에서는 전례 없는, 개인이 다른 반으로 이동하는 사례가 만들어졌다. 그것도 A반으로 올라가는 것이 아니라 B반으로의 이동. 두 조건이 겹쳐짐으로써 생긴 우연의 산물이라고도 할 수 있겠지. 반을 장악했기 때문에 명령만 하면 프라이빗 포인트를 마련할 수 있는 류엔의 강점. 그리고 카츠라기가 A반에서 고립되어 리더에게 불만과 복수심을 안고 있는 인물이었다는 것. 우려되는 요소가 있다면 그건 바로 다음 무인도 시험에서 열심히 잘 피해야 한다는 점이리라. B반 안에서 페널티를 해결할 여유가 있는 학생은 별로 없을 테니까.

"그런데 아야노코지. 넌 뭐 하고 있냐?"

"뭐?"

내가 컵에 남은 5분의 1가량의 커피에 물을 넣고 있는 모습을 보고 류엔이 이상하다는 듯 물었다.

"아니, 문득 커피를 3, 4배 정도 희석하면 어떤 맛이 날까 궁금해져서."

솔직한 의문을 말하자, 류엔도 카츠라기도 한층 이상하다는 표정을 지었다.

"……정상은 아니군, 아야노코지."

카츠라기가 어딘지 꺼림칙하다는 듯, 다소 심한 말을 했다.

"그런데 나와 같이 제안했던 아야노코지는 어떻게 할 생각이지? D반 학생을 그룹에 넣으면 보수가 반으로 줄어드는데."

"아무도 이 그룹에 넣겠다고 말하지 않았는데."

"그럼 무슨 협력을 구하는 거야."

"아야노코지가 당첨된 시련 카드."

류엔이 내가 받은 카드에 대해 언급했다.

"그거 나한테 팔아라."

무슨 협력 요청을 하나 했더니 그런 건가.

"카츠라기의 매수로 자금을 마련하기 꽤 힘들어졌을 텐데. 그만한 돈은 준비되어 있고?"

"50만 정도면 어떻게든 해볼 수 있어. 그거면 되잖아."

과연 시련 카드를 처리할 거라면 이 타이밍밖에 없으리라. 결코 이득인 교환이라고 말할 수는 없지만, 적어도 케이를 위한 돈을 마련할 수는 있다.

"한 가지 조건이 있어. 반감 카드를 가진 학생이랑 우리 반에서 편승을 가진 학생이랑 교환해주라. 그걸 받아들이면 너한테 넘겨도 상관없어."

만약 여섯 명 그룹을 만들지 않고 세 명인 상태에서 케이가 페널티를 받아도, 반감을 쓰면 100만 포인트까지 줄일 수 있다. 확실한 안전권에 드는 것이 좋다.

"크큭, 그럼 결정됐군. 반감 카드라면 딱 좋아, 그렇지? 카츠라기."

"어차피 처리할 거였어. 반감 카드는 가지고 있어 봐야 별 의미 없으니까."

그러고 보니 카츠라기가 받은 카드가 반감이었나.

시련 카드를 가진 류엔이 1위가 된다면 단숨에 450 반 포인트.

B반은 1,000 반 포인트 선이 보이게 되는 것이다.

2

이윽고 그룹 형성에 주어진 시간이 끝나는 7월 16일이 되었다.

아침 준비를 하던 내게 한 통의 전화가 걸려왔다. 이시자키였다.

"여어, 아야노코지, 좋은 아침!"

"웬일로 전화를 다?"

"곧 그룹 구성이 끝나잖아? 그걸로 좀 할 얘기가 있어서."

"니시노 일이야? 어제까지는 아무와도 그룹이 안 된 것 같던데."

아직 오늘 아침 OAA는 확인하지 않았는데, 상황에 변화가 생긴 것일까.

"결국 반에서는 그룹 할 상대를 찾지 못해서 최종적으로 이치노세한테 부탁했거든. 그랬더니 C반의 츠베가 도와주겠다고 해서."

2학년 C반의 츠베 히토미인가. 학력, 신체 능력 모두 B 이상으로 충분히 전력이 되는 학생이다.

"그거 잘됐네."

"응. 이제 우리 B반은 거의 전원이 2인 이상 그룹을 완성했지만……."

B반에서 아직 그룹을 만들지 못한 학생.

"이부키 말이군."

"맞아, 이부키 녀석만 아직 혼자야. 누가 좀 받아줄 수 없을까?"

"혼자 특별시험을 치르는 건 위험하니까 말이지. 어떻게든 해주고 싶은 마음은 잘 알겠어."

하지만 이시자키의 목소리에서, 몇 번이나 설득했지만 실패했다는 것이 느껴졌다.

"좀 시간을 줘. 떠오르는 사람이 없는 건 아니어서."

"정말이야? 미안하다, 아침부터 이런 이야기를 꺼내서."

나는 이시자키에게 나중에 연락하겠다고 전하고 전화를 끊었다.

그리고 이부키와 그룹이 되어 줄 만한 사람에게 연락을 취해 보기로 했다.

다행히 그 인물은 아직 기숙사를 나서지 않은 듯해서, 로비에서 만나기로 했다.

내가 내리고 다음 엘리베이터에서, 약속한 호리키타가 모습을 드러냈다.

호리키타 역시 아직 아무와도 그룹을 맺지 않은 몇 안 되는 학생이었다.

"그룹, 어쩔 셈이야?"

"새삼스럽게? 어쩌고 자시고, 난 이번에 그룹을 만들 생각이 없어. 최대 그룹 인원수가 여섯 명이라는 걸 고려한다면 혼자 움직이는 것도 나쁘지 않아."

"임기응변으로 대응하기 쉽게 그런다는 건 알아. 하지만 만에 하나 아프기라도 하면 그 시점에서 실격인데. 거액의 페널티를 지불하지 못하면 그 길로 퇴학이라고."

굳이 내가 충고할 일이 아니라는 건 잘 알고 있지만.

"그 정도 리스크를 감수할 각오는 있어야 하지 않겠니? 그러는 너도 아직 아무와도 그룹을 맺지 않은 건 그런 이유 때문 아니야?"

"그렇다고 해도 나랑 너는 짊어질 리스크가 다르지."

"뭐가 다른데?"

"작년에 넌 무인도 시험 전에 아팠었지."

"설마 1년 전 이야기를 꺼낼 줄이야. 누구나 아플 때는 있어."

"그렇지. 하지만 넌 겨울에도 열이 나서 쉬었지. 1년에
두 번이야."

"어쩌다가 우연히 작년에 한 번도 쉬지 않은 너니까 이
번에도 괜찮을 거라는 얘기니?"

"자기 관리라는 문제에서 보자면 너보다야 자신 있지."

개근이라는 사실을 들이밀면 호리키타도 받아들이는 수
밖에 없다.

"알았어. 네 말대로 난 너보다 자기 관리를 못했어. 인정
해. 하지만 그게 불안 요소가 된다고 해도——"

내 눈을 본 호리키타는 약간 열을 띠기 시작하던 어조를
다시 차분히 가라앉혔다.

"알면 됐어. 네 방식에 반대할 생각은 처음부터 없었어."

몸 관리를 철저히 해둘 것.

그것을 강하게 의식하게 되었다면 충분하다.

"하지만 그렇게 한다고 해도 단독 행위가 위험하다는 건
달라지지 않는 사실이야."

"그렇지."

"반에서 아무와도 그룹을 짜지 않은 사람은 나랑 호리키
타, 그리고 코엔지까지 세 사람뿐. 나머지는 최소 두 명 이
상의 그룹을 만들었어. 그러니까 가능하면 2인 그룹을 만
들어 보험을 들어둬야 해."

"반에 남은 사람은 너랑 코엔지뿐. 즉 더는 그룹을 짤 방

법이 없는 거지."

"같은 반이라면 그렇겠지."

"여자 중에 아무와도 그룹을 하지 않은 사람이 아직 남
아 있어?"

"그래, 딱 하나 떠오르는 사람이 있지."

"그게 누군데?"

"2학년 B반의 이부키야. OAA로 안 봤어?"

"그러고 보니 전에 봤을 때는 아직 혼자였었지."

"이시자키한테서 걱정하는 소리를 들었어. 이부키와 그
룹을 짜줄 사람 어디 없냐고. 이번 특별시험 때 같이 그룹
을 해보는 건 어때? 호리키타."

"내가 이부키랑?"

"여자 두 명이면 어느 그룹에도 합류할 수 있어. 말이라
도 해보는 건 어떨까?"

"그야 보험을 드는 편이 좋은 건 사실이지만…… 알았
어, 말은 해볼까."

애초에 가망이 없다고 생각했는지, 호리키타가 이부키
와 만날 것을 순순히 받아들였다.

나는 점심시간에 시간을 만들도록 이시자키에게 연락해
두기로 했다.

3

점심시간이 되자 나는 호리키타를 데리고 이시자키와 만나기로 한 장소로 향했다.

"오, 아야노코지! 여기야, 여기!"

멀리서 나를 발견하자마자 이시자키가 펄쩍펄쩍 뛰며 손을 흔들었다.

그 옆에는 언짢은 듯 팔짱을 낀 채 우리를 노려보는 이부키도 있었다.

"저 애, 승낙한 거야?"

"저 모습을 봐서는 글쎄다."

이야기를 듣고 그룹을 할 마음으로 왔다고 하기에는 기분이 상당히 나빠 보였다.

자세한 설명 없이 그냥 끌려왔다고 보는 게 옳으리라.

"빨리 이쪽으로 와!"

다시 폴짝폴짝 뛰면서 어필하는 이시자키.

"꽤나 친한 친구를 사귀었구나?"

이시자키의 태도에 살짝 깬다는 식으로 말하는 호리키타.

"좋은 녀석이야."

"그렇더라도 난 별로 가까이하고 싶지 않네."

과하게 뜨거운 남자라는 의미에서는 스도와 비슷하지만, 이시자키는 이시자키대로 또 다른 계통이니까 말이지.

"도대체 무슨 일이야? 왜 아야노코지와 호리키타가 오

는데?"

역시 말하지 않았군.

나는 호리키타와 시선을 마주쳤다. 이 자리에서 이시자키에게 진행을 맡기는 것은 좀 불안해 보인다.

"사실 한 가지 의논할 게 있어서 이시자키보고 이부키를 불러달라고 했어."

어쩔 수 없어서 내가 설명을 시작했다.

"그래서?"

"이번 특별시험에 이부키는 혼자 참가한다며?"

"내 마음이지."

더 말 붙일 엄두도 안 날 만큼 짧고 담담한 대답이 돌아왔다.

"그룹을 짜는 편이 좋다고 몇 번이나 권했는데 말이야."

"난 필요 없어."

"뭐, 필요가 없다기보다 그룹 하자고 말한 녀석이 없었던 거지."

돕고 싶은 건지 방해하고 싶은 건지, 이시자키가 자꾸만 쓸데없이 사족을 달았다.

나는 눈빛으로 조용히 하라고 신호를 보냈다.

"엥? 왜 그래, 아야노코지."

하지만…… 그런 부탁 따위가 통할 리도 없어서, 이시자키가 되물었다.

"아무것도 아니야. 참고로 여기 있는 호리키타도 이부키와 똑같이 아무와도 그룹을 짜지 않았어."

"그런데?"

"이번 무인도 시험, 그룹을 만들지 않으면 많이 불리할 테니까. 세 명까지는 힘들어도 두 명이 그룹을 만들면 최악의 경우 누가 기권하더라도 계속 이어갈 수 있어."

여기까지 설명하면 무슨 소리인지 이해하겠지.

"이제 기한까지 시간이 없으니까."

"그거, 설마 호리키타랑 손잡으라는 뜻?"

"뭐, 그런 이야기지."

"뭐?! 멋대로 뭐라는 거야?!"

"신체 능력에 관해서는 문제없어 보이는데…… 그것 이외에 조금 불만이 있어."

"너까지 무슨 소릴 하는 거야?!"

이부키가 서슴없이 거리를 좁혔다.

그리고 뒤에서 태평한 얼굴을 하는 이시자키를 노려보았다.

"너도 나랑 호리키타가 그룹이 되게 하려고 도왔다는 거지?"

"호리키타인 줄은 몰랐지만. 하지만 괜찮지 않냐, 그룹 해도."

"난 이 녀석도 엄청 싫지만, 호리키타는 더 싫어."

이 녀석이란 나를 두고 하는 말이다. 정성스럽게도 손가락을 내 눈앞까지 들이댔다.

"아야노코지, 굉장히 미움받고 있구나."

"나도 모르는 사이에. 하지만 네가 더 미움받는 것 같은데."

"그거 영광이네."

이부키는 나와 호리키타가 귓속말을 주고받는 것도 신경 거슬렸는지 짜증을 감추려고 하지 않았다.

"호리키타한테 부탁받았는지 어쨌는지는 몰라도 절대로 그룹 안 해!"

정말로 호리키타가 마음에 들지 않는 모양이군.

거부하겠다고 내게 힘주어 말했다.

"어라, 나 아직 너랑 그룹 하겠다고 말한 기억이 없는데?"

이부키의 태도를 보고 호리키타가 그렇게 자극했다.

"뭐? 무슨 의미야."

"뭔가 착각한 것 같네. 너는 마지막까지 남겨져서 혼자 하는 거겠지만 난 내가 원해서 혼자 싸우기로 한 거거든.

똑같이 혼자라도 상황은 전혀 다르다는 얘기지."

왠지 어이없어하며 그렇게 대답하는 호리키타. 그 모습에 이부키가 불이 붙은 모양이었다.

"나도 내가 원해서 혼자 하려는 거거든. 아니 그리고 네가 혼자 하겠다니 마침 잘됐네. 승부를 겨루자, 호리키타."

날카로운 시선의 끝을 내게서 호리키타에게로 옮겼다.

"한마디만 해도 될까? 너 왜 나한테 대항심을 불태우는 거니? 그야 무인도 때랑 체육대회 때 붙을 기회가 있긴 했지만, 특별히 무슨 일이 있었던 것도 아닌데."

"그렇게 생각하는 건 너뿐이거든."

내가 알기로, 무인도 싸움에서는 이부키가 이겼다.

그리고 체육대회의 100m 달리기 때는 호리키타가 이 겼다.

1승 1패. 하지만 둘 다 전력을 다했다고 말하기는 어렵다.

우선 무인도 시험에서는 호리키타가 고열을 앓으면서 불리한 싸움을 강요받았다. 체육대회 때는 이부키가 과도 하게 호리키타를 의식하는 바람에, 제대로 달리지 못했던 것도 분명 있었다.

즉 누가 더 우수한지를 묻는다면 아직 판단 불가능.

옥상에서 류엔과 함께 내게 졌던 이부키는 훗날 결착을 짓기 위해 도전장을 날린 적도 있다.

요컨대 확실히 매듭짓지 않으면 납득하지 못하는 성격 의 소유자라는 뜻.

이번에는 무인도 서바이벌에서 누가 살아남는지를 걸고 경쟁하고 싶은 것이다.

그렇게 생각하면 이부키가 호리키타의 손을 잡을 리 없다.

"아무래도 시간 낭비였던 것 같네."

"잠깐만. 내 도전을 받아들일 거야? 안 받아들일 거야?"

"난 개인플레이가 하고 싶어서 단독으로 있는 쪽을 고른 게 아니야. 특별시험이 시작되면 임기응변으로 어느 그룹 과 합류할 수도 있어."

1대1이라면 성립하는 승부일지 몰라도, 과연 공평한 싸움이 되지 못하리라.

　"촌스럽긴."

　"촌스럽고 아니고를 가지고 특별시험을 치는 건 아니니까."

　호박에 침주기, 이부키의 도발을 호리키타는 족족 태연하게 받아칠 뿐.

　"단독으로 싸울 의지가 강하다면 내가 그룹을 짜더라도 지지 않도록 노력해 봐. 그렇게 해서 이긴다면 조금은 인정해줄게."

　"……나쁘지 않네."

　호리키타와 이부키가 그룹이 될 리도 없어서 이렇게 교섭은 결렬되었다.

　하지만 일부러 끝까지 도발함으로써 이부키의 동기를 확고하게 만든 것만은 틀림없으리라. 나는 이시자키에게 가볍게 사과하고 호리키타와 교실로 돌아갔다.

　"이부키가 받아들일 리 없다는 거 처음부터 알았잖아. 친절하네."

　"도발해서, 그 애가 무모한 짓을 저지르고 실격당하는 걸 노린 거야."

　솔직하지 않은 대답이 정말 호리키타답다고 생각했다.

○폭풍 전의 고요

1학기 종업식은 어이없을 만큼 빨리 찾아왔다가 끝나버렸다.

벌써 우리는 다음 목표로 나아가야만 한다.

1년 만에 이 학교를 떠나 이제 항구로 떠나게 된다. 그리고 대형 여객선을 타고 어느 무인도로. 느긋하게 지낼 시간도 주어지지 않은 채, 내일 아침이면 특별시험이 시작을 고하는 것이다. 일단 교실에 모여서 간단한 설명을 듣게 되어 있던 학생들은 자기 반으로 늘 그렇듯이 등교. 담임 교사가 모습을 드러내기를 기다렸다. 모니터에는 잊어버린 물건이 없는지 확인하기 위한 몇 가지 체크 리스트가 표시되어 있었다.

최대 일주일분까지 가져갈 수 있는 속옷은 위생을 유지하기 위해서라도 반드시 빠트려서는 안 되는 물품이다. 스마트폰은 필수 항목이지만 무인도 시험이 시작될 때 거둬가겠지. 설령 소지하는 게 허가된다고 하더라도 당연히 전파 따위는 들어오지 않을 테니 단순한 짐에 불과하다. 페널티를 지불할 때나 선내에서 쇼핑할 때 쓸 것이다.

시작종이 울리기를 기다리고 있는데, 잊은 물건이 없는지 재차 확인하던 것 같은 케세이가 내 자리 앞으로 찾아왔다. 험상궂은 얼굴을 하고서.

"솔직히 말해서 무인도에서의 싸움은 내가 잘 못 하는, 꼭 뜬구름 잡는 느낌인 특별시험이야."

"일상에서 벗어나기도 하고, 무리도 아니지."

"여자애들은 특히 힘들 것 같으니, 남자인 내가 불평하기도 그렇지만."

남자와 달리 여자는 여성 특유의 약점이 있기에 이런 종류의 시험은 맞지 않는다고 할 수 있다.

물론 학교 측도 최대한 배려해주겠지만, 힘든 건 달라지지 않는다.

"그룹별 싸움이지만, 할 수 있는 지원은 다 할 생각이야."

자기가 어려워하는 특별시험이지만 친구를 지키기 위해 전력을 다하겠노라고 결의를 표명하는 케세이.

"그래. 어떤 형태로든 서로 도울 수 있는 일이 있을 테니까, 그때는 나도 도울게."

나 역시 가능한 범위 내에서의 협력을 약속했다.

"그런데 진짜 혼자서 괜찮겠어? 아프면 그날로 끝인데. 만에 하나 페널티라도 받게 되면 600만…… 인생 종 치는 거야."

"일단 지금까지 개근한 게, 얼마 안 되는 내 자부심이야."

"요즘 들어서는 좀 빈정거리는 것처럼 들리기도 하는데?"

그렇게 말하며 웃은 케세이가 자기 자리로 돌아갔다. 잠시 후 새로운 싸움을 알리는 종소리가 울렸고, 2학년 D반 전원 39명이 자리에 앉았다.

교실에 들어온 차바시라의 표정은 당연히 엄했기에 분위기가 점점 무거워졌다.

"오늘부터 여름방학인데도 꽤나 답답한 분위기군. 뭐, 무리도 아니지만."

모니터와 태블릿을 켜는 차바시라.

"그럼 지금부터 최종 확인에 들어가겠다. 그리고 현시점에서 몸 상태가 좋지 않은 학생은 보고하도록."

소지품 확인 사항, 몸 상태의 유무. 그런 후 다시 스케줄과 필요한 것이 일제히 표시되었다. 다행히 2학년 D반에는 아픈 사람이 없어서 순조롭게 진행되었다. 과연 그룹에 들어가지 않고 단독 행동을 선택한 코엔지도 이 단계에서는 얌전했다.

"문제없는 것 같아서 다행이구나."

출발 전 필요 사항까지 확인을 마치고 몇 분도 지나지 않아 모니터의 전원을 껐다.

그리고 주목을 모으기 위해 교단을 손바닥으로 부드럽게 한 번 때렸다.

"너희가 특별시험을 치르는 건 이번이 처음이 아니지. 1년 넘게 이 학교에서 싸워왔고, 고난에 맞서 어떻게든 극복해냈다. 하지만 이번 특별시험은 절대 쉽게 해낼 수 있는 게 아니야."

그 말은 차바시라가 하는 일종의 경고.

풀어지지 않은 2학년 D반에게, 교사로서 할 수 있는 충고였다.

"지금까지 치른 그 어떤 시험보다도 혹독하리라는 것은 피할 수 없는 현실이다."

학생 하나하나의 얼굴을 머릿속에 각인시키기라도 하듯, 학생들을 똑똑히 바라보는 차바시라.

"너희에게, 딱 한 가지만 부탁하마. 가능하다면 한 사람도 빠짐없이, 다시 이 교실로 돌아오기를 바란다."

차바시라는 그저 편도행 티켓이 되지 않기를 부탁했다.

그 정도로 많은 시간도 없었기 때문에 학생들은 서둘러 교실을 나갔다.

아키토 일행이 입구 근처에 있는 내 자리에 모여들자, 나도 짐을 들고 일어섰다. 그와 거의 동시에 코엔지도 자리에서 일어나더니 한 학생에게 말을 걸었다.

"잠깐 좀 볼까? 호리키타 걸."

그 흔치 않은 행동에 나뿐만 아니라 반에 남아 있는 학생들도 시선을 빼앗겼다.

"네가 먼저 나에게 말을 걸다니 웬일이니?"

그렇게 느끼는 것은 호리키타도 마찬가지였다.

"이제부터 시작될 특별시험에 대해 좀 할 얘기가 있어서 말이지."

"어머, 드디어 너도 적극적으로 협력해 줄 마음이 생긴 거니?"

"절반은 정답이라고 해두지."

코엔지의 의외의 말에 호리키타는 살짝 의심스러운 표정을 지었다.

코엔지가 쉽게 협력하는 타입이 아니라는 것은 뼈저리게 잘 알고 있기 때문이다.

"속셈이 뭘까. 협력과는 다른 나머지 절반에 대해 들려줄래?"

"상위 세 그룹에게 주어지는 반 포인트를 너는 간절히 원하고 있다. 그건 틀림없겠지?"

"그야 당연하지 않아? 획득하는 포인트에 따라 반이 크게 바뀔지도 모르는데."

"그래서 한 가지 제안을 할까 하는데. 만약 내가 무인도 서바이벌에서 좋은 성적을 거둔다면 졸업할 때까지 나의 완전한 프리덤을 약속받고 싶어."

믿기 힘든 코엔지의 발언에 교실이 순간 정적에 잠겼다.

조건을 붙였다고는 하나, 특별시험에 성실하게 임하겠다는 의사를 표명한 것이다.

"완전한 자유를 약속……. 정말 과감한 제안이네. 지금까지 그래왔듯 네가 멋대로 구는 걸 계속 참아 달라는 거야?"

"Exactly. 물론 그냥 참기만 하는 게 아니라 나에게 어떠한 폐해도 오지 않도록 네가 열심히 달려야 하고?"

즉, 예컨대 작년에 치렀던 반 내부 투표, 반에서 불필요한 학생을 뽑아 퇴학시키는 특별시험이 앞으로 또 있으면 아무 조건 없이 코엔지를 지키라는 뜻이었다.

"쉽게 받아들일 이야기가 아니네. 반 애들이 들으면 모두 그렇게 생각할 거야."

반에 소속되어 있는 이상 최소한 서로 협력하는 것은 일종의 의무와도 같은 것.

그것을 내팽개쳐도 된다고 쉽게 허락할 수 있을 리가 없었다.

"이건 졸업 때까지의 가불 같은 거야."

다음 특별시험에서 공헌해줄 테니 나머지는 마음대로 하게 해달라는 제안.

"천하의 너도 위기감을 느끼는 모양이네. 평소의 자유로운 말과 행동을 반 애들이 언제까지고 용납해주진 않아. 반 내부 투표 같은 특별시험이 또 있으면 네가 집중 타깃이 될걸."

아무리 기행을 일삼는 코엔지라지만 시험 내용에 따라서는 위기를 피할 수 없을 것이다.

"그런 뾰족한 제안 같은 거 하지 않고 다른 사람들과 똑같이 구는 게 제일이야."

호리키타는 코엔지의 제안을 거절하려고 했고, 그것은 자연스러운 흐름이었다.

하지만 여기서 거절하면 앞으로 있을 특별시험에서 코엔지가 협력하는 일은 없겠지.

만약 있다면 자신이 궁지에 내몰렸을 때 정도일까.

그럴 바에야 이 무인도 특별시험만이라도 의욕을 내게 하는 것도 한 가지 선택지인데…….

"미안하지만 난 코엔지가 가진 재능을 높이 평가해. 이번 특별시험에서만 『대충』 활약하게 하고 나머지는 구경만 하게 하면 손해지."

이것저것 저울에 달아본 결과 호리키타가 결단을 내렸다.

"그렇군. 그럼 교섭은 결렬인가."

"──아니. 일정 조건을 추가하면 그 제안을 받아들여도 상관없어."

거절하는 줄 알았는데, 아무래도 호리키타에게는 다른 생각이 있는 모양이었다.

"좋은 성적 같은 애매한 걸로는 안 돼. 학교 내 1위를 차지한 그룹에는 그에 상응하는 보수가 주어지는 이번 시험. 네가 단독 1위에 오른다면 그건 졸업 때까지의 가불로, 내가 받아들이기 충분한 이유가 될지도 모르지만 말이야."

아무와도 그룹을 짜지 않은 코엔지가 이긴다면 반 포인트가 300이나 들어오게 된다. 졸업 때까지의 공헌도로 봐도 충분하다고 할 수 있을지 모른다. 하지만 현시점에서 가볍게 100개의 그룹이 넘는 라이벌들이 있는 가운데 1위를 차지하는 것은 아무리 코엔지라도 쉽지 않다.

"후후후. 그렇군, 과연 단독 1위를 차지하면 너도 납득해 줄 것 같네."

유쾌한 제안이라며 코엔지가 소리 높여 웃었다.

"좋아, 그 조건에 교섭이 성립된 걸로 해도."

"아니, 그것만으로는 안 돼."

무모하게도 느껴지는 제안을 받아들이려 하는 코엔지에게, 지체 없이 말을 덧붙였다.

"아직 내 조건을 다 말하지 않았어. 호언장담하는 너에게 억지로 맞춰줬는데 1위 못했다고 하면서 끝내면 곤란하거든."

"그 말은?"

"만약 1위를 못 했을 경우, 그다음에 있을 특별시험에서도 반에 협력하고 성과를 남긴다고 약속해."

옆에서 상황을 지켜보던 케세이가 숨을 삼키는 소리가 들려왔다. 훌륭한 추가 조건이 틀림없으리라. 만에 하나 코엔지가 1위를 차지한다면 그건 그것대로 좋고. 1위를 차지하지 못하더라도 추가 조건으로 다음 특별시험 때 공헌하게 한다. 결과가 어떻게 되어도 D반에 손해가 없다.

남은 건 이 추가 조건을 코엔지가 받아들이는가인데…….

"호리키타 걸도 꽤 센 오더를 내놓는군."

"방금 말한 조건이라도 좋다면 이번 네 제안을 받아들일게."

"그럼 교섭 성립이다, 호리키타 걸. 말한 조건을 잊지 말도록."

추가 조건을 내걸었는데도 코엔지는 거부하지 않고 받아들이겠다고 표명했다.

"너 진심으로 단독 1위를 차지할 생각이야?"

"물론이지. 나에게 불가능이란 없으니까."

호리키타는 무모한 요구를 했는데도 자신감을 보이는 코엔지에 놀라움을 감추지 못하는 눈치였다.

"그럼 할 얘기는 다 끝났다. 이만 가보도록 할까."

코엔지는 교섭이 마무리된 것에 만족하고 교실을 나갔다.

아무도 그런 코엔지에게 차마 말을 걸지 못하고 그저 지켜보기만 할 뿐이었다.

"저 애가 어디까지 진심인지 하나도 모르겠어……."

"뭐, 그렇지."

"하지만 이건 천재일우의 기회야. 그에게서 언질을 받아내는 데 성공했으니까."

그것을 순순히 믿어도 될지 어떨지는 잘 모르겠지만, 분명 지금까지 없었던 전개이긴 하다.

코엔지 본인도 앞으로 자유로운 학교생활을 보내려면 나름의 백업이 필요하다. 지금까지 해왔듯이 멋대로 군다면 지킬 반 친구의 우선순위가 필연적으로 카스트에서 하위로 떨어지겠지. 이번에 아무 얘기가 나오지 않았더라도 어딘가에서 대응책을 강요받게 될 것이다.

하지만 D반 리더인 호리키타가 인정한다면 이야기가 달라진다.

"만에 하나 그가 상위에 오르는 결과를 남기더라도 우리가 그보다 더 위에 있으면 제일 좋겠어."

그렇게 말한 호리키타가 나를 쳐다보았다.

"우리가 1위를 차지하고 코엔지가 2위나 3위를 차지하는 거야. 만약 그런 쾌거를 거둔다면 우리 반이 입을 은혜는 상당해. 지금까지 뒤처졌던 것을 단숨에 만회할 수 있어."

단순히 계산해서 2학년 D반은 4,500 포인트라는 반 포인트를 얻게 된다. 그러면 보유한 반 포인트가 7,800으로 예상되어 단숨에 B반까지 부상할 수 있다.

게다가 덤으로 코엔지는 다음 특별시험에서도 결과를 남겨주는……건가.

"하지만 불길한 느낌도 들어. 코엔지는 속을 전혀 알 수 없는 구석이 있으니까 말이야."

학력도 신체 능력도, 가지고 있는 잠재력을 유감없이 발휘하고 있느냐고 묻는다면 그건 아니리라. 범상치 않은 재능을 가진 것만은 확실하다.

"그래. 하지만 쉽게 1위를 차지할 수 있을지 어떨지는 별개의 문제야."

사카야나기와 이치노세, 류엔과 같이 반을 대표하는 실력자들이 전력을 다해 1위를 노릴 것이다.

물론 그들뿐만이 아니다. 알고 있는 것만 해도 1학년에는 호우센과 아마사와 같은 신진기예 그룹이 존재하고, 만만치 않을 나구모와 키리야마, 키류인 등 3학년까지.

게다가 지금까지 말로 하지는 않았지만, 나 역시도 상위를 목표로 행동할 계획이다.

과연 2주 뒤에 1위를 차지할 사람은 누가 될까.

누가, 이 학교에서 떠나게 될까.

기나긴 여름이 시작되려 하고 있었다.

1

"벌써 7월 하순, 꽤 더워졌군요."

학교에 속속 들어오는 대형 버스를 내려다보면서 츠키시로가 그렇게 중얼거렸다.

"네, 그렇군요."

감정 없는 목소리로 대답하는 1학년.

츠키시로는 그런 1학년을 쳐다보지도 않고 말을 이었다.

"이제 분석의 시간은 끝내주세요. 더 이상의 지연 행위는 아무 이득도 없답니다."

"아야노코지 키요타카를—— 퇴학시키라고요?"

"당신의 손으로는 버겁습니까?"

"손쉬운 상대가 아니라는 것은 판명 났지요. 아니, 처음부터 알고 있던 일입니다."

"저도 최대한 돕겠습니다. 아니, 이보다 더한 지원은 불가능하다고 봅니다."

그 말을 들은 학생은 츠키시로가 억지로 이 계획을 밀어

붙였던 것을 떠올렸다.

"상당히 무리했다, 그 말씀이십니까?"

"그래요. 이번 특별시험에 들일 예산을 변통하기 위해 상당히 무리도 했고 무엇보다도 엄격한 규칙을 만드는 데 반대하는 학교 측을 억지로 굴복시켰으니까요."

"더 이상 이사장 대행을 계속하기 어려운 것은 아닌지?"

"그렇겠죠. 사카야나기 이사장의 부정 의혹도 슬슬 사라질 시점이고, 제가 물러나게 되는 건 불 보듯 뻔합니다. 그렇기에 마지막으로 성대한 불꽃놀이를 준비한 것이랍니다. 어떤 수단을 써서라도 아야노코지 키요타카를 이 학교에서 내쫓았으면 합니다. 알겠습니까?"

"——네. 이제 망설임은 없습니다."

"그거 다행이군요. 그럼 이번 특별시험…… 마음껏 날뛰어 주세요. 모든 것이 정리되면 당신도 원래 생활로 돌아갈 수 있어요. 서로, 있어야 할 곳으로 돌아갑시다."

주로 쓰는 왼손에 자연스레 힘이 들어가는 소녀.

그 모습을 곁눈질하며 츠키시로는 부드럽게 미소 지었다.

"기대하지요. ——나나세 츠바사 씨."

작가 후기

독자 여러분. 우선 발매가 늦어진 점부터 사과드립니다. 사회적 거리두기 때문에 딸이 다니는 보육원이 쉬게 되었고, 아내의 몸 상태가 오랫동안 좋지 못했고, 둘째의 탄생 등이 겹친 결과 우선은 집필 활동보다 가족을 챙기는 것을 우선했습니다.

덕분에 가족도 늘어나고 환경도 안정을 되찾기 시작하여 집필에 할애하는 시간도 조금씩이기는 하지만 늘어나고 있습니다.

그리고 이렇게 어려운 시대일수록 제 작품을 오락거리로 즐겁게 읽어주시는 분들이 계신다는 것을 절대 잊어서는 안 되겠다고 다시금 생각했습니다. 이번에 2권 발매가 늦어지고 만 부분은 어젠가 반드시 만회하고 싶습니다. 부디 조금만 더 기다려주시길 부탁드립니다.

네, 그리하여 키누가사 쇼고입니다. 여러분, 잘 지내셨나요? 저는 만신창이입니다.

이제 말이죠, 이래저래 지쳤어요, 저는. 울분이 가득 쌓였다고요.

시간이 남아돌던 시절에는 글 쓰다가 좌절하는 순간도 있었는데, 요즘에는 처음으로 그 반대를 체험했답니다. 제발 글 좀 쓰게 해줘! 하고 진심으로 소리쳤어요. 시간이 없어지자 일의 소중함을 다시 인식했다고요, 정말로.

뭐, 세상은 어두운 뉴스들로 가득하지만, 조금이나마 좋은 일도 있었다고 생각합니다. 이를테면 이어지는 사회적 거리두기 때문에 여러 식당이 도시락 판매를 시작하게 되면서, 지금까지 그냥 지나치기만 하던 가게의 맛을 알게 되는 계기도 되었고요. 일반 영업으로 돌아가면 꼭 가보자고 생각한 가게가 몇 군데나 생겼답니다.

자, 드디어 2학년 편 2권이 발매되었습니다만, 3권 이후에 이어질 전초전이 주된 내용입니다. 기본적으로는 한 권당 특별시험 1회를 의식하고 있지만, 이번만큼은 그렇지도 않군요.

모든 학년이 본격적으로 승리를 노리고 싸우게 되기 때문에 그것만으로도 내용이 길어질 수밖에 없었습니다. 지금까지 이상으로 '이어지는' 형태가 되고 말았는데, 그런 의미에서도 최대한 빨리 다음 권을 여러분에게 전해드리고 싶습니다.

해가 가기 전에 다음 두 권을…… 내고 싶군요. 가능하려나, 안 되려나…….

그러니 그 부분도 은근슬쩍 주목해주시길 바랍니다.

과도한 기대는 금물이라고?☆

YOUKOSO JITSURYOKUSHIJOUSHUGI NO KYOUSHITSU E 2NENSEIHEN Vol.2
©Syougo Kinugasa 2020
First published in Japan in 2020 by KADOKAWA CORPORATION, Tokyo.
Korean translation rights arranged with KADOKAWA CORPORATION, Tokyo.

어서 오세요 실력지상주의 교실에 2학년 편 2

2021년 4월 15일 1판 1쇄 발행
2023년 2월 15일 1판 2쇄 인쇄

저　　자 키누가사 쇼고
일러스트 토모세슌사쿠
옮 긴 이 조민정
발 행 인 유재옥
본 부 장 조병권
담당편집자 조찬희
편 집 1 팀 김준균 김혜연
편 집 2 팀 박치우 정영길 정지원 조찬희
편 집 3 팀 오준영 이해빈
편 집 4 팀 박소영 전태영
라이츠담당 김정미 맹미영 이윤서 이승희
디 지 털 김지연 박상섭
미　　술 김보라 박민솔
발 행 처 ㈜소미미디어
인쇄제작처 ㈜코리아피엔피
등　　록 제2015-000008호
주　　소 서울시 마포구 토정로222, 403호 (신수동, 한국출판콘텐츠센터)
판　　매 ㈜소미미디어
마 케 팅 박종욱
영　　업 박수진 최원석 한민지
물　　류 백철기 허석용
전　　화 (02)567-3388, Fax (02)322-7665

ISBN 979-11-6611-742-8 04830
ISBN 979-11-6611-455-7 (세트)